KB044805

Earnest Hemingway

헤밍웨이

초판 1쇄 발행 | 2019년 7월 22일

지은이 어니스트 헤밍웨이
옮긴이 이정서
발행인 이대식

편집 김화영 나은심 손성원 김자윤
마케팅 배성진 박상준 **관리** 홍필례
디자인 모리스

주소 서울시 종로구 평창길 329(우편번호 03003)
문의전화 02-394-1037(편집) 02-394-1047(마케팅)
팩스 02-394-1029
홈페이지 www.saeumbook.co.kr
전자우편 saeum98@hanmail.net
블로그 blog.naver.com/saeumpub
페이스북 facebook.com/saeumbooks
인스타그램 instagram.com/saeumbooks

발행처 (주)새움출판사
출판등록 1998년 8월 28일(제10-1633호)

ⓒ 이정서, 2019
ISBN 979-11-89271-78-7 03840

• 잘못된 책은 바꾸어 드립니다.
• 책값은 뒤표지에 있습니다.

헤밍웨이

Earnest Hemingway

어니스트 헤밍웨이
이정서 옮김

새움

헤밍웨이 바로 읽기

SNS 글쓰기로 유명한 트럼프 미국 대통령이 자신을, "나는 140자의 어니스트 헤밍웨이"라고 해서 화제가 된 바 있다. 자신의 트윗을 '헤밍웨이 문체'에 빗댄 것이다.

우리도 어지간한 독서가라면 헤밍웨이의 문체에 대해 알고 있다. 한마디로 '하드보일드한 단문' 정도로 정리된다. 그런데 저 말을 하는 미국인과 우리 사이에는 미묘한 인식의 차이가 있다.

헤밍웨이의 문장은 형용사나 부사 등 수식어를 철저히 배제한다. 그러나 결코 우리가 생각하는 것처럼 단문은 아니다. 한 문장 속에 수식어가 거의 없어 단순해 보이는 건 맞지만, 그건 단문으로서가 아니라 여러 개의 쉼표로 연결된 복문으로서의 단순함이다. 거기에다 그 자신이 정의한 '빙산 이론(Iceberg Theory. 빙산의 위엄은 물 밖으로 8분의 1밖에 드러내지 않는다는 데 있다는 점에서 작가가 전부 다 보여 줄 필요는 없다는 이론)'이 가미되어 쓰인 게 헤밍웨이 문체다. 트럼프는 자신의 트윗 문장이 그것과 닮았다고 말하고 있는 셈이다.

그런데 우리는 작가가 쓴 복문을 임의로 단문화시키면서 '헤밍웨이 문체' 운운하고 있는 것이다. 한마디로 작가의 서술 구조를 해체하면서 의미상 차이가 없을 거라고 생각하는 것인데 사실은 절대 그럴 수가 없는 것이다. 남의 나라 말을 옮기면서 원래의 복문을 단문으로 고치며 그 의미가 달라지지 않을 거라고 믿는 자체가 어불성설인 것이다.

일례로 헤밍웨이는 미국에서 상당한 여성 독자를 거느린다. 많은 여성들이 그의 작품을 좋아한다는 이야기다. 그런데 우리나라에서는 그와 정반대다. 여성 독자들이 제한적인데, 그 내용이나 문장이 남성적이라는 이유에서다. 실제로 그의 작품에 등장하는 여성들은 대부분 상당히 교양 있고 매력적이다. 그런데 우리의 번역서들을 보면 결코 그렇지 않다. 기본적으로, 따로 존대어가 없는 언어의 특수성도 작용하겠지만, 등장하는 여성들 전부가 기본적인 말투부터, 저열하고 천박하다. 그네들은 작품 속 남자들에게 욕설을 듣고 희롱당하면서도 뭐가 잘못되었는지 모르는 '맹한' 존재로 그려지기 일쑤다. 원래 그런 게 절대 아닌데도 말이다.

헤밍웨이 바로 읽기

예컨대, 그의 데뷔작, 「미시간 북부에서Up in Michigan」에는 비슷한 또래와 첫 경험을 하는 여성(리즈)의 모습이 섬세하게 그려진다. 그런데 번역본을 보면 어린 여자애가 나이 많은 '아저씨'에게 '강간'을 당하는 것처럼 번역되어 있다. 그의 대표작 「킬리만자로의 눈The Snows of Kilimanjaro」 역시 마찬가지다. 작가인 주인공을 진심으로 좋아해서 돕는 여주인공(헬렌)을 경박한 외도녀, 창녀(?)쯤으로 해석하기도 한다. 작가의 의도와 전혀 다른 폭력적 모습인 셈이다.

한마디로 헤밍웨이는 '누가 옳다, 그르다'가 아니라, 작품 속 여성을 통해 복잡한 인간의 내면을 그려 보이고자 애쓰는 것인데, 번역자(혹은 원서로 읽는 독자)가 오독했기 때문이다.

세계인의 고전 읽기는 정서적 교감과 교훈을 얻고자 하는 것일 터인데, 책을 읽으며 오히려 지루해하거나, 불쾌함과 낯섦만 경험한다면, 그런 독서가 무슨 소용이 있을까? 오독, 오역을 시급히 바로잡아야만 하는 이유가 여기에 있다.

이 책은 헤밍웨이의 데뷔작을 비롯해 그에게 노벨문학상을 안겨 준 세계적인 소설 「노인과 바다」까지 그의 작품 세계를 이해할 중단편을 엄선해 연대순으로 실었다. 실제 헤밍웨이의 문체가 어떠한지를 보자는 의미에서 뒤에 원문도 함께 실었다.

만약 우리가 헤밍웨이에 대해, 세계적인 고전들에 대해 오해하는 측면이 있다면, 모쪼록 이 책이 하나의 해독제가 될 수 있길 희망한다.

2019. 7. 11.

이정서

일러두기

1. 이 책은 스크라이브너Scribner 출판사에서 나온 어니스트 헤밍웨이Earnest Heminway 의『어니스트 헤밍웨이 단편 전집The Complete Short Stories of Ernest Hemingway』 Finca Vigia판과『The Old Man and the Sea』를 원본으로 삼아, 헤밍웨이의 데뷔작과 대 표적인 중단편을 엮은 것이다.
2. 등장인물의 이름과 지명 표기는 국립국어원의 외래어 표기법에 따르되, 현재 널리 쓰 이는 표기법을 참고했다.
3. 본문의 일부 용어에 대한 괄호 속 설명은 역자의 주다.

미시간 북부에서

Up in Michigan

짐 길모어는 캐나다에서 호턴스베이Hortons Bay로 왔다. 그는 호턴 노인으로부터 대장간을 샀다. 짐은 키가 작고 덥수룩한 콧수염과 큰 손에 거무스름했다. 그는 훌륭한 편자쟁이였지만 심지어 가죽 앞치마를 두르고 있어도 그다지 대장장이처럼 보이지는 않았다. 그는 대장간 위층에서 생활하며 끼니는 D. J 스미스의 집에서 해결했다.

리즈 코츠는 스미스의 집에서 일했다. 아주 호방하고 청결한 여인인 스미스 부인은 리즈 코츠를 그녀가 지금껏 보아 온 중에 가장 단정한 아가씨라고 말했다. 리즈는 늘씬한 다리를 가졌고 항상 깨끗한 체크무늬 앞치마를 둘렀으며 짐은 그녀의 머리칼이 항상 단정히 뒤로 넘어가 있는 것을 알아챘다. 그는 그녀의 얼굴이 밝고 명랑해서 좋아했지만 결코 그녀에 관해 달리 생각했던 것은 아니었다.

리즈는 짐이 정말로 마음에 들었다. 그녀는 그가 대장간에서 걸어 올라오는 그 방식을 좋아해서 그 길 아래서 오기 시작하는 그를 지켜보기 위해 종종 부엌문으로 갔다. 그녀는 그의 콧수염이 마음에 들었다. 그녀는 그가 웃을 때 드러내는 그의 하얀 이에 대해서도 마음에 들어 했다. 그가 대장장이처럼 보이지 않는 것도 정말이지 마음에 들었다. 그녀는 스미스 씨와 스미스 아주머니가 짐을 많이 좋아하는 것도 마음에 들었다. 어느 날 그녀는 그가 그 집 바깥의 세면대에서 씻을 때 드러난 팔 위로 검게 자라난 털과 그것들이 햇볕에 그을린 살갗 위에서 하얀 상태로 있는 것조차 마음에 들어 한다는 것을 발견했다. 그런 것까지 좋아하는 그녀의 감정이 우스꽝스럽게 여겨졌다.

호턴스베이 시내에는 보인시티Boyne City와 샤를부아Charlevoix 사이 중심가에 단지 다섯 가구가 있었다. 높고 기만적인 외형에 앞쪽에다 짐마차 한 대를 매어 두곤 하는 일반 가게 겸 우체국이 있었고, 스미스의 집, 스트라우스의 집, 딜워스의 집, 호턴의 집과 반후젠의 집이 있었다. 그 집들은 커다란 느릅나무 숲 안에 있었고 길은 전적으로 모래였다. 그 길 위쪽으로는 제

헤밍웨이

각기 농경지와 산림지가 있었다. 그 길 위쪽으로는 감리교회가 있었고 그길 아래 다른 방향으로는 읍내 학교가 있었다. 그 대장간은 붉게 칠해져서 학교에 면해 있었다.

비탈진 모래 길은 산림지를 통해 만을 향해 언덕을 뻗어 내려갔다. 스미스의 집 뒷문으로부터 사람들은 호수와 건너편 만으로 뻗어 내려간 건너편 숲을 내다볼 수 있었다. 봄과 여름이면 그 푸르고 밝은 만과 샤를부아와 미시간호로부터 부는 산들바람 때문에 곶 너머의 호수 위로 보통 흰 물결이 일어 매우 아름다웠다. 스미스의 집 뒷문으로 리즈는 호수 안에서 광석 바지선들이 보인시티를 향해 빠져나가는 것을 볼 수 있었다. 그녀가 볼 때는 그것들은 전혀 움직이고 있는 것처럼 여겨지지 않았지만 그녀가 들어가 몇 개의 접시를 말리고 나서 다시 나가 보면 그것들은 저 너머 보이지 않는 지점까지 가 있곤 했다.

리즈는 이제 항상 짐 길모어에 대해서만 생각하고 있었다. 그는 그녀를 크게 신경 쓰는 것처럼 여겨지지 않았다. 그는 D. J. 스미스에게 가게에 관해 그리고 공화당에 관해 그리고 제임스 G. 블레인(공화당 조직에 큰 역할을 한 미국의 정치가)에 관해서 이야기했다. 저녁이면 그는 앞방의 램프 불빛으로《톨레도 블레이드》와《그랜드 래피즈 신문》을 읽거나 잭라이트를 들고 D. J. 스미스와 함께 만으로 낚시질을 나갔다. 가을에 그와 스미스와 찰리 와이먼은 짐마차를 타고 텐트와, 먹거리, 도끼들, 그들의 엽총과 두 마리 개를 데리고 밴더빌트 너머 소나무 평원으로 사슴 사냥 여행을 떠났다. 리즈와 스미스 부인은 그들이 떠나기 전에 그들을 위한 사흘 치의 음식을 요리했다. 리즈는 짐을 위해 그가 먹을 특별한 어떤 것을 만들고 싶었지만 끝내 하지 못했다. 그녀는 스미스 부인에게 계란과 밀가루를 요청하는 게 두려웠고 만약 그것들을 그녀가 산다 해도 스미스 부인에게 자신이 요리하는 게 들킬까 봐 두려웠기 때문이다. 스미스 부인에게는 괜찮았지만 리즈는 두려웠다.

짐이 사슴 사냥 여행을 떠나 있는 그 시간 내내 리즈는 그에 대해 생각했다. 그가 떠나 있는 동안이 끔찍했다. 그녀는 그에 대해 생각하느라 제대로 잠들 수조차 없었지만 그에 대해 생각하는 것이 또한 즐거운 일이라는 걸 발견했다. 되는대로 내버려둘 수 있다면 그건 좋은 일이었다. 그들이 돌아오기 전날 밤 그녀는 결코 잠들 수 없었는데, 꿈속에서 자고 있지 않은 것과 실제로 자고 있지 않은 것이 전부 뒤섞였기 때문에 그녀는 잠을 잤다고 생각할 수도 없었다. 짐마차가 길을 내려오고 있는 것을 보았을 때 그녀는 속으로 아스라한 아픔 같은 것을 느꼈다. 그녀는 짐을 보기 전까지 기다릴 수 없었고 그가 오는 걸 보면 마치 모든 것이 괜찮아질 것 같았다. 짐마차는 바깥의 커다

헤밍웨이

란 느릅나무 아래 멈추었고 스미스 부인과 리즈는 밖으로 나갔다. 남자들 전부가 수염이 텁수룩했고 짐마차 뒤 한 칸 끝에는 얇은 다리를 뻣뻣하게 뻗은 세 마리 사슴이 실려 있었다. 스미스 부인은 D. J.에게 키스했고 그는 그녀를 끌어안았다. 짐은 말했다. "안녕, 리즈." 그리고 씩 웃었다. 리즈는 짐이 돌아왔을 때 무슨 일인지는 모르겠지만 무언가 일어나리라고 믿었었다. 그런데 아무 일도 일어나지 않았다. 남자들은 단지 집에 왔고, 그게 전부였다. 짐은 사슴에게서 삼베자루를 벗겨냈고 리즈는 그것들을 보았다. 한 마리는 커다란 수컷이었다. 그것은 뻣뻣했고 마차에서 끄집어내기에는 힘이 들었다.

"당신이 그걸 쏘았어요, 짐?" 리즈가 물었다.

"응. 멋지지 않아?" 그는 그것을 훈제소로 나르기 위해 등에 짊어졌다.

그날 밤 찰리 와이먼은 스미스의 집에서 저녁을 먹기 위해 머물렀다. 샤를부아로 돌아가기에는 너무 늦었던 것이다. 남자들은 씻고서 앞방에서 저녁을 먹기 위해 기다렸다.

"단지 안에 좀 남아 있지 않던가, 지미?" D. J. 스미스가 물었고, 짐이 헛간의 마차로 나가 남자들이 사냥을 나갈 때 가지고 갔던 위스키 항아리를 가지고 돌아왔다. 그것은 4갤런들이 항아리였고 거의 바닥에서 이리저리 출렁이고 있었다. 짐은 안으로 돌아오는 길에 길게 한 모금을 들이켰다. 그렇게 큰 항아리를 마시려 들어올리기는 힘들었다. 얼마간의 위스키가 그의 셔츠 앞으로 흘러내렸다. 두 남자는 짐이 그 항아리를 가지고 왔을 때 웃었다. D. J. 스미스가 잔들을 가져오라 말했고 리즈가 그것들을 날라 왔다. D. J. 스미스는 커다란 잔 세 개에 따랐다.

"자, 당신을 위해 건배, D. J." 찰리 와이먼이 말했다.

"빌어먹게 큰 수놈을 위해, 건배 지미." D. J.가 말했다.

"우리가 놓쳐 버린 모든 녀석들을 위해, 건배 D. J." 짐이 말했고 그의 술을 삼켰다.

"사내에겐 기가 막힌 맛이지."

"어찌 되었건 이 계절에 이같이 좋은 거야 아무것도 없지."

"한잔 더 어떤가, 사내들?"

"어떠냐니요, D. J. 마셔야죠."

"마시게, 사내들."

"내년을 위해 건배."

짐은 기분이 고조되기 시작했다. 그는 위스키의 맛과 느낌을 사랑했다. 그는 안락한 잠자리와 따뜻한 음식과 자신의 대장간으로 돌아온 게 기뻤다. 그는 또 한 잔을 마셨다. 남자들은 들뜬 상태였지만 매우 정중한 자세로 저녁을 먹기 위해 들어갔다. 리즈는 음식을 차려 준 후에 식탁에 앉았고 그 가족들과 함께 먹었다. 훌륭한 저녁이었다. 남자들은 엄청나게 먹었다. 저녁식사 후에 그들은 다시 앞방으로 들어갔고 리즈는 스미스 부인과 함께 그것을 치웠다. 그러고는 스미스 부인이 위층으로 올라갔고 곧 스미스가 나와서는 역시 위층으로 올라갔다. 짐과 찰리는 아직 앞방에 있었다. 리즈는 부엌에서 책 한 권을 읽는 체하며 짐에 대해 생각하면서 난로 가까이 앉아 있는 중이었다. 그녀는 짐이 나올 것이라는 걸 알고 있었기에 아직 잠자리로 가고 싶지 않았다. 자신을 올려다보는 그의 모습을 잠자리로 함께 가져갈 수 있었기 때문에 그녀는 그가 나갈 때 그를 보길 원했던 것이다.

그녀가 그에 관해 열심히 생각하고 있는 그때 짐이 나왔다. 그의 눈은 반짝였고 그의 머리는 조금 헝클어져 있었다. 리즈는 그녀의 책을 내려다보았다. 짐이 그녀의 의자 뒤로 건너오더니 거기에 섰고 그녀는 숨을 쉬고 있는 그를 느꼈다. 그때 그가 그의 팔을 그녀에게 둘렀다. 그녀의 가슴은 풍만하고 단단하게 느껴졌고 젖꼭지는 그의 팔 아래서 곤두섰다. 누구도 이전에 그녀를 만진 사람이 없었기에 리즈는 몹시 놀랐지만, 그녀는 생각했다. '그가 마침내 내게 온 거야. 그는 진짜로 온 거야.'

그녀는 너무 두려워서 스스로 뻣뻣해졌고 어찌해야 할지를 몰랐는데 그때 짐이 그녀를 의자에 대고 꼼짝 못 하게 하고는

미시간 북부에서

그녀에게 키스했다. 그것은 너무 날카롭고, 아프고, 상처를 내는 느낌이어서 참기 힘들었다. 그녀는 의자 등을 통해 바로 짐을 느꼈고 그것을 참을 수 없었다. 그때 무언가가 그녀의 내면을 눌렀고 그 느낌은 더없이 따뜻하고 부드러웠다. 짐은 의자에 대고 그녀를 강력히 묶어 놓았다. 그리고 그녀는 이제 그것이 싫지만은 않았는데 짐이 속삭였다. "산책하러 가자."

리즈는 부엌 벽의 못에서 코트를 벗겨 들었고 그들은 문을 나섰다. 짐은 그의 팔을 그녀에게 둘렀고 조금 걷다가는 멈추어 서서 서로가 서로를 밀어붙였고, 짐이 그녀에게 키스했다. 달은 없었고 그들은 나무들을 통과해 만 위의 선창과 헛간까지 발목이 빠지는 모랫길을 걸었다. 물이 말뚝까지 철썩이고 있었고 곶은 만 건너편에서 어두웠다. 추웠지만 리즈는 짐이 함께 있는 것만으로도 온몸이 후끈거렸다. 그들은 창고의 가려지는 곳에 앉았다. 짐은 리즈를 그 가까이로 끌어당겼다. 그녀는 두려웠다. 짐의 손 하나가 그녀의 옷 속으로 들어와 그녀의 가슴을 쓰다듬었고 다른 한 손은 그녀의 무릎 안에 있었다. 그녀는 너무 두려웠고 그가 어떻게 하려는 것인지 알 수 없었지만 그를 가까이 끌어안았다. 그때 그녀의 무릎 안에서 그렇게 크게 느껴지던 그 손이 떠나 무릎 위에서 위로 움직이기 시작했다.

18

헤밍웨이

"하지 마, 짐." 리즈가 말했다. 짐은 그 손을 더 위로 미끄러뜨렸다.

"이러면 안 돼, 짐. 이러면 안 돼." 짐도, 짐의 큰 손도 그녀의 말에 어떤 주의도 기울이지 않았다.

판자들은 딱딱했다. 짐은 그녀의 옷을 끌어 올렸고 그녀에게 뭔가 하려고 애쓰고 있었다. 그녀는 두려웠지만 그것이 싫지 않았다. 그녀는 그것을 해야만 했지만 두려운 일이기도 했다.

"그러면 안 돼, 짐. 그러면 안 돼."

"할 거야. 난 할 거야. 알잖아, 우린 해야 해."

"아니야, 우리 하면 안 돼. 해서는 안 돼. 아, 이건 옳지 않아. 아, 너무 커서 너무 아파. 하지 마. 아, 짐. 짐. 아."

선창의 솔송나무 널빤지는 딱딱하고 꺼칠하고 차가웠으며 짐은 그녀에게 무거웠고 그는 그녀에게 상처를 입혔다. 리즈는 그를 밀어냈는데, 그녀는 너무 고통스럽고 갑갑했었다. 짐은 잠들어 있었다. 그는 움직일 것 같지 않았다. 그녀는 그의 밑에서 빠져나와 앉아서는 그녀의 치마와 코트를 바로 했고 머리를 비롯해 무언가를 매만지려 애썼다. 짐은 입을 약간 벌리고 잠들어 있었다. 리즈는 몸을 기울여 그의 뺨에다 키스했다. 그는 여전히 자고 있었다. 그녀는 그의 머리를 약간 들어 올려서는 그것을 흔들었다. 그는 머리를 떨구더니 침을 삼켰다. 리즈는 울기 시작했다. 그녀는 선창의 가장자리까지 걸어가서는 물을 내려다보았다. 만으로부터 안개가 올라오고 있었다. 그녀는 추웠고 비참했으며 모든 것이 사라진 느낌이었다. 그녀는 짐이 누워 있는 곳으로 걸어 돌아왔고 한 번 더 확실하게 그를 흔들었다. 그녀는 울고 있었다.

"짐." 그녀가 말했다. "짐, 제발, 짐."

짐은 꿈쩍이다가 좀더 단단하게 웅크렸다. 리즈는 그녀의 코트를 벗었고 몸을 기울여 그것으로 그를 덮었다. 그녀는 그것으로 그를 두르고 깔끔하고 주의 깊게 감쌌다. 그러고는 선창을 가로질러 걸었고 잠자리로 가기 위해 모래 길 위로 올라왔다. 차가운 안개가 만으로부터 나무숲을 통과해 올라오고 있었다.

(1921년)

빗속의 고양이

Cat in the Rain

그 호텔에는 단지 두 명의 미국인이 머물고 있었다. 그들은 자신들의 방을 오가며 계단에서 지나쳐 가는 사람들 누구도 알지 못했다. 그들의 방은 바다를 마주하고 있는 2층에 있었다. 그것은 또한 공원과 전쟁기념비를 마주했다. 공원에는 커다란 종려나무와 녹색 벤치가 있었다. 날씨가 좋으면 그곳에는 언제나 예술가 한 사람이 자신의 화구와 함께 있었다. 예술가들은 종려나무가 자라는 길과 그 정원과 바다를 마주하고 있는 호텔의 그 밝은 색상을 좋아했다. 이탈리아인들이 전쟁기념비를 방문하기 위해 먼 길을 찾아왔다. 그것은 청동으로 만들어졌고 빗속에서 반짝였다. 비가 내리고 있었다. 비는 종려나무들로부터 떨어졌다. 물은 자갈길에 웅덩이를 만들었다. 바다는 빗속의 긴 줄로 끼어들었고 해변으로 오르기 위해 미끄러져 내려갔다가는 다시 빗속의 긴 줄로 끼어들었다. 자동차들이 전쟁기념비 옆 광장으로부터 떠나갔다. 광장 건너편 카페 출입구에서 남자 직원 하나가 빈 광장을 내다보며 서 있었다.

미국인 아내는 창밖을 내다보며 서 있었다. 그들의 창밖 바로 아래 고양이 한 마리가 빗물이 떨어지는 녹색 탁자들 중 하나 밑에 웅크리고 있었다. 고양이는 떨어지는 빗방울에 닿지 않으려고 몸을 움츠리려 애쓰고 있었다.

"내려가서 저 고양이를 데려와야겠어." 미국인 아내가 말했다.

"내가 하지." 그녀의 남편이 침대에서 기꺼이 말했다.

"아니야. 내가 데려올게. 가엾은 새끼고양이가 밖의 탁자 밑에서 젖지 않으려 애쓰고 있다니."

남편은 침대 발치에 베개 두 개를 괴고 누운 채, 책을 읽는 중이었다.

"비에 젖지 않도록 해." 그가 말했다.

아내는 아래층으로 내려갔고 호텔 주인이 일어서서는 그녀가 사무실을 지나칠 때 머리 숙여 인사했다. 그의 책상은 사무실 저 끝 쪽에 있었다. 그는 노인이었고 매우 키가 컸다.

"일 피오베Il piove(비가 내려요)," 그녀가 말했다. 그녀는 그 호텔 운영자를 좋아했다.

"시, 시, 시뇨라 부르토 템포Si, sì, Signera, brutto tempo(예, 예, 부인, 궂은 날씨입니다). 매우 궂은 날씨입니다."

그는 어둑한 방 안 저 끝에 있는 그의 책상 뒤에 서 있었다. 아내는 그를 좋아했다. 그녀는 그가 어떤 항의를 받으면 심하다 싶을 만큼 진지하게 받아들이는 방식이 마음에 들었다. 그녀는 그의 품위를 좋아했다. 그녀에게 성심을 다하고 싶어 하는 그 방식이 마음에 들었다. 그녀는 그가 한 호텔 운영자라는 존재로서 느끼는 그 방식이 마음에 들었다. 그녀는 그의 나이 든, 무거운 얼굴과 큰 손을 좋아했다.

그를 좋아하는 그녀가 문을 열고 내다보았다. 비는 더 세차게 내리고 있었다. 고무 망토 속의 한 남자가 텅 빈 광장을 가로질러 카페로 가고 있는 중이었다. 그 고양이는 오른쪽으로 돌아가면 있을 터였다. 아마도 그녀는 처마 밑을 따라갈 수 있었을 테다. 그녀가 출입구에 서 있을 때 우산 하나가 그녀의 뒤에서 펼쳐졌다. 그들의 방을 돌보는 여직원이었다.

"비에 젖지 마셔야 해요." 그녀가 이탈리아어로 말하며 웃었다. 물론, 그 호텔 주인이 그녀에게 보낸 것이다.

그녀 위로 우산을 받쳐 든 여직원과 함께, 그녀는 자갈길을 따라 그들의 창문 아래까지 걸었다. 그 탁자는 거기, 빗속에서 선명한 녹색으로 젖어 있었지만, 그 고양이는 떠나고 없었다. 그녀는 갑자기 실망했다. 여직원이 그녀를 올려보았다.

"하 페르두토 칼체 코사, 시뇨라Ha perduto qualche cosa, Signera(혹시 뭘 잃어버리셨나요, 부인)?"

"고양이 한 마리가 있었어요." 미국인 여자가 말했다.

"고양이요?"

"시, 일 가토Si, il gatto(네, 고양이요)."

"고양이요?" 여직원이 웃었다 "빗속의 고양이 한 마리요?"

"그래요." 그녀가 말했다. "탁자 아래." 그러고는, "아, 정말 갖고 싶었는데. 새끼 고양이를 갖고 싶었어요."

그녀가 영어로 말했을 때 그 여직원의 얼굴이 굳어졌다.

"가시죠, 부인." 그녀는 말했다. "안으로 돌아가야만 해요. 비에 젖으시겠어요."

"그럴 거 같네요." 그 미국인 여자가 말했다.

그들은 자갈길을 따라 돌아가서는 문 안에 들어갔다. 그 여직원은 우산을 접기 위해 밖에 머물렀다. 미국인 여자가 그 사무실을 지날 때, 그 주인이 그의 책상에서 머리를 숙여 인사했다. 그녀의 내면에 아주 작으면서 꽉 찬 무언가가 느껴졌다. 그 주인은 그녀를 매우 사소하면서 동시에 실제로는 중요하게 만들었다. 그녀는 한순간 자신이 최고로 중요한 존재라는 느낌을 가졌다. 그녀는 계단을 밟아 올라갔다. 그녀는 그 방의 문을 열었다. 조지는 침대 위에서 책을 읽고 있었다.

"고양이는 잡았어?" 그는 책을 내려놓고 물었다.

"사라졌어."

"어디로 갔는지 궁금하군." 그가 책읽기로부터 눈을 쉬면서 말했다.

그녀는 침대 위에 앉았다.

"정말 갖고 싶었는데." 그녀가 말했다. "내가 왜 그걸 정말 갖고 싶어 했는지 모르겠어. 그 가엾은 새끼 고양이를 원했던 거야. 가엾은 새끼 고양이가 되어 빗속 바깥에 있는 건 어쨌든 즐거운 일은 아니니." 조지는 다시 책을 읽는 중이었다.

그녀는 침대를 건너가서는 화장대 거울 앞에 앉아 손거울로 그녀 자신을 바라보았다. 그녀는 옆모습을, 먼저 한쪽을 그러고는 다른 쪽을 살폈다. 그러고는 머리와 목 뒤를 살폈다.

"나 머리가 자라도록 놔두는 게 좋은 생각 같지 않아?" 그녀가 자신의 옆모습을 다시 보면서 물었다.

조지는 시선을 들어 사내애의 머리처럼 바싹 잘린 그녀의 목 뒤를 보았다.

"나는 그 방식이 마음에 드는데."

"나는 너무 지겨워졌어." 그녀가 말했다. "사내애처럼 보이는 것도 너무 싫증 나구."

조지는 침대 안에서 자세를 바꿨다. 그는 그녀가 말을 시작한 이후로 그녀에게서 시선을 뗀 적이 없었던 것이다.

"당신 꽤 끝내주게 멋져 보여." 그가 말했다.

그녀는 화장대 위에 거울을 내려놓고 창문으로 건너가서 밖을 내다보았다. 어두워지고 있었다.

"나는 머리 뒤를 단단하고 부드럽게 당겨서 내가 느낄 수 있게 등 뒤로 큰 매듭을 짓고 싶어." 그녀가 말했다. "내 무릎 위에 앉혀 놓고 쓰다듬을 때 그르렁거리는 새끼 고양이를 갖고 싶어."

"정말?" 조지가 침대에서 말했다.

"그리고 나는 내 은식기로 식탁에서 밥을 먹길 바라고 촛불을 갖고 싶어. 또 봄이었으면 싶고 거울 앞에서 내 머리를 빗질할 수 있길 바라고 새끼 고양이 한 마리를 갖고 싶고 약간의 새옷을 원해."

"오, 입 좀 다물고 뭐라도 좀 읽지 그래." 조지가 말했다. 그는 다시 책을 읽고 있었다.

그의 아내는 창문 밖을 내다보고 있었다. 이제 꽤 어두워졌고 종려나무에는 여전히 비가 내리고 있었다.

"어쨌든, 나는 고양이를 갖고 싶어." 그녀가 말했다. "고양이를 갖고 싶어. 당장 고양이를 갖고 싶다구. 만약 내가 긴 머리칼이나 어떤 즐거움도 갖지 못한다면, 고양이는 가질 수 있잖아."

조지는 듣고 있지 않았다. 그는 그의 책을 읽고 있었다. 그의 아내는 불빛이 그 광장 안으로 들어오고 있었던 창밖을 내다보았다.

누군가가 문을 노크했다.

"아반티Avanti(들어오세요)." 조지가 말했다. 그는 그의 책에서 시선을 들어올렸다.

문간에는 여직원이 서 있었다. 그녀는 그녀를 향해 단단히 눌려져서 그녀의 몸에 매달린 커다란 얼룩고양이 한 마리를 잡고 있었다.

"실례합니다." 그녀가 말했다. "주인님이 이걸 부인께 가져다드리라고 부탁해서요."

(1925년)

킬리만자로의 눈

The Snows of Kilimanjaro

킬리만자로는 19,710피트 높이의 눈 덮인 산으로, 아프리카의 가장 높은 산으로 알려져 있다. 그것의 서쪽 봉우리는 마사이어로 신의 집을 뜻하는 '은가예 은가이'라 불린다. 폐쇄된 서쪽 봉우리에는 마르고 얼어붙은 표범 한 마리의 시체가 있다. 표범이 그 높이에서 찾고 있었던 것이 무엇인지를 설명할 수 있는 사람은 아무도 없었다.

"불가사의한 건 고통스럽지 않다는 거요." 그가 말했다. "그것이 시작되면 어떻다는 건 당신도 알잖소."

"그게 정말이에요?"

"확실해요. 악취를 풍겨서 지독하게 미안하지만, 그게 틀림없이 당신을 괴롭힐 테고."

"그러지 마요! 제발 그런 말 마세요."

"저것들을 봐요." 그가 말했다. "이제 본 걸까 아니면 냄새가 저들을 저처럼 불러들인 걸까?"

사내가 누워 있는 간이침대는 자귀나무의 넓은 그늘 안에 있었는데 그가 그림자 위로 평원의 눈부신 빛이 지나는 것을 내다보는 중에 불쾌하게 웅크리고 있는 커다란 새 세 마리가 있었고, 하늘로 십여 마리가 넘는 새들이 날아가는 동안, 그들이 지나는 것처럼 빠르게 움직이는 그림자가 드리워졌다.

"저것들은 트럭이 고장 난 그날 이후로 저기에 있었지," 그가 말했다. "어쨌건 땅 위로 내려앉은 건 오늘이 처음이군. 나는 처음에 저들이 날아다니는 방법을 매우 주의 깊게 지켜봤었지, 언젠가 소설 속에 그들을 쓰고 싶어질 경우를 위해서. 이제 우습게 되었지만 말이오."

"그렇게 말하지 않았으면 좋겠어요." 그녀가 말했다.

"나는 단지 대화하고 있는 것뿐이오." 그는 말했다. "대화를 하면 훨씬 편안해지거든. 그렇지만 당신이 괴로워하는 건 원치 않소."

"알다시피 내가 괴로워서가 아니에요." 그녀가 말했다. "오히려 내가 할 수 있는 일이 아무것도 없다는 게 너무 불안해요. 내 생각에 비행기가 올 때까지 우리가 할 수 있는 만큼 편안하게 하고 있으면 될 거 같아요."

"혹은 비행기가 오지 않을 때까지겠지."

"제발 내가 할 수 있는 걸 말해 줘요. 내가 할 수 있는 일이 무엇이든 있을 거예요."

"당신은 이 다리를 잘라 줄 수 있을 거야. 그러면 그 고통이 멈추는지도 모르지. 그렇지 않을지도 모르지만. 아니면 나를 쏠 수도 있어. 당신도 이제 잘 쏘잖소. 내가 총 쏘는 법을 가르쳐 줬지. 그렇지 않아요?"

"제발 그런 식으로 말하지 마세요. 뭘 읽어 드릴까요?"

"무엇을 읽지?"

"책 중에 우리가 읽지 않은 어떤 거라도요."

"나는 그것을 들을 수 없소." 그가 말했다. "대화하고 있는 게 가장 편안해요. 우리가 말싸움을 하면 시간이 흐를 거요."

"나는 말싸움 안 해요. 결코 말싸움하고 싶지 않아요. 더 이상 말싸움하지 않겠어요. 아무리 불안해지더라도 말이에요. 아마 그들은 오늘 다른 트럭을 타고 돌아올 거예요. 어쩌면 비행기가 올는지도 모르죠."

"나는 움직이고 싶지 않소." 사내가 말했다. "이제 당신을 편안하게 해주기 위해서가 아니라면 움직이는 게 의미가 없소."

"그건 비겁해요."

"당신은 한 사내를 이름이 욕되지 않게 그냥 좀 편히 죽게 내버려 둘 수는 없는 거요? 내게 댕댕거려 봐야 무슨 소용이 있겠소?"

"당신은 죽지 않을 거예요."

"바보 같은 소리 마요. 나는 지금 죽어가고 있어. 저 녀석들에게 물어봐요." 그는 크고, 고약한 새들이 그들의 벗겨진 목을 구부러진 깃털 속에 파묻고, 앉아 있는 곳을 건너다보았다. 네 번째 새가 날아 내려앉아서는, 빠른 걸음으로 내달렸고 그러고 나서는 뒤뚱뒤뚱 천천히 다른 새들을 향해 갔다.

"저것들은 모든 캠프 주변에 있어요. 당신이 전혀 의식하지 못했던 거예요. 사람은 포기하지만 않으면 죽을 수도 없어요."

"그건 어디에서 읽은 거야? 당신 참 지독한 멍청이로군."

"그 밖에 다른 것을 생각할 수도 있을 거예요."

"그리스도를 대신해For Christ's sake," 그가 말했다. "그건 내 전공이었다구."

그러고 나서 그는 누웠고 잠시 침묵하며 관목 끝 평원의 일렁이는 열기를 건너다보았다. 거기에는 누런 벌판을 배경으로 극히 작고 하얗게 보이는 몇 마리의 톰슨가젤이 있었고, 아득히 저편으로, 관목의 녹색에 반해 하얗게 보이는 얼룩말 한 떼가 보였다. 여기는 언덕을 면해, 깨끗한 물이 있는 커다란 나무들 밑의 쾌적한 캠프였고, 가까이에, 아침이면 사막 뇌조들이 날아다니는 거의 마른 우물이 있는 곳이었다.

"책을 읽어 드리는 게 좋지 않겠어요?" 그녀가 물었다. 그녀는 그의 간이침대 옆 캔버스 의자에 앉아 있었다. "산들바람이 불고 있어요."

"아니 괜찮소."

"아마 트럭이 올 거예요."

"트럭 따윈 상관없어."

"난 상관있어요."

"당신은 신경 쓰는 게 너무 많아. 내가 상관없다는데."

"너무 많은 건 아니죠, 해리."

"술 한 잔은 어떨까?"

"그건 당신에게 해로울 거예요. 블랙의 책Black's(블랙출판사의 의학서)에서도 모든 알코올은 피하라고 했어요. 마시지 마세요."

"몰로!" 그가 소리쳤다.

"예, 브와너Bwana('주인님'이라는 뜻)."

"위스키 소다를 가져오게."

"예, 브와너."

"당신은 마시면 안 돼요." 그녀가 말했다. "그게 내가 말하는 포기한다는 의미예요. 당신에게 그게 해롭다고 말하는 거예요. 나는 그게 당신에게 해롭다는 걸 알아요."

"아니야." 그가 말했다. "그건 내게 도움이 되는 거야."

그래 이제 모든 게 끝이군, 그는 생각했다. 그리하여 이제 그는 그것을 끝낼 기회를 결코 갖지 못할 테다. 그리하여 이렇게 술 한 잔 마시는 것에 대한 논쟁 속에 끝나 버리는 것일 수도. 그의 오른쪽 다리에 괴저가 시작된 이후 그에게 고통은 없었고 고통과 함께 공포심도 사라졌으며, 이제 그가 느끼는 것은 극심한 피로감과 이것이 끝이라는 데 대한 분노가 전부였다. 지금 다가오고 있는, 이것에 관해, 그는 호기심이 거의 없었다. 몇 년 동안 그는 그것에 사로잡혀 있었다. 하지만 이제 그건 그 자체로 아무 의미가 없었다. 완전히 피곤한 상태가 얼마나 그것을 편안하게 만드는지 이상한 일이었다.

이제 그는 아주 잘 쓰기 위해 충분히 알기 전까지 모아 두었던 것들을 결코 쓸 수 없을 테다. 물론, 그가 그것들을 쓰기 위해 애쓰는 것을 실패해야만 하는 일도 역시 없을 테다. 아마 그것들을 결코 쓸 수 없을 테고, 그것이 그것들을 그만두고 시작하기를 늦추었던 이유였을 테다. 물론 그는 이제, 결코 알지 못할 테지만.

헤밍웨이

"정말이지 우리 오지 말 걸 그랬어요." 여자가 말했다. 그녀는 유리잔을 쥐고 있는 그를 바라보며 입술을 깨물었다. "파리에서라면 당신은 결코 이 같은 일을 겪지 않았을 텐데요. 당신은 언제나 파리를 사랑한다고 말했죠. 우리는 파리에 머물렀어야 했거나 어디든 다른 곳으로 갔어야만 했어요. 나는 어디든 갔었을 거예요. 내가 말했죠. 당신이 원하는 어디든 갈 거라고. 만약 당신이 사냥을 원했다면 우리는 헝가리에서 사냥을 하면서 편안히 쉴 수 있었을 거예요."

"당신의 빌어먹을 돈으로 말이지." 그가 말했다.

"그건 타당치 않아요." 그녀가 말했다. "그건 내 것이기도 했지만 언제나 당신 거였어요. 나는 모든 것을 버렸고 당신이 가길 원했던 어떤 곳이든 갔을 테고 당신이 하고자 원했던 무엇이든 했을 거예요. 하지만 정말이지 여기는 오지 말 걸 그랬어요."

"당신이 이걸 좋아한다고 했잖소."

"당신이 무사했을 땐 그랬죠. 하지만 이제 나는 이게 싫어요. 나는 왜 당신 다리에 이런 일이 일어났어야만 했는지 모르겠어요. 우리에게 그 일이 벌어지도록 도대체 우린 뭘 한 걸까요?"

"내 생각엔 처음 내가 긁혔을 때 요오드 바르는 걸 잊어버렸던 거요. 그때 나는 한 번도 감염되어 본 적이 없었기 때문에 어떤 주의도 기울이지 않았던 거지. 그러고 나서, 이후, 해가 된

건, 아마 다른 소독제가 떨어졌을 때 약한 석탄산 용액을 사용했기 때문일 거요. 미세 혈관이 마비되면서 괴저가 시작된 게지." 그는 그녀를 보았다. "또 뭐가 있더라?"

"저는 그런 걸 의미하는 게 아니에요."

"만약 우리가 섣부른 키쿠유 운전사 대신에 훌륭한 정비공을 고용했었다면, 그는 기름을 점검했을 테고 결코 트럭의 베어링을 태워 먹진 않았을 테지."

"저는 그런 걸 의미하는 게 아니에요."

"만약 당신이 당신네 사람들, 당신의 빌어먹을 올드웨스트버리 새러토가, 팜비치 사람들을 버려두고 나를 따라오지 않았다면……."

"어머, 전 당신을 사랑해요. 그건 타당치 않아요. 나는 지금도 당신을 사랑해요. 나는 언제까지나 당신을 사랑할 거예요. 당신은 나를 사랑하지 않나요?"

"아니," 사내가 말했다. "나는 그렇게 생각한 적 없소. 나는 결코 그런 적이 없소."

"해리, 당신 무슨 말을 하는 거예요? 당신 정신이 나갔군요."

"아니. 나는 결코 정신이 나간 게 아니오."

"그만 마셔요." 그녀가 말했다. "내 사랑, 제발 그만 마셔요. 우리는 할 수 있는 모든 걸 해봐야만 해요."

"당신은 그렇게 해요." 그가 말했다. "나는 지쳤소."

지금 그의 머릿속에는 카라가치Karagatch 기차역이 보였는데, 그는 가방을 메고 서 있었고 심플론 오리엔트호의 헤드라이트가 이제 막 어둠을 가르고 있었다. 그는 퇴각한 그때 이후 트라케Thrace를 떠나는 중이었다. 그것은 그가 소설로 쓰고자 함께 모아 두었던 것 가운데 하나로, 그날 아침을 먹던 중에, 창문을 내다보며 불가리아Bulgaria 내 산 위의 눈을 보고 있었는데 난센 협회의 총무가 노인에게 눈이 내린 것인지를 물었고, 노인은 그것을 바라보며, 아닐세, 저건 눈이 아니야, 라고 말했다. 눈이라고 하기엔 너무 이르거든. 따라서 그 총무는 다른 아가씨들에게, 보시다시피, 눈이 아닙니다, 라고 되풀이하고 있었다. 그것은 눈이 내린 게 아니라며 그들 모두, 눈이 내린 게 아니래 우리가 착각했던 거래, 라고 말하고 있었다. 그렇지만 그것은 눈이 내렸던 게 맞았고 그는 주민 교환 계획을 진전시키면서 그 속으로 그들을 보냈다. 그리고 눈이 내렸고 그들은 그해 겨울 죽을 때까지 그 속을 따라 헤매야 했다.

그해 가데르탈Gauertal 지역 위로도 크리스마스 주간 내내 역시 눈이 내렸는데, 그해 그들은 벌목꾼의 집에서 그 방의 절반을 차지하는 큰 사각형 자기 난로와 함께 살았고, 그들은 너도밤나무 잎으로 채워진 매트리스 위에서 잤는데, 그때 탈주자가 그 눈 속에 발에 피를 흘리며 왔었다. 경찰이 바로 그 뒤에 있다고 그가 말했고 그들은 그에게 털양말을 주고 그 발자국들이 눈에 덮일 때까지 경찰관과 대화를 나누면서 잡아 두었다.

슈룬스에서도, 크리스마스 당일, 눈이 바인스투베 Weinstube(와인과 음식을 같이 먹는 술집)에서 내다볼 때 눈을 찌를 만큼 너무 밝았고 모든 이들이 교회에서 집으로 가고 있는 것이 보였다. 그곳에서 그들은 어깨 위로 무거운 스키를 메고, 비탈진 소나무 언덕과 썰매로 매끈해지고 오줌으로 노래진 길을 걸어 올라갔다. 그곳에서 눈이 설탕을 입힌 케이크처럼 매끄럽고 파우더처럼 가벼워 보였던, 마들레너하우스 위쪽 빙하를 달려 내려갔는데, 그는 사람들이 새처럼 떨어져 내리며 만들어 내던 그 소리 없는 빠른 질주를 기억했다.

그들은 마들레너하우스에서 한 주를 눈에 발이 묶여 있었다. 눈보라가 치던 그 시간 랜턴 불빛에 담배 연기 속에서 카드게임을 했고, 판돈은 언제나 해리 렌트가 잃을 때 가장 높았다. 마침내 그는 전부를 잃었다. 모든 것, 스키강습료와 시즌 내내의 수익과 그때 지녔던 자본금 모두를. 그는 그의 긴 코와 함께, 카드를 집어 올리고는 열면서, "볼 것도 없지 Sans Voir."라고 하고 있는 자신을 볼 수 있었다. 그때 거기엔 항상 도박이 있었다. 사람들은 눈이 안 와서 도박을 했고, 눈이 너무 많이 와서 도박을 했다. 그는 그의 삶 속에 도박으로 소비했던 모든 시간을 생각했다.

그렇지만 그는 그것에 관해서는 결코 한 줄도 쓰지 않았고, 산들이 평원을 가로질러 보이는 그 차갑고 맑았던 크리스마스 날 바커가, 오스트리안 장교들이 타고 떠나는 열차에 폭탄을 투하하고, 그들이 뿔뿔이 흩어져 내달릴 때 그들에게 기총소사를 하기 위해 경계선을 넘어 날아갔던 것에 대해서도 역시 한 줄도 쓰지 않았다. 그는 바커가 나중에 혼란스러운 상황 속에서 그에 관해 말하기 시작했던 것을 기억했다. 그리고 얼마간 침묵이 흐르고 나서 누군가 말했다. "당신은 빌어먹을 살인마 새끼야."

그 사람들은 그가 후에 함께 스키를 탔던 그때 죽임을 당한 같은 오스트라인들이었다. 아니 똑같은 건 아니었다. 그해 내내 그가 함께 스키를 탔던 한스는, 카이저 자거Kaiser Jagers 정보부대 출신이었는데 그들은 제재소 위 작은 계곡 위로 함께 토끼 사냥을 나가 파스비오Pasubio와의 싸움에 대해,

파르티카라와 아살론에 대한 공격에 대해 대화를 나누었다. 그는 그것에 관해서도 결코 한 줄도 쓰지 않았다. 몬테 코로나에 대해서도, 세테 코무니에 대해서도, 아르시에로에 대해서도 역시 쓰지 않았다.

얼마나 많은 겨울을 그는 포어아를베르크와 아를베르크에서 지냈을까? 네 번의 겨울이었고 그때 그는 그들이 블루덴츠로 걸어 내려갔을 때, 그때 선물로 샀던, 여우를 팔고 있었던 사내를 떠올렸다. 그리고 체리씨 맛이 나던 훌륭한 키르슈kirsch, 빠르게 미끄러지는 표면 위의 파우더 같은 눈과, "'하이!' 호! 롤리는 말했다네!"를 노래하면서 사람들이 마지막 직선코스인 가파른 급경사를 달려 내려와서는, 그러고는 세 번을 꺾으면서 과수원을 내달렸고 도랑을 가로질렀고 여관 뒤 빙판길 위로 내려왔던 것을. 자신들의 바인딩을 느슨하게 하면서, 스키를 자유롭게 벗어서는 여관의 나무 벽에 기대어 놓고는, 창문으로부터 램프 빛이 비치는, 안쪽, 담배 연기 속에서, 새로운 와인이 아늑한 향기를 뿜어내는 중에, 그들은 아코디언을 연주했었다.

"우리가 머문 곳이 파리 어디였소?" 그는 여자에게 물었다. 지금은 아프리카에서 그의 옆 캔버스 의자에 앉아 있는 그녀에게.

"크리용이었죠. 아시잖아요."

"왜 내가 알고 있을 거라는 거지?"

"우리가 항상 머물던 곳이었으니까요."

"아니지. 항상은 아니지."

"그곳과 제흐망가街의 파빌리온 앙리 4세 호텔에서였죠. 당신은 그곳을 사랑한다고 말했고요."

"사랑은 똥 더미야," 해리가 말했다. "그리고 나는 그것에 올라타서 환호하는 수탉이고."

"만약 당신이 떠나야만 한다 해도," 그녀가 말했다. "뒤에 남는 모든 것을 죽이려는 게 꼭 필요할까요? 내 말은 모든 걸 없애야만 하겠느냐는 거예요? 당신의 말馬과, 아내를 죽이고 당신의 안장과 갑옷을 태워야만 하겠느냐는 거예요?"

"그래," 그는 말했다. "당신의 지독스러운 돈은 내 갑옷이었지. 내 검과 갑옷."

"그만하세요."

"좋아. 그만하지. 당신을 아프게 하고 싶지는 않으니까."

"이미 좀 늦었네요."

"좋아 그럼. 계속해서 아프게 해주지. 더 재미있게 말야. 내가 당신과 함께하길 좋아하는 그 유일한 짓조차 나는 이제 할

41

킬리만자로의 눈

수 없게 된 거야."

"아니에요. 그건 사실이 아니에요. 당신은 많은 일을 하고 싶어 했고 당신이 원했던 거라면 뭐든지 나도 하고 싶어 했어요."

"아, '그리스도를 대신해' 자랑은 그만하는 게 좋지 않겠어, 당신?"

그는 그녀를 보았고 그녀가 울고 있는 것을 깨달았다.

"들어 봐." 그는 말했다. "이러는 게 재미있을 거라고 생각해? 내가 왜 이러고 있는지 나도 모르겠어. 스스로 살아갈 수 있게 그만 끝내려 애쓰고 있는 걸 거야, 내 나름은. 우리가 대화를 시작했을 때까진 괜찮았어. 이런 대화를 하자는 것도 아니었는데, 이제 나는 멍청이처럼 돌아 버린 거고 당신에게 내가 할 수 있는 만큼 잔인하게 굴고 있는 거야. 내가 하는 말에, 신경 쓰지 마요, 여보. 나는 당신을 사랑해. 정말로. 내가 당신을 사랑한다는 걸 당신은 알 거요. 나는 결코 당신을 사랑하는 방식으로 어느 누구도 사랑해 본 적이 없소."

그는 그를 먹여 살린 그 익숙한 거짓말로 빠져들었다.

"당신은 내게 다정했어요."

"당신은 암캐야." 그가 말했다. "부유한 암캐. 이건 시야. 나는 이제 시로 채워져 있어. 썩음과 시. 썩은 시."

"그만해요, 해리. 왜 당신은 이제 악마로 변해야만 하는 건가

헤밍웨이

요?"

"나는 어떤 것도 남겨 두고 싶지 않아." 그 사내는 말했다. "뒤에 남겨 두고 싶지 않다고."

*

막 저녁이 되었고 그는 잠들었었다. 태양이 언덕 너머로 사라져 평원 전체가 어둠에 휩싸여 있었고 작은 짐승들은 캠프 가까이서 먹이를 먹고 있었다. 빠르게 머리를 떨구고 꼬리를 흔들면서. 그는 이제 수풀로부터 제법 벗어나 있는 그것들을 지켜보았다. 새들은 더 이상 땅 위에서 기다리지 않았다. 그들은 전부 나무에 무겁게 앉아 있었다. 많은 수가 늘어나 있었다. 그의 몸종인 사내애가 그 침대 옆에 앉아 있었다.

"멤사힙Memsahib('마님'이라는 뜻)은 사냥을 가셨습니다." 사내애가 말했다. "브와너 원하시는 게 있는지요?"

"없네."

그녀는 식량거리를 잡으러 간 것인데, 그가 그 사냥을 얼마나 지켜보고 싶어 하는지를 알면서도, 그가 볼 수 있는 평원의 이 작은 골짜기에서의 수면을 방해하지 않기 위해 제법 멀리로 나갔던 것이다. 그녀는 항상 사려 깊었지, 그는 생각했다. 자신이 알고 있던 것이든, 책에서 읽었던 것이든, 아니면 이전에 들었던 것이든 모든 것에 대해.

그가 그녀에게 갔을 때 작가로서는 이미 끝나 있던 것이 그녀의 잘못은 아니었다. 단지 습관처럼 위로하기 위해 하는 말이, 아무 의미가 없다는 걸 여자가 어찌 알 수 있었을까? 그가 말하는 것이 더 이상 의미 있지 않게 된 이후에 그의 거짓말들은 여성들에게 그가 그들에게 진실을 말할 때보다 더 좋은 결과를 가져왔다.

말할 수 있는 진실이 없는 것처럼 그가 하는 거짓말은 그렇게 대단한 건 아니었다. 그는 그의 삶을 살았고 그것이 끝났으며 그러고 나서 그는 더 돈 많은 다른 사람들과 함께, 같은 장소라도 최고인, 그리고 얼마쯤 새로운 사람들과 함께, 다시 삶을 지속했던 것이다.

사색하는 일을 그만두고 나자 모든 게 기막히게 좋았지. 제법 괜찮은 내면을 갖추고 있었기에 자네는 그들 대부분이 허물어졌었던 그 방식으로, 마음이 허물어지지 않을 수 있었고, 이전에 하곤 했던, 이제 더 이상 할 수도 없게 된 그 작업에 관심이 없다는 태도를 취할 수 있었던 거야. 그렇지만, 자네 자신이, 이 사람들에 대해 써보아야겠다고 말하곤 했었지. 그 매우 부유한 사람들에 관해, 실제로 그들이 아니라 그들 세계의 한 사람의 염탐꾼으로서 말이지. 그것을 떠나 그것에 관해 써보리라고 그리고 언젠가는 자신이 쓰고 있었던 것을 알고 있는 누군가에 의해 쓰여지리라고. 그렇지만 그는 결코 그것을 하지 않으려 했는데, 왜냐하면 쓰고 있지 않은 매일 매일이, 안락했고, 그의 능력을 둔화시키고 그렇게 작업하려는 그의 의지를 나약하게 해서, 자신이 경멸하는 그런 존재가 되어 버렸기에, 마침내, 그는 작업을 전혀 하지 않게 되었던 것이다. 그가 아는 사람들은 이제 전부 그가 글 쓰는 일을 하지 않을 때 더욱 편안한 사람들이었다. 아프리카는 그의 삶 속에서 좋은 시기에 가장 행복했던 시간이었기에, 그래서 그는 다시 시작하기 위해 여기로 떠나온 것이다. 그들은 최소한의 안락으로 이 사파리를 꾸렸었다. 힘든 건 없었다. 하지만 호화로움도 없었으며 그는 그런 방식으로 단련해 들어갈 수 있을 것이라고 생각했었다. 어떤 점에서 그는 권투선수가 자신의 몸을 만들기 위해 산속으로 들어가 작업하고 훈련하는 방식으로 자신의 영혼의 기름기를 빼내는 작업을 했던 것이다.

　그녀는 그것을 좋아했었다. 그녀는 그것을 사랑한다고 말했다. 그녀는 호기심을 불러일으키는 어떤 것이든 사랑했다. 환경의 변화를 포함하여, 새로운 사람들이 있는 어디든 그리고 즐거움이 있는 어디든. 그러면서 그는 글 쓰는 작업에 대한 의지의 힘이 되돌아오고 있다는 착각에 빠졌었다. 이제 만약 이것이 이대로 끝난다 해도, 그리고 그가 그것을 깨닫게 되었다 해도, 그는 스스로를 물고 있는 어떤 뱀처럼 등이 부러져 있기 때문에 돌아설 수도 없는 것이다. 그것은 이 여인의 잘못이 아니었다. 만약 그녀와 있지 않았다면 다른 사람과 있었을 것이다. 만약 그가 거짓으로 살아온 것이라면 그는 그것으로 죽기 위해 애써야만 하는 것이다. 그는 언덕 너머에서 들려오는 한 방의 총소리를 들었다.

그녀는, 이 선한, 이 부유한 계집은, 그의 재능에 대한 친절한 관리인이자 파괴자인 그녀는 총을 매우 잘 쏘았다. 난센스였다. 그는 자신의 재능을 스스로 파괴했었다. 왜 그는 그녀가 자신을 잘 지켜 주었다는 이유로 이 여인을 비난해야 했단 말인가? 그는 그것을 쓰지 않는 것으로, 그 자신과 그가 믿는 것을 배신하는 것으로, 그의 인식의 끄트머리가 둔화될 정도로 술을 마시는 것으로, 게으름으로, 나태함으로, 그리고 우월의식으로, 자만심과 편견으로, 어쨌건 수단 방법을 가리지 않고, 자신의 재능을 파괴했었다. 이것은 뭐였을까? 고서古書들의 목록이었나? 어쨌든 그의 재능은 무엇이었을까? 그것은 괜찮은 재능이었지만 그것을 사용하는 대신에, 그는 그것을 악용했었다. 그는 사용했던 적이 없었지만, 언제나 사용할 수 있었던 것이다. 그리고 그는 펜과 연필 대신에 다른 뭔가를 가지고 살아가는 것을 선택했었다. 그가 다른 여자와 사랑에 빠졌을 때, 그여인이 언제나 맨 마지막 여자보다 돈이 많았던 것, 또한, 이상한 일이었다. 그렇지 않은가? 그러나 그가 더 이상 사랑을 하지 않게 되었을 때, 이제, 가장 돈이 많았던, 모든 돈을 가지고 있었던, 남편과 아이들이 있었던, 연인들도 있었지만 그들과는 불화했던, 그리고 그를 작가로서, 남자로서, 동료로서 그리고 자랑스러운 소유물로서 각별히 사랑했던 이 여자에게, 그가 단지 거짓말을 하게 된 때, 그가 결코 그녀를 사랑하지도 않으면서 거짓말을 하는 동안, 그가 실제로 사랑했을 때보다 그녀의 부를 위해 그녀에게 더 기여할 수 있다는 것도 이상한 일이었다.

우리는 우리가 하는 일에 최대한 적합한 존재임에 틀림없다, 고 그는 생각했다. 어떤 식으로 사람들이 생활해 나가든 그곳에 각자의 재능이 놓여 있는 게다. 그는 그의 삶 내내, 이런저런 형태로 생활력을 팔아 왔었는데 사람들은 각자의 애정에 너무 얽매이지 않을 때 부에 대한 가치를 좀더 높게 평가하는 것이다. 그는 그것을 발견했지만, 지금은 그 또한, 결코 쓰지 않을 것이다. 아니, 비록 그것이 정말 쓸 만한 가치가 있다고 해도 그는 쓰고 싶지 않을 것이다.

이제 그녀가 시야에 들어왔는데, 캠프를 향해 열려 있는 길을 가로질러 걸어오고 있었다. 그녀는 사냥 바지를 입고 자신의 소총을 들고 있었다. 두 명의 사내애들이 톰슨가젤 한 마리를 메고 그녀의 뒤를 따르고 있었다. 여전히 매력적인 외모의 여자야. 그는 생각했다. 유쾌한 육체를 유지하고 있지. 그녀는 잠자리에서 대단한 재능과 진가를 발휘했고, 예쁘지는 않았지만, 그는 그녀의 얼굴을 좋아했다. 그녀는 엄청나게 읽고, 말 타고 사냥하는 것을 좋아했는데 확실히, 그녀는 너무 많이 마셨다. 그녀의 남편은 그녀가 아직 비교적 젊은 여인일 때 죽었고 한동안 그녀는 두 명의 자라는 아이들, 그녀를 필요로 하지 않고 그녀를 귀찮아하는 아이들을 위해, 그녀의 말들이 있는 마구간에, 책들에, 그리고 음주에 자신을 바쳤다. 그녀는 저녁식사 전 저녁에 책 읽기를 좋아했는데 책을 읽는 동안 스카치 소다를 마셨다. 저녁식사까지 그녀는 상당히 마셨고 이후 보통 식사 자리에서의 와인 한 병은 잠들기 위해 충분히 마시는 것이었다.

그것은 애인들이 있기 전이었다. 애인들을 갖게 된 후에 그녀는 잠들기 위해 마실 필요가 없었기에 그렇게 많이 마시지 않았다. 하지만 그 애인들은 그녀에게 지겨웠다. 그녀는 자신을 결코 지루하게 하지 않는 한 남자와 결혼했었는데 그 사람들은 몹시 지루했다.

그때 그녀의 두 아이 중 하나가 비행기 추락 사고로 죽었고 그 후 그녀는 연인들을 원치 않게 되었다. 술도 더 이상 마취제가 되지 못했기에 그녀는 또 다른 삶을 살아야만 했다. 갑자기, 그녀는 혼자라는 사실에 대해 극심한 두려움을 갖게 되었다. 그렇지만 그녀는 자신이 함께하면서 존경할 만한 누군가를 원했다.

그것은 매우 평이하게 시작되었다. 그녀는 그가 쓴 것을 좋아했고 그녀는 항상 그가 살아온 그 삶을 부러워했다. 그녀는 정확하게 그가 원했던 삶을 살았다고 생각했다. 그녀가 그를 얻기까지의 과정과 마침내 그녀가 그와 사랑에 빠지게 되었던 방법은 그녀가 스스로 새로운 삶을 쌓아 갔고 그가 이전 삶의 남은 것들을 팔아 치우는 통상적인 진행의 일부로서가 전부였다.

그는 안정을 위해, 또한 안락을 위해, 그것을 팔았고, 그 점을 부인하지 않았다. 그 밖의 뭐가 있을까? 그는 알지 못했다. 그녀는 그가 원하는 무엇이든 사주었을 것이다. 그는 그것을 알고 있었다. 또한 그녀는 지독히도 인정 많은 여자였던 것이다. 그는 어느 누구보다 그녀와 자진해서 잠자리를 하고 싶었다. 어느 정도는 그녀가 부유했기 때문이고, 매우 유쾌하고 수준 높았기 때문이며 결코 소동을 만들지 않았기 때문이다. 그리고 이제 그녀가 다시 만들어 가는 이 삶은 끝을 향해 가고 있었다. 2주 전 그는 여차하면 수풀 속으로 달아나라고 보낼 첫 소음을 들으려 자신들의 귀를 넓게 펼치고, 코로 공기를 탐색하며 주변을 살피며 서 있는, 영양 한 떼의 사진을 찍기 위해 앞으로 나아가려다가 무릎을 가시에 긁혔고, 그때 요오드를 사용하지 않았기 때문이다. 더군다나 그것들은 그가 사진을 찍기도 전에 달아나 버렸다.

그때 그녀가 바로 다가왔다.

그는 침대 위에서 그녀 쪽이 보이게 머리를 돌렸다. "안녕." 그가 말했다.

"숫토미 한 마리를 맞혔어요." 그녀가 그에게 말했다. "멋진 수프를 만들어 줄게요. 나는 그들에게 클림Klim(분유 이름)에다 감자 몇 개를 으깨라고 할 거구요. 기분은 좀 어떠세요?"

"훨씬 나아졌소."

"정말 기쁘지 않나요? 어쩌면 그럴 거라고 생각했어요. 내가 떠날 때 당신은 잠들어 있었거든요."

"단잠을 잤어. 멀리 걸어갔었소?"

"아니에요. 바로 언덕 너머 주변이에요. 토미를 완전히 용케 맞혔다니까요."

"당신은 굉장히 잘 쏘는 거요. 알다시피."

"나는 그걸 사랑해요. 나는 아프리카를 사랑했어요. 진심으로. 만약 당신이 괜찮았다면 내가 이제껏 누려 보지 못한 가장 큰 즐거움이었을 텐데. 당신과 함께 사냥을 했던 그 즐거움을 당신은 모를 거예요. 나는 이 나라를 사랑하고 있어요."

"나 역시 사랑하오."

"여보. 당신 기분이 좋아 보이는 게 얼마나 좋은지 모를 거예요. 당신 기분이 아까 그런 식이었을 때 참기 힘들었어요. 다시는 그런 식으로 내게 말하지 않을 거죠, 그렇죠? 약속하시는 거죠?"

"모르겠는데," 그는 말했다. "내가 무슨 말을 했는지 기억나지 않소."

"당신이 나를 망가뜨려야만 할 이유가 없잖아요. 그렇죠? 나는 단지 당신이 하고 싶어 하는 일을 하길 원하는, 당신을 사랑하는 중년 여성일 뿐이에요. 나는 이미 두세 번 망가졌어요. 당신은 내가 다시 망가지길 원하는 건 아니죠, 그렇죠?"

"나는 당신을 침대에서 몇 번이라도 망가뜨리고 싶어." 그가 말했다.

"좋아요. 그건 훌륭한 망가짐이네요. 그게 우리를 망가뜨리는 방법이긴 하네요. 비행기는 내일 올 거예요."

"당신이 어찌 알지?"

"분명해요. 올 거 같아요. 저 애들이 나무와 풀로 연기를 피울 모든 준비를 하고 있어요. 나는 내려가서 오늘 다시 보았어요. 착륙할 공간이 충분히 있고 우리는 양쪽 끝에 연기를 피울 준비를 해두었어요."

"무엇이 당신에게 그게 내일 올 거라고 생각하게 만드는 거요?"

"분명히 올 거예요. 이제 올 때가 지났어요. 그때, 시내에서 당신 다리를 치료하고 그러고 나서 우리는 얼마간 멋진 '망가짐'을 가질 수 있을 거예요. '대화' 같은 끔찍한 것 말고 말이에요."

"우리 한 잔 할 수 있을까? 해도 졌는데."

"꼭 그러고 싶어요?"

"한 잔만."

"함께 한 잔씩만 해요. 몰로, 위스키 소다 두 잔만 가져다줘!" 그녀가 소리쳤다.

"당신 모기 장화를 신는 게 좋을 거 같은데." 그가 그녀에게 말했다.

"목욕할 때까지는 그냥 있으려고요……."

어둠이 짙어 가는 동안 그들은 술을 마셨고 완전히 어두워지기 직전 더 이상 총을 쏠 수 있는 빛조차 사라지고 나서, 하이에나 한 마리가 언덕 주위로 펼쳐진 그의 길을 가로질러 갔다.

"저놈은 매일 밤 저기를 가로질러 가지." 사내가 말했다. "2주

내내 매일 밤 그랬어."

"밤에 한 번은 소리를 냈어요. 난 신경 쓰지 않았어요. 그래
도 고약한 동물이긴 하죠."

함께 술을 마시는 동안, 한 자세로 누워 있는 불편함을 제외
하면 이제 고통은 없이, 사내애들이 불을 피우는 중이었고, 그
것의 그림자가 텐트 위에서 뛰어다니고 있었다. 그는 이 삶에서
유쾌한 굴복을 묵인하는 쪽으로 돌아가는 것을 느낄 수 있었
다. 그녀는 그에게 매우 훌륭했다. 그는 오후에 잔인했고 불공
정했다. 그녀는 실제로 놀랄 만큼 좋은 여성이었다. 그런데 그
때 막 그에게 자신이 죽어가고 있다는 생각이 떠올랐다.

그것은 급습해 왔다. 물이나 바람처럼 급습해 온 것은 아니
었다. 하지만 갑자기, 악취가 풍기는 공허함처럼 급습해 왔는
데, 기묘한 건 하이에나가 그것의 가장자리를 따라 가볍게 미
끄러져 갔다는 것이다.

"무슨 일이에요, 해리?" 그녀가 그에게 물었다.

"아무것도," 그가 말했다. "당신은 건너편으로 옮겨 가는 게
좋겠어. 바람이 불어오는 쪽으로."

"몰로가 붕대를 갈아 주었나요?"

"그래요. 지금은 붕산만 쓰고 있소."

"기분은 어떠세요?"

"조금 떨리는군."

"전 목욕하러 갈게요." 그녀가 말했다. "바로 올 거예요. 저녁을 함께 먹고 나서 우리 침상을 안으로 옮기기로 해요."

그래서, 그는 자신에게 말했다. 우리가 그 싸움을 멈춘 건 잘한 일이야. 그는 이 여인과는 결코 많은 싸움을 하지 않았다. 그가 사랑했던 다른 여인들과 함께 있는 동안에는 너무 많이 싸워서 그들은 항상 결국에, 싸움의 부식작용으로, 그들이 함께했던 것을 죽여 버렸다. 그는 너무 많이 사랑했었고, 너무 많이 요구했었다. 그리하여 그는 그것을 전부 닳아 해지게 했던 것이다.

그는 떠나오기 전 파리에서 다투고, 콘스탄티노플에 혼자 있던 그 시간에 대해 생각했다. 그는 그 시간 내내 여자를 샀었다. 그리고 그때, 그것이 끝나고 났을 때, 외로움을 죽이는 데도 실패했지만, 더 나빠졌을 뿐이어서, 그는 그녀에게 편지를 썼다. 첫 번째 사람, 그를 떠났던 그 사람에게. 편지는 그녀에게 말하고 있었다. 어떻게 그가 외로움을 죽일 수 없었던가를… 한번은 레장스Regence 밖에서 그녀를 보았다고 생각했을 때 자신이 어떻게 실신할 정도로 마음이 아팠었던가를. 그리고 같은 길에서 그녀처럼 보이는 여자를 좇아, 불바르Boulevard를 걸으면서, 그녀가 아니라는 걸 확인하는 게 두려웠고, 자신에게 주었던 그 느낌을 잃는 것이 얼마나 두려웠던가를. 어떻게 자신이 함께 잤던 모든 이들이 단지 그녀를 더 그리워하게 만들었는가를. 그가 그녀를 사랑하는 자신을 치유할 수 없다는 것을 알았기에 그녀가 했던 일이 어떻게 문제가 되지 않는가를. 그는 클럽에서, 정신이 말짱한 상태에서 이 편지를 썼고, 파리의 사무실에 있는 그에게 답장을 요청하면서 그것을 뉴욕으로 부쳤다. 그것은 안전해 보였다. 그리고 그날 밤 그녀를 너무나 그리워하고 있는 중에 가슴이 텅 빈 듯 아파 와서, 그는 막심가를 어슬렁거리며 지나다, 한 여자를 골라잡았고 그 여자를 데리고 저녁을 먹으러 갔다. 그는 이후 그 여자와 함께 춤을 추는 곳으로 갔고, 그 여자가 형편없이 춤을 춰서, 화끈한 아르메니아 계집slut을 위해 그 여자를 떠났고, 그에게 대고 흔들어대는 그녀의 배로 인해 거의 욕정이 끓어올랐다. 그는 말다툼 끝에 영국 포병 중위로부터 그녀를 떼어냈다. 그 포병 중위는 그에게 나가자고 했고 그들은 어둠 속 자갈이 깔린 거리에서 싸웠다. 그는 턱 쪽을 강하게 두 번 칠 수 있었고 그가 쓰러지지 않았을 때 제대로 싸움을 해야 할 상황임을 깨달았다. 그 포병은 몸통을 때렸고, 그러고는 눈 옆을 때렸다. 그는 다시 그의 왼손을 휘둘러 타격을 가했고 포병은 그 위에 쓰러지며 그의 외투를 잡아 소매를 찢었다. 그는 귀 뒤쪽을 두 번 때리고 나서 그를 밀고는, 오른손으로 세게 가격했다. 포병이 먼저 머리를 부딪치며 쓰러졌을 때, 헌병들이 오는 소리를 들었으므로 그는 여자와 함께 달아났다. 그들은 택시에 올랐고 보스포루스 해협을 따라 루멜리 히사리 Rimmily Hissa로 내달렸고, 주변을 돌다가, 차가운 밤에 돌아와 잠자리에 들었다. 그녀는 보이는 것처럼 농익었지만 부드럽고, 장미 꽃잎 같고, 달콤하고, 부드러운 배와, 큰 가슴이 느껴졌고 그녀의 엉덩이 아래로는 베개가 필요치 않았다. 그는 그녀가 깨어나 첫 햇살에 흐트러진 모습을 보이기 전에 그녀를 떠났고 검게 멍든 한눈에, 한쪽 소매가 없어 손에 든 윗도리 차림으로 페라 팔라스the Pera Palace에 나타났다. 같은 날 밤 그는 아나톨리아를 향해 떠났고, 그 여행 끝에, 그는 사람들이 아편을 위해 키웠던 양귀비 밭 사이를 하루종일 달리던 일과 그것이 기분을 얼마나 이상하게 만들었는지와, 마침내, 그 모든 거리감이 틀리게 여겨지고, 그들이 새로 도착한 콘스탄틴 장교들과 함께 공격했던 곳이라는 것과, 빌어먹을 짓이라는 걸 모르고, 대포를 군대에 쏘아 대고 영국 관측병이 아이처럼 울어 대던 것을 기억해 냈다.

헤밍웨이

그가 처음으로 하얀 발레 스커트에 술 달린 끝이 위로 올려진 신발 차림의 죽은 사람을 볼 수 있었던 것은 그날이었다. 터키군들은 꾸준하게 떼로 몰려왔고 그는 스커트 차림의 병사들이 달아나자 장교들이 그들에게 총을 쏘고는 자신들도 달아나는 것을 보았고, 그와 영국군 관측병 역시 폐가 아프고 입이 동전 맛으로 가득 찰 때까지 달아났었다. 그들은 어떤 바위 뒤에서 멈추었고 터키군들은 언제나처럼 떼지어 왔다. 후에 그는 그가 결코 생각할 수 없었던 상황들을 알게 되었고 더 나중에는 더 나쁜 상황을 알게 되었었다. 그리하여 그가 파리로 돌아왔던 그때 그는 그것에 관해 말할 수 없었고 그것이 언급되는 것조차 참을 수 없었다. 그런데 거기 그 카페 안에 그가 지나치는 동안, 앞에 받침접시 한 무더기를 쌓아 둔 채 감자 얼굴에 어리석어 보이는 표정으로, 트리스탄 차라라 불리는, 항상 외알 안경을 쓰고 두통을 앓고 있는 한 루마니아인과 다다이즘 운동에 관해 이야기를 나누고 있는 그 미국 시인이 있었고, 그리고, 돌아온 아파트에서 그의 아내와 이제 그는 다시 사랑을 했었다. 싸움은 전부 끝났다. 그 미친 짓은 전부 끝난 것이다. 집에 있는 것이 기뻤는데, 사무실에서 그의 우편물을 아파트로 보내왔다. 그리하여 그때 그가 썼었던 것에 대한 답장으로서의 편지가 어느 날 아침 접시 위에 올려져 들어왔고 그 필체를 보았을 때 그는 온몸이 얼어붙어서 그 편지를 다른 것 밑으로 밀어 넣으려 했다. 하지만 그의 아내가 "그 편지는 누구한테 온 거예요, 여보?" 하고 말했고, 그것이 그 시작의 끝이었다. 그는 그들 전부와 함께한 멋진 시간들을, 그리고 그 싸움들을 떠올렸다. 그들은 항상 싸움을 하기 가장 좋은 지점을 골랐다. 왜 그들은 언제나 그가 최상의 기분일 때 싸움을 걸어왔던 것일까? 그는 그 때문에 그에 관해 어떤 것도 써 본 적이 없는데, 우선, 그는 누구도 상처받는 걸 원치 않았기 때문이고 다음으로는 그것 말고도 거기엔 써야 할 것이 충분한 것처럼 여겨졌기 때문이다. 하지만 그는 항상 그것을 결국에 쓰게 되리라고 생각했었다. 거기에는 쓸 것이 너무 많았다. 그는 세상의 변화를 보아 왔다. 단지 사건들로서가 아니었다. 비록 그는 많은 이들을 보아 왔고 사람들을 지켜보기도 했지만, 그는 세밀한 변화를 보아 왔고 사람들이 다른 시간에 어떠했었는지를 기억할 수 있었다. 그는 그 안에 있었고 그것을 지켜보았다. 그리고 그것에 관해 쓰는 것은 그의 의무였다. 하지만 이제 그는 결코 쓸 수 없게 된 것이다.

"기분은 좀 어때요?" 그녀가 말했다. 그녀는 목욕 후에 이제 텐트에서 나와 있었다.

"괜찮소."

"이제 먹을 수 있겠어요?" 그는 그녀 뒤에 접이식 테이블을 든 몰로와 접시들을 든 다른 사내애를 보았다.

"나는 글을 쓰고 싶어." 그가 말했다.

"당신은 체력을 유지하기 위해서 고깃국물을 좀 먹어야만 해요."

"나는 오늘 죽을 건데." 그가 말했다. "체력이 뭔 필요가 있겠어."

"감정적으로 생각하지 마세요, 해리, 제발." 그녀가 말했다.

"당신은 왜 당신 코를 인정하지 않지? 나는 지금 내 허벅지 위쪽으로 반쯤 썩어가고 있는 거요. 아무려면 내가 바보처럼 고깃국물이나 먹어야겠소? 몰로, 위스키 소다를 가져와."

"제발 수프 좀 드세요." 그녀가 부드럽게 말했다.

"알겠소."

수프는 너무 뜨거웠다. 그는 컵 안에 든 그것을 먹을 수 있을 만큼 충분히 식을 때까지 잡고 있어야만 했다. 그리고 나서 그는 구역질을 참고 힘겹게 삼켰다.

"당신은 좋은 여자요." 그가 말했다. "내게 너무 신경 쓰지 말아요."

　그녀는《스퍼》와《타운 앤 컨트리》로 친숙한, 아주 사랑스러운 얼굴로 그를 바라보았는데, 다만 술로 인해, 잠자리로 인해 조금 더 나빠졌지만,《타운 앤 컨트리》는 그 멋진 가슴과 훌륭한 허벅지와 가볍게 등허리를 어루만져 주는 그 작은 손은 결코 보여 주지 않았다. 그래서 그가 그녀를 보는 동안 그녀의 친숙한 기분 좋은 미소를 보게 되었고, 그는 죽음이 도래했음을 다시금 느꼈다. 이번에는 불쑥 일어난 것은 아니었다. 촛불을 흔들리게 하고 불꽃을 길게 늘어뜨리는 한 줄기 바람처럼, 훅하고 불어왔던 것이다.

　"저 애들에게 나중에 내 모기장을 내와서 나무에 매달고 불을 피울 수 있게 해주겠소. 나는 오늘 밤 텐트에 들지 않을 거요. 이동할 만한 가치가 없어. 맑은 밤이군. 비 같은 것도 없을 거요."

　그래 이렇게 죽는 거야, 들리지 않는 속삭임 가운데서. 좋아, 더 이상 싸움은 없을 거야. 그는 그것을 약속할 수 있었다. 그가 결코 가져 보지 못했던 이 하나의 경험을 그는 이제 망치지 않을 것이었다. 그는 아마 그럴 수 있을 것이다. 넌 모든 걸 망쳤었지. 하지만 아마 그는 그렇지 않을 것이다.

　"당신 받아쓰는 건 할 수 없겠지, 그렇지?"

"전혀 배운 적이 없어요." 그녀가 그에게 말했다.

"그래."

시간이 없었다. 물론. 만약 제대로 해낼 수 있다면 그것 전부를 한 단락 속에 넣을 수 있을 만큼 짧게 만들 수 있을 것 같다고 여겨졌음에도 불구하고.

그곳에는 호수 너머 언덕 위로, 회반죽으로 하얗게 칠해진 통나무집 한 채가 있었다. 문 옆 기둥 위에는 밥시간에 사람들을 부르기 위해 매단 벨 하나가 있었다. 집 뒤는 벌판이었고 그 벌판 뒤로 목재용 산림이 있었다. 한 줄로 늘어선 롬바르디아 포플러나무들이 집에서 선창가로 이어져 있다. 다른 포플러나무들이 그 지점을 따라 이어졌다. 길 하나가 산림 끝을 따라 언덕 위로 올라갔고 그 길을 따라 그는 산딸기를 땄었다. 그때 그 통나무집은 불에 타 무너졌고 뚜껑 없는 벽난로 위 사슴 발 선반에 있던 모든 총들도 불탔다. 나중에 그것들의 총신들은, 탄창 속에서 녹은 납들과 함께, 그리고 비축물들은 타버린 채로, 큰 비누 쇠솥의 잿물을 만드는 데 사용되곤 하기 위해 잿더미 위에 펼쳐져 있었다. 그것들을 가지고 놀아도 되는지를 할아버지에게 물었다. 그러면 그는 말했다. 안 된다. 알다시피 그것들은 여전히 그의 총이었고

킬리만자로의 눈

그는 다른 것을 사지 않았다. 더 이상 그는 사냥도 하지 않았다. 그 집은 이제 재목에 의해 같은 자리에 다시 지어졌고 하얗게 칠해졌으며 그곳 현관에서 포플러나무들과 그 너머의 호수를 볼 수 있었다. 하지만 더 이상 총은 없었다. 통나무집 벽 위 사슴 발 위에 걸려 있던 그 총의 총신들은 잿더미 위 거기 놓여 있었고 누구도 그것들에 손대지 않았다.

전쟁 후, 블랙 포리스트The Black Forest(슈바르츠발트 ; 독일 서남부에 있는 흑삼림지)에서, 우리는 송어 하천을 빌린 바 있고 그곳까지 걸어가는 데는 두 가지 길이 있었다. 하나는 트리베르크에서 골짜기로 내려가 흰 길과 접해 있는 나무 그늘 속 골짜기 길을 돌아가는 것으로, 커다란 슈바르츠발트 집들과 함께, 많은 작은 농원을 지나는 언덕을 통과해 올랐던 옆길에 다다르면, 마침내 그 길이 하천을 가로질러 갔다. 거기가 우리의 낚시질이 시작되는 곳이다.

다른 길은 숲의 끝까지 가파르게 오른 다음 소나무 숲을 통과해 언덕의 정상을 가로질러 가는 것으로, 그러고는 목초지의 끝을 벗어나 다리까지 이 목초지를 가로질러 내려가는 것이었다. 거기에는 하천을 따라 자작나무들이 있었는데 그것은 그 자작나무들의 뿌리 아래를 파고드는 웅덩이들과 함께 크지 않고, 좁았지만, 맑고 빨랐다.

트리베르크 내 호텔 주인은 좋은 시즌을 보냈다. 날씨는 매우 쾌적했고 우리는 모두 좋은 친구였다. 다음 해 인플레이션이 닥쳤고 지난해 그가 번 돈은 호텔을 열기 위한 물품을 사기에는 충분치 않았고 그는 목을 맸다.

그것을 받아쓰게 할 수는 있었겠지만, 콩트르스카르프 광장을 받아쓰게 할 수는 없었다. 꽃장수들이 거리에서 그들의 꽃을 염색하고 그 염료가 자동 버스가 출발하는 포장도로 위로 넘치고 노인과 여자들이, 항상 와인과 질 낮은 술찌끼미를 마시는 곳, 그리고 감기로 콧물을 흘리고 있는 아이들, 더러운 땀 냄새와 빈곤과 카페 데 아마퇴르에서의 술주정과 그들이 위에 살았던 발뮈제트(프랑스의 대중 댄스홀)에서의 매춘부들을. 자신의 방으로 근위대 기병을 맞아들이고, 말총 깃이 꽂인 그의 헬멧을 의자 위의 놓아두던 관리인 여자. 남편이 자전거경주 선수였던 복도 맞은편 세입자와 그날 아침 간이식당에서 《로또》를 펼쳐서 남편이 그의 첫 번째 빅레이스인, 파리-투르 경주에서 3등을 차지한 걸 본 그녀의 기쁨. 그녀는 얼굴이 빨개지면서 웃음을 터뜨렸고 그러고는 손에 황색 스포츠 신문을 들고 울면서 계단을 밟아 올라갔었다. 발뮈제트를 운영하는 여자의 남편은 택시를 몰았고 그가, 즉 해리가, 일찍 비행기를 타야만 할 때 그

63

킬리만자로의 눈

남편은 그를 깨우기 위해 노크를 했고 그들은 출발하기 전에 함석 바에서 각자 백포도주를 한 잔씩 마셨다. 그때는 그들 모두가 가난했기 때문에 그는 그 지역 이웃들을 알았다. 그 광장 주변에는 두 부류가 있었다. 술주정뱅이들과 스포츠광들. 술주정뱅이들은 그 같은 방식으로 자신들의 빈곤을 죽였다. 스포츠광들은 운동으로 그것을 배출했다. 그들은 파리 코뮌의 후예들이었고 자신들의 정치적 입장을 알리려 애쓸 필요도 없었다. 그들은 자기들의 아버지를, 친척을, 형제를, 그리고 자신들의 친구들을 쏜 사람을 알고 있었다. 베르사유 군대가 코뮌 뒤에 들어와 도시를 차지하고 손에 못이 박혔거나, 모자를 썼거나, 또는 어떤 다른 형태로 그가 노동자임이 드러나는 누구라도 처형시켰던 것이다. 그리고 그 빈곤 속에서, 말고기 푸줏간과 와인 협동조합 길 건너편 그 지역 안에서 그는 그가 하고자 하는 모든 것의 시작을 썼었다. 그가 그처럼 사랑한 곳은 파리 어디에도 없었다. 불규칙하게 뻗은 나무들, 밑은 갈색으로 칠해진 오래된 흰색 회반죽 집들, 그 지역을 도는 긴 녹색 자동 버스들, 포장도로 위로 흐르는 자줏빛 꽃 염료, 카르디날 르무안 거리에서 강으로 급하게 떨어지는 가파른 비탈 언덕, 그리고 그 무프타르 거리의 좁고 혼잡했던 세계의 다른 길. 판테온을 향하는 오르막길과 그가 항상 자전거를 타고 달리던 다른 길, 그 구역 전체에서 유일한 아스팔트 길, 타이어 아래에서 매끄러운, 높고 좁은 집들과 폴 베를렌이 죽었던 값싼 높은 호텔. 그들이 살던 아파트는 단지 방이 두 개였고 그는 그 호텔의 맨 위층 방 하나를 한 달에 60프랑을 지불하고 빌려, 그곳에서 작품을 썼고, 그곳으로부터 지붕들과 굴뚝 위 통풍관과 파리의 모든 언덕을 볼 수 있었다.

아파트에서는 단지 장작과 석탄 판매상의 가게를 볼 수 있을 뿐이었다. 거기에서는 또한 와인도 팔았는데, 질 낮은 와인이었다. 열린 창문 안에 누런 금빛과 붉은 빛을 띤 형해가 걸려 있던 말고기 푸줏간 바깥의 금빛 말머리, 그리고 좋은 와인과 값싼, 그들의 와인을 샀던 녹색으로 칠해진 협동조합. 나머지는 회반죽 벽과 이웃의 창문들이었다. 그 이웃들은, 밤이면, 누군가가 술에 취해 거리에 드러누워, 존재하지 않는다고 믿도록 선전된 그 전형적인 프랑스식 만취 상태로 신음하며 끙끙거리고 있으면, 자신들의 창문을 열고는 웅얼웅얼 말하곤 했다.

"경찰은 어디 있는 거야? 그 자식은 필요 없을 때만 항상 있지. 어느 관리인년하고 뒹굴고 있겠지. 순경이라도 데려오지." 마침내 누군가 창문에서 물 한 양동이를 뿌리면 그 신음은 멈추었다. "저게 뭐야? 물이잖아. 오, 똑똑하네." 그리고 창문들이 닫혔다.

그의 파출부, 마리는 8시간 근무제에 반대하면서 말했다. "남편이 6시까지 일한다면 집에 오는 길에 적당히 술을 마시고 그렇게 많이 낭비하지도 않을 거예요. 만약 5시까지 일한다면 매일 밤 마실 테고 돈도 떨어질 거예요. 이 단축 시간으로 고통받는 사람은 노동자의 아내인 거죠."

"죽을 좀더 먹지 그래요?" 여자가 그에게 막 권했다.

"아니, 정말 고맙소. 너무나 맛있었소."

"조금만 더 먹어 보세요."

"나는 위스키 소다가 좋겠어."

"그건 당신에게 좋지 않아요."

"그래, 나에게는 나쁘지. 콜 포터가 그런 가사에 곡을 썼지. '당신이 날 위해 미쳐 간다는 걸 안다는 건This knowledge that you're going mad for me'"

"아시다시피 난 당신이 술 마시는 걸 좋아해요."

"아, 알아요. 단지 나에게 나쁜 거지."

그녀가 떠나면, 그는 생각했다, 내가 하고 싶은 걸 다 할 수 있게 되겠지. 내가 하고 싶은 것 전부가 아니라 여기서 할 수 있는 전부겠지. 언제나 그는 지쳐 있었다. 너무 지쳤어. 그는 잠깐 동안 잘 예정이었다. 그는 여전히 누워 있었고 죽음은 거기에 없었다. 다른 길로 돌아간 게 틀림없었다. 그것은 자전거를 타고, 양 바퀴로, 정말이지 조용히 포장도로를 이동했다.

그렇다. 그는 파리에 대해 결코 쓴 적이 없었다. 그가 관심을 가졌던 그 파리에 대해서도 쓰지 않았다. 그 밖에 그가 결코 쓴 적이 없는 그 나머지는 어떤가?

그 방목장과 은회색 산쑥, 빠르고 맑은 물이 흐르던 관개수로, 그리고 진녹색 자주개자리에 관해서는 어떤가. 그 산길은 언덕으로 올라갔고 여름의 가축들은 사슴처럼 뒷걸음질 쳤었다. 한결같은 소리로 울어 대며 천천히 무리지어 움직이는 그것들을 자네가 가을에 데려올 때면 먼지가 피어올랐지. 그리고 그 산들 뒤로, 저녁 햇살 속의 그 맑고 가파랐던 정상이 있었고, 골짜기를 가로지르는 밝은, 달빛 속에 그 산길을 따라 말을 달려 내려갔었지. 이제 그는 기억했다. 앞을 볼 수 없을 때 말 꼬리를 잡고 어둠 속에서 그 제재 숲을 통과해 내려오던 일과 그가 쓰고자 마음먹었던 모든 이야기들을.

그때 농장에 남겨 두면서 아무도 건초를 가져가지 못하게 하라고 일러두었던, 반쯤 모자라는 사내애와, 자기를 위해 일할 때 그 사내애를 때렸던 그 포크스 출신 늙은 놈이 얼마간 먹을 걸 얻기 위해 머물렀던 일에 관해서는 어떨까. 그 사내애가 거절하자 그 늙은이는, 그를 다시 때리겠다고 말했다지. 그 사내애는 부엌에서 총을 가져 나왔고 그가 헛간으로 들어가려고 할 때 그를 쏘았어. 그리고 그들이 농장으로 돌아왔을 때 그는 일주일을, 가축우리에서 얼어 죽은 채였고, 개들이 그의 일부분을 먹어 치운 뒤였지. 그렇지만 남겨진 것을 자네는 담요로 말아 묶어 썰매 위에 실어 꾸렸고 그 사내애에게 자네를 도와 그것을 끌게 시켰지. 그러고는 너희 두 사람은 그것을 싣고 스키를 타고 그 길을 넘었고, 시내까지 60마일을 내려가 그 사내애를 넘겼어. 그 애는 체포될 것이라는 생각은 하지 못했던 거야. 그는 자신의 의무를 다했고 자네가 자신의 친구라고 생각하고 있었기에 사례를 받을 거로 생각하고 있었던 게지. 그는 모든 사람들이 그 늙은이가 얼마나 악질이었는지와 자신의 것도 아닌 먹을 것을 훔치려 시도했는지를 알고 있다고 여겼기에 그 늙은이를 실은 썰매를 끄는 것을 도왔던 것일 테고, 그래서 보안관이 그 애에게 수갑을 채웠을 때 그는 그것을 믿을 수 없었던 게지. 그때부터 그는 울기 시작했지. 그것은 작품을 쓰기 위해 보관해 둔 하나의 이야기였다. 그는 거기에서 끄집어낼 멋진 이야기를 적어도 스무 개는 알고 있었으면서 하나도 쓸 수 없었다. 왜?

"당신이 그들에게 이유를 말해 주지." 그가 말했다.

"무슨 이유요?"

"아무것도 아니오."

그녀는 그를 만난 이후부터 이제, 그렇게 많이 마시지 않았다. 그렇지만 만약 그가 살아 있다 해도 그는 그녀에 관해 절대 쓰지 않을 거라는 걸, 그는 이제 깨달았다. 그들 누구에 관해서도 쓰지 않을 것이다. 부유한 이들은 지루했고 너무 많이 마시거나, 너무 많은 주사위놀이를 했다. 그들은 지루했다. 그리고 반복적이었다. 그는 가난한 줄리언을 떠올렸고 그들에 대한 그의 낭만적인 경외감과 그가 한때 "큰 부자들은 너나 나하곤 달라."로 시작되는 소설 한 편을 어떻게 쓰기 시작했는지를 기억했다. 또한 줄리언에게 어떻게 말했던지를, 그래, 그들은 더 많은 돈을 가지고 있지. 하지만 그것은 줄리언에게 유머가 될 수 없었다. 그는 그들이 특별히 화려한 종족이라고 생각했었지만, 그렇지 않다는 것을 발견했을 때, 그건 정말이지 그를 망가뜨렸던 다른 어떤 것보다 크게 그를 망가뜨렸다.

그는 망가진 이들을 경멸해 왔다. 그것을 이해했다고 해서 좋아해야만 하는 것은 아니었다. 그는 무엇이든 이겨 낼 수 있었어, 그는 생각했다. 만약 그가 관심을 두지 않았다면 그를 다치게 할 수 있는 것은 아무것도 없었으니까.

좋아. 이제 그는 죽음에 관해 관심을 두지 않기로 했다. 한 가지 그가 항상 두려워했던 것은 고통이었다. 그것이 너무 오래 가고, 그를 기진맥진하게 만들기 전까지는, 누구 못지않게 고통을 참을 수 있었지만, 지금은 지독한 상처를 지닌 어떤 것을 갖고 있었고 그것이 자신을 파괴시키고 있다고 막 느꼈을 때, 그 고통이 멈추었다.

그는 오래전, 폭격 장교 윌리엄슨이, 그날 밤 철조망을 통과하는 중에 어느 독일군 순찰병 하나가 던진 막대 폭탄에 의해 맞고 나서, 비명을 지르며, 모든 사람들에게 자신을 죽여 달라고 간청하던 일을 떠올렸다. 그는 비록 판타스틱 쇼에 중독되어 있긴 했지만, 매우 용감하고, 훌륭한 장교로, 뚱뚱한 사내였다. 그러나 그날 밤 그는 철조망에 걸렸고, 조명탄이 위로 비치는 중에 그의 내장이 철조망으로 삐져나왔으므로, 그들이 그를 떼어내기 위해서는, 산 채로, 그의 몸뚱이를 헐겁게 잘라내야만 했다. 나를 쏴 주게, 해리, 그리스

헤밍웨이

도를 대신해 나를 쏘아 주게. 그들은 언젠가 우리의 신은 사람들이 감당할 수 없는 어떤 것도 결코 보내지 않는다는 것과 그것은 적당한 때에 그 고통이 자동적으로 지나간다는 것을 의미하는 거라는 누군가의 이론을 두고 논쟁을 벌인 적이 있었다. 그렇지만 그는 항상 그날 밤의 윌리엄슨을 기억하고 있었다. 그가 항상 그 자신을 위해 쓰려고 보관하고 있던 그의 몰핀 정제 전부를 줄 때까지 아무것도 윌리엄슨을 지나가지 못했고, 그때 그들은 즉각 일을 중단했다.

여전히 지금, 그가 겪고 있는 이것도, 매우 편안했다. 더구나 진행되면서 더 나빠지지만 않는다면 더 이상 걱정할 것도 없었다. 얼마간 좋은 동료와 있었다면 하는 것을 제외한다면 말이다.

그는 얼마간 그가 사귀고 싶은 동료에 대해 생각했다.

아니야, 그는 생각했다. 뭘 할 때든 자네는 너무 오래 하고, 너무 늦게 해서, 여전히 거기서 그 사람들을 발견하기를 기대할 수는 없을 거야. 그 사람들은 전부 떠났어. 그 파티는 끝났고 자네는 이제 자네 안주인과 함께 있는 거라구.

니는 다른 모든 것들처럼 죽어가는 것도 따분해하고 있는 셈이군, 그는 생각했다.

"이건 따분한 일이야." 그는 소리 내어 말했다.

"뭐가요, 여보?"

"무엇이든 너무 오랫동안 다루면 그렇다는 거요."

그는 그녀의 얼굴을 그와 불 사이에서 바라보았다. 그녀는 의자 안에서 뒤로 기대고 있었고 불빛은 그녀의 기분 좋게 주름진 얼굴 위로 빛나고 있었으며 그는 그녀가 졸음에 겨워 하는 것을 볼 수 있었다. 그는 방금 하이에나가 불의 사정권 밖에서 내는 소리를 들었다.

"글을 쓰고 있었소." 그는 말했다. "하지만 피곤하군."

"당신 생각에 잠들 수 있을 것 같아요?"

"분명히 그럴 거요. 당신은 왜 들어가지 않소?"

"여기 당신과 앉아 있는 게 좋아요."

"뭔가 이상한 게 느껴지지 않소?" 그가 그녀에게 물었다.

"아니요. 단지 좀 졸리네요."

"나도 그렇소." 그가 말했다.

그는 다시 죽음이 막 닥쳐왔다고 느꼈다.

"당신도 알다시피 내가 유일하게 잃어버리지 않은 게 호기심이지." 그가 그녀에게 말했다.

"당신은 결코 어떤 것도 잃은 적이 없어요. 당신은 내가 아는 한 가장 완벽한 남자였어요."

"맙소사," 그가 말했다. "정말 아는 게 없는 여자군. 그게 뭐야? 당신 직관인가?"

바로 그때, 죽음이 다가왔고 그것의 머리를 침대 발치에 내려놓았기에 그는 그것의 숨결을 맡을 수 있었다.

"결코 시드scythe와 스컬skull(낫과 해골a scythe and a skull로 둘 다 죽음을 의미)에 관해서는 어떤 것도 믿으면 안 되지." 그가 그녀에게 말했다. "그건 쉽게 말해 두 명의 자전거 탄 경찰관이나, 한 마리 새 같은 존재라 할 수 있소. 또는 하이에나처럼 방종한 주둥이를 가졌다거나."

죽음이 이제 그를 덮쳐 왔지만, 더 이상 어떤 형태도 없었다. 그것은 단순히 공간을 채우고 있는 것이었다.

"꺼져 버리라고 해."

그것은 꺼져 버리기는커녕 좀더 가까이 다가왔다.

"자네 지독한 입 냄새를 가졌군," 그가 말했다. "악취나 풍기는 자식 같으니."

그것은 여전히 그를 덮쳐 왔지만 이제 그는 그것에게 말할 수 없었고, 그가 말할 수 없는 것을 보고, 그것은 더 가까이 왔고, 이제 말없이 그것을 보내려 애썼지만, 완전히 그의 가슴 위로 올리탄 무게감은 그에게로 옮겨왔고, 그것이 거기에 웅크리고 있는 동안 움직일 수도 말을 할 수도 없는 중에, 그는 여자

킬리만자로의 눈

가 하는 말을 들었다. "브와너는 막 잠드셨어. 아주 조심해서 침대를 들어 텐트 안으로 옮겨 놓게."

그는 그것을 쫓아 버리게 만들도록 그녀에게 말할 수 없었거니와 이제 더 무겁게 웅크리고 있어서, 숨을 쉴 수조차 없었다. 그리고 그때, 그들이 침대를 옮기는 동안, 갑자기 그것이 완전히 가벼워지면서 무게감은 그의 가슴으로부터 사라졌다.

*

아침이었고 아침이 흐르는 어느 시점에 그는 비행기 소리를 들었다. 그것은 매우 작게 보이다가 넓은 원을 만들었고, 사내애들이 달려가 등유를 이용해 불을 피웠고, 덤불로 급격히 번지게 하자 평평한 평원 양 끝에 두 개의 커다란 불길이 일었다. 아침의 산들바람이 그것들을 캠프를 향해 번지게 했고, 비행기는 두 바퀴를 더 돌고는, 이번에는 낮게, 미끄러지듯 아래로 내려와 수평을 유지하며 부드럽게 땅에 내려앉았다. 그리고, 그를 향해 걸어오고 있는 것은 헐렁한 바지에, 트위트 재킷과 갈색 펠트 모자 차림의 오랜 친구 콤프턴이었다.

"무슨 일이야, 친구?" 콤프턴이 말했다.

"무릎이 안 좋네." 그가 그에게 말했다. "아침은 먹었나?"

"고마워. 나는 단지 차 한 잔이면 되네. 자네도 알다시피 이건 퍼스 모스the Puss Moth(경비행기)야. 자네 마님까지 태울 수는 없을 것 같네. 저건 단지 한 사람 공간밖에 없거든. 자네 트럭이 길 위에 있더군."

헬렌이 콤프턴을 옆으로 데려가서는 그에게 말을 하고 있었다. 콤프턴이 앞서보다 좀더 밝은 표정으로 돌아왔다.

"자네부터 바로 옮기자구." 그가 말했다. "내가 마님을 위해서 돌아오겠네. 지금은 유감스럽게도 아루샤에서 연료를 넣기 위해 멈추어야 할지도 모르겠어. 우리 출발하는 게 좋겠네."

"차는 어쩌고?"

"나는 사실 그것에 관심이 없잖아, 자네도 알다시피."

사내애들이 침대를 들어서는, 녹색 텐트를 돌아 바위를 따라 내려가서는 평원으로 진입했다. 덤불은 전부 탔고, 바람이 불길에 부채질을 하고 있어, 이제 밝게 타고 있는 불길을 지나 그 작은 비행기로 그것을 날랐다. 그를 태우기는 힘들었지만, 일단 들어가자 그는 가죽 시트에 등을 기댔고, 다리는 콤프턴이 앉는 시트 한쪽으로 꼿꼿하게 뻗었다. 콤프턴이 시동을 걸고 올라탔다. 그는 헬렌에게 그리고 사내애들에게 손을 흔들었고, 그 떠들썩한 소음이 오래 이숙한 포효 속으로 이동했을 때, 그들은 콤피가 흑멧돼지 홀을 지켜보는 가운데 빙 돌았고, 그

불길들 사이로 뻗어 있는 공간을 따라, 덜컹거리며 포효했다. 마지막 덜컹거림이 일어나는 가운데 그는 그들 전부가 손을 흔들면서, 아래 서 있는 것을 보았다. 그 언덕 옆의 캠프는 이제 평편해졌고, 펼쳐진 평원, 나무 더미, 그리고 평편해진 관목림이, 그 사냥의 흔적들이 이제 부드럽게 마른 수로로 내달리고 있는 동안, 거기에는 그가 결코 알지 못했던 새로운 물이 있었다. 이제 작고 둥근 등만 보이는 얼룩말과, 큰 머리의 점들이 기어오르는 것처럼 보이는 영양들이, 그들이 평원을 가로지르는 긴 손가락들처럼 이동할 때 그림자처럼 따라 오다가, 이제는 흩어지고 있었다. 이제 그들은 작았고, 그 움직임은 질주하는 게 아니었다. 그 평원은 이제 보이는 데까지 멀리 누런 회색이 되어 있었고 앞에는 오랜 친구 콤피의 트위드 등과 갈색 펠트 모자가 있었다. 그때 그들은 첫 번째 언덕을 넘었고 영양들이 그들을 추적해 왔으며, 그들은 갑자기 깊어진 녹색 숲과 단단한 대나무 경사지와 함께 산들을 넘었고, 그러고는 다시 정상들과 웅덩이들로 조각난 우거진 숲을 가로질러 갔고, 언덕들을 미끄러져 내려갔으며 또 다른 평원을 지났고, 이제 무덥고, 자줏빛 갈색의, 열기로 비행이 평탄치 않아지자 콤피는 그가 잘 타고 있는지 어떤지를 보기 위해 뒤를 돌아보았다. 그때 앞쪽으로 다른 어두운 산들이 나타났다.

헤밍웨이

그러고는 아루샤로 가는 대신에 그들은 왼쪽으로 돌았고, 그는 그들이 연료를 가지고 있었다는 것을 분명히 알아챘는데, 내려다보면서 그는 지면 위로 움직이고 있는, 체로 거른 듯한 핑크 구름을 보았고, 공기 속에서, 위압적인 눈보라가 시작될 때의 첫 번째 눈처럼, 그것이 어딘가로부터 왔고, 그는 메뚜기 떼들이 남쪽으로부터 오고 있는 것을 깨달았다. 그때 그들은 날아오르기 시작했고 자신들이 동쪽으로 가려는 것처럼 여겨졌는데, 그러고는 어두워졌고 그들은 폭풍우 속에 있었다. 빗방울은 매우 굵었고 그것은 마치 폭포를 통과해 나는 것처럼 여겨졌고 그러고 나서 그들은 벗어났고 콤피가 그의 머리를 돌려 미소 지으며 거기, 앞쪽을 가리켰고, 그가 볼 수 있는 것은 온 세상처럼 넓고, 크고, 높고, 그리고 태양 아래서 믿을 수 없이 흰, 그 킬리만자로 산 정상의 구획이었다. 그러고 그는 그곳이 그가 가고 있는 곳이라는 것을 깨달았다.

마침 그때 그 하이에나가 밤의 어둠 속에서 킁킁거리는 것을 멈추고는 이상한, 거의 인간이 우는 듯한 소리를 내기 시작했다. 여자는 그것을 듣고는 불안감으로 마음을 졸였다. 그녀는 깨어나지는 않았다. 꿈속에서 그녀는 롱아일랜드 집에 있었고 딸의 사교계 데뷔 전날 밤이었다. 어쩐 일인지 그 애의 아빠가 거기 있었는데 그는 매우 무례했다. 그때 하이에나가 내는 소리가 너무 컸기에 그녀는 일어났고 잠깐 동안 그녀는 자신이 있는 곳을 깨닫지 못했고 그래서 그녀는 매우 두려웠다. 그러고 나서 그녀는 손전등으로 해리가 잠든 후에 그들이 옮겨 놓은 다른 침대를 비추었다. 그녀는 모기장 난간 아래로 그의 신체bulk를 볼 수 있었지만 어찌 된 일인지 그는 그의 다리를 밖으로 내놓고 있었고 그것은 침대와 나란히 매달려 있었다. 드레싱은 전부 벗겨져 내렸는데 그녀는 그것은 볼 수 없었다.

"몰로," 그녀가 불렀다. "몰로! 몰로!"

그때 그녀가 말했다. "해리, 해리!" 그러고 나서 그녀의 목소리는 높아졌다. "해리! 제발, 오 해리!"

대답이 없었고 그녀는 그의 숨소리를 들을 수 없었다.

텐트 밖에서는 하이에나가 그녀를 깨웠던 그 어떤 이상한 소리를 내고 있었다. 하지만 그녀는 그녀의 심장 박동 때문에 그것을 들을 수 없었다.

(1936년)

노인과 바다

The Old Man and the Sea

   그는 멕시코 만류에서 돛단배를 타고 혼자 고기를 잡던 노인으로 84일이 흐른 지금까지 한 마리의 고기도 잡지 못했다. 앞서 40일간은 한 소년이 그와 함께 있었다. 그러나 40일 동안 한 마리의 고기도 잡지 못하자 소년의 부모는 그에게 노인은 이제 틀림없이, 가장 불행한 형태인 '살라오salao'(최악의 불운한 상태라는 뜻의 스페인어)가 된 거라고 말했고, 소년은 그들의 지시로 첫 주에 세 마리의 큰 물고기를 잡은 다른 배로 옮겨 갔다. 매일같이 빈 배로 돌아오는 노인을 바라보는 것이 소년을 슬프게 만들었고, 그는 항상 노인을 도와 감긴 낚싯줄이나 갈고리와 작살과 돛대 둘레에 감긴 돛을 옮기기 위해 내려갔다. 그 돛은 밀가루 포대로 덕지덕지 기워져 있고, 접혀 있어서, 영원한 패배의 깃발처럼 보였다.

노인은 목 뒤에 깊은 주름이 있었고 마르고 야위었다. 열대 바다에 반사된 태양이 가져다준 양성 피부암의 갈색 반점이 그의 두 뺨에 나 있었다. 그 반점은 그의 얼굴 옆으로 제대로 내려앉았고 그의 양손에는 밧줄로 무거운 물고기를 다루다 생긴 깊게 주름 잡힌 상처가 나 있었다. 그러나 이 상처들 가운데 갓 생긴 것은 하나도 없었다. 그들은 물고기 없는 사막에서의 침식작용처럼 오래된 것이었다.

그에 관한 모든 것은 눈을 제외하곤 전부 노후했는데 두 눈은 바다 색깔을 띠고 기운찼으며 패배를 모르는 듯했다.

"산티아고 할아버지," 그들이 돛단배를 정박하고 기슭을 오르고 있을 때 소년이 그에게 말했다. "나 할아버지와 다시 함께 나갈 수 있어요. 우리가 얼마간 돈을 벌었거든요."

노인은 그 소년에게 고기잡이를 가르쳤었고 소년은 그를 사랑했다.

"아니다." 노인이 말했다. "너는 행운의 어선을 타고 있는 거란다. 그들과 함께 있으렴."

"하지만 할아버지가 87일 동안 고기를 못 잡다가 우리가 어떻게 삼 주 동안 매일 큰 고기들을 잡았었는지 기억해 보세요."

헤밍웨이

"기억하지." 노인이 말했다. "나는 네가 못 미더워서 날 떠난 게 아니라는 것을 안단다."

"아빠가 나를 떠나도록 만들었어요. 나는 아이이고 그분을 따라야 하니까요."

"안단다." 노인이 말했다. "그게 아주 정상적인 거야."

"아빠는 믿음이 깊지 않아요."

"그래." 노인이 말했다. "하지만 우리는 믿음을 가지고 있지, 그렇지 않니?"

"그럼요." 소년이 말했다. "테라스에서 맥주 한 잔을 내 드릴 수 있어요. 그러고 나서 우리 저것들을 집으로 옮겨요."

"그거 좋지." 노인이 말했다. "어부끼리."

그들은 테라스에 앉아 있었고 많은 어부들이 노인을 놀려댔지만 그는 화를 내지 않았다. 다른 이들, 곧 오래된 어부들은, 그를 바라보았고 슬퍼했다. 그러나 그들은 그것을 드러내지 않았고 그들이 낚싯줄을 던졌던 곳의 해류와 수심, 그리고 안정된 좋은 일기와 그들이 본 것들에 관해 점잖게 말했다. 그날 성공한 어부들은 이미 들어와 있었고 그들의 청새치를 도살하여 널빤지 두 개를 가로질러 눕혀서 넓게 펼쳐 놓고, 두 사람이 널빤지 끝을 잡고 비틀거리며, 그것들을 아바나(쿠바의 수도)의 시장으로 운반하기 위해 얼음 트럭을 기다리는 생선 창고로 운

반해 놓은 뒤였다. 상어를 잡은 이들은 그것들을 만의 다른 편에 있는 상어 공장으로 가져갔고 그곳에서 그것들은 도르래와 기구에 들어 올려지고, 간이 제거되고, 지느러미는 잘리고 껍질은 벗겨졌으며 그들의 살은 소금에 절이기 위해 조각났다.

바람이 동쪽에서 불 때 냄새는 상어 공장으로부터 항구를 가로질러 왔다. 그러나 오늘은 바람이 북쪽으로 돌다 가라앉았으므로 냄새는 단지 희미한 자취만 있을 뿐이어서 테라스는 쾌적했고 햇볕이 잘 들었다.

"산티아고 할아버지." 소년이 불렀다.

"응." 노인이 대답했다. 그는 그의 유리잔을 쥐고 수년 전 기억을 떠올리고 있는 중이었다.

"제가 나가서 내일 할아버지가 쓸 정어리를 구해 올까요?"

"아니다. 가서 야구나 하렴. 나는 여전히 노를 저을 수 있고 로헬리오가 그물을 던질 테니까."

"가고 싶어요. 할아버지와 함께 고기를 잡을 수 없다면, 다른 방법으로라도 돕고 싶거든요."

"너는 내게 맥주를 사 주었잖니." 노인이 말했다. "너는 이미 어른이구나."

"할아버지가 처음 저를 배에 태웠을 때 저는 몇 살이었나요?"

"다섯 살이었지. 그리고 내가 너무 쌩쌩한 고기를 건져 올려서 그놈이 배를 거의 산산조각 냈을 때 넌 거의 죽을 뻔했었어. 기억나니?"

"이리저리 쳐대고 때리던 꼬리와 가로장이 부서진 거, 곤봉질 소리도 기억나요. 할아버지가 저를 젖은 낚싯줄 뭉치가 있는 배 앞으로 던진 거며, 배가 떨리던 느낌. 그리고 나무를 패서 쓰러뜨리는 것처럼 할아버지가 그것을 곤봉질하던 소리와 저를 덮치던 달콤한 피 냄새까지 전부 기억할 수 있어요."

"정말 그걸 기억하는 거니 아니면 내가 그걸 말해 줘서 아는 거니?"

"저는 우리가 처음 함께 나갔을 때 있었던 일을 모두 기억해요."

노인은 볕에 그을린, 확신에 찬 사랑스러운 눈으로 그를 바라보았다.

"만약 네가 내 아이라면 나는 너를 데리고 나가 승부를 봤겠지." 그는 말했다. "하지만 너는 네 부모님의 아이이고 너는 행운의 배를 타고 있는 게다."

"제가 정어리를 가져와도 되죠? 네 개의 미끼를 구할 수 있는 곳을 제기 알거든요."

"오늘 남은 게 있단다. 박스 속 소금 안에 쟁여 두었지."

"제가 신선한 걸로 네 마리쯤 가져오게 해주세요."

"그럼 한 마리만." 노인이 말했다. 그의 희망과 자신감은 결코 사라지지 않았다. 왜냐하면 이제 그것들은 산들바람이 불면서 새로이 살아나고 있었으므로.

"두 마리요." 소년이 말했다.

"그럼 두 마리만이다." 노인이 기꺼이 말했다. "그것들을 훔친 건 아니겠지?"

"그럴 수도 있었죠." 소년이 말했다. "하지만 그것들은 제가 사 둔 거예요."

"고맙구나." 노인이 말했다. 그는 그가 언제부터 겸손함을 지니게 되었는지를 궁금해하기엔 너무 단순했다. 그러나 그는 자신이 그것을 지니게 된 것을 알고 있었고 그것이 수치스러운 일이 아니라는 것과 진정한 자존심을 잃는 게 아니라는 것을 알고 있었다.

"내일은 멋진 날이 되겠구나, 이런 해류라면." 그가 말했다.

"어디로 가시나요?" 소년이 물었다.

"멀리 나갔다가 바람이 바뀌면 돌아와야지. 날이 밝기 전에 나가고 싶구나."

"저도 그 사람에게 멀리 나가서 일하자고 해볼 거예요." 소년이 말했다. "그럼 할아버지가 정말로 어떤 큰 걸 낚을 때 우리

84
헤밍웨이

가 할아버지의 조력자가 될 수도 있을 거예요."

"그 사람은 너무 멀리 나가 작업하는 걸 좋아하지 않는단다."

"그렇긴 해요." 소년이 말했다. "하지만 저는 고기를 쫓고 있는 새처럼 그 사람이 볼 수 없는 거를 봤다고 하면서 만새기 뒤를 쫓도록 할 거예요."

"그의 눈이 그렇게 나쁜가?"

"거의 안 보이는 모양이에요."

"그건 이상하구나." 노인이 말했다. "그는 결코 바다거북을 잡아 본 적이 없는데. 그것이 눈을 망치거든."

"하지만 할아버지는 모스키토해안에서 몇 년간 바다거북을 잡았지만 눈이 좋잖아요."

"내가 이상한 늙은이인 거지."

"그런데 할아버지는 지금 정말 큰 고기를 잡을 수 있을 만큼 충분히 힘이 센가요?"

"나는 그렇게 생각한다. 그리고 거기엔 많은 요령이 있지."

"우리 저것들을 집으로 옮겨요." 소년이 말했다. "그래야 제가 투망을 가지고 정어리를 잡으러 갈 수 있을 거예요."

그들은 배에서 용구들을 집어 들었다. 노인은 어깨 위에 돛대를 걸쳐 날랐고 소년은 단단히 꼬아 감긴 갈색 낚싯줄과, 갈고리와 날카로운 작살이 든 목선을 들어 날랐다. 미끼 상자는 큰 물고기가 배 가까이 당겨졌을 때 제압하는 데 사용되는 곤봉과 함께 고물船尾 아래 나란히 놓여 있었다. 노인에게서 훔쳐 갈 사람은 아무도 없었지만, 돛과 무거운 낚싯줄은 이슬이 망쳐 놓을 것이므로 집으로 가져가는 것이 나았다. 또한 그는 자신의 것을 훔쳐 갈 도둑은 없을 거라고 믿고 있음에도 불구하고 갈고리와 작살을 배에 남겨 두면 불필요한 유혹을 불러일으킬 수 있다고 생각했던 것이다.

그들은 노인의 오두막까지 함께 걸어가서 열려 있는 문을 통해 안으로 들어갔다. 노인은 돛이 감긴 돛대를 벽에 기대어 놓았고 소년은 상자와 다른 용구들을 그 옆에 놓았다. 돛대는 거의 그 오두막 방 하나만큼 길었다. 그 오두막은 구아노라고 불리는 대왕야자수의 질긴 껍질로 만들어졌으며, 그 안에는 침대와 테이블 하나, 의자 하나, 그리고 요리를 위한 흙바닥이 숯과 함께 놓여 있었다. 억센 섬유질 구아노 잎으로 겹쳐 붙인 평편한 갈색 벽에는 예수의 성심상 채색화와 또 하나의 구리 성모상이 걸려 있었다. 그것들은 아내의 유품이었다. 한때 벽에는 아내의 색 바랜 사진이 걸려 있었지만 그것을 보면 너무 외로워졌으므로 그는 그것을 내렸고 구석의 선반 위 자신의 깨끗한 셔츠 아래 놓아 두었다.

"드실 게 뭐 좀 있나요?" 소년이 물었다.

"생선을 곁들인 누런 쌀밥 한 냄비가 있다. 좀 먹겠니?"

"아니에요. 저는 집에 가서 먹을래요. 불을 지펴 드릴까요?"

"아니다. 내가 나중에 하마. 아니면 찬밥을 먹어도 되고."

"투망 가져가도 되죠?"

"물론이지."

그곳에 투망은 없었고 소년은 그들이 그걸 언제 팔았는지 기억하고 있었다. 그러나 그들은 매일 이러한 꾸며 낸 이야기를 거쳤다. 누런 쌀밥과 생선이 든 냄비 역시 없었는데 소년은 이 또한 알았다.

"85는 행운의 숫자지." 노인이 말했다. "손질을 하고도 천 파운드가 넘는 놈을 내가 잡아 오는 걸 보면 어떨 거 같니?"

"저는 투망을 가지고 정어리를 잡으러 갈게요. 할아버진 문간에서 볕을 쬐며 앉아 계실래요?"

"그러마. 나는 어제 신문이 있으니 야구 기사나 읽어야겠다."

소년은 어제 신문 역시 꾸며 낸 것인지 아닌지 알지 못했다. 그러나 노인이 침대 밑에서 그것을 꺼냈다.

"페리코가 가게에서 내게 주더구나." 그가 설명했다.

"정어리를 가지고 돌아올게요. 할아버지와 내 것을 함께 얼음 속에 넣어 두었다가 아침에 나눌 수 있을 거예요. 제가 돌아오면 할아버지가 야구 이야기를 해주실 수 있겠네요."

"양키스는 지는 법이 없어."

"그렇지만 저는 클리블랜드 인디언스가 신경 쓰여요."

"양키스를 믿으렴, 얘야. 위대한 디마지오Joe DiMaggio를 생각 하렴."

"나는 디트로이트 타이거스와 클리블랜드 인디언스 둘 다 신경 쓰이는데요."

"아서라. 그러다 넌 심지어 신시내티 레즈와 시카고 화이트 삭스까지 신경 쓰이겠다."

"할아버지는 그걸 보고 계시다가 제가 돌아오면 말해 줘요."

"우리가 끝이 85가 들어간 복권을 사 두는 건 어떻겠니? 내 일이 85일째구나."

"그럴 수 있죠." 소년이 말했다. "하지만 할아버지의 위대한 기록인 87은 어떨까요?"

"두 번 일어날 수야 없겠지. 네 생각에 85를 찾을 수 있겠 니?"

"한 장 주문할 수 있어요."

"한 장이면 된다. 2달러 50센트. 우린 그걸 누구로부터 빌릴 수 있을까?"

"그건 쉬워요. 2달러 50센트쯤은 언제든 빌릴 수 있어요."

"내 생각에 아마 나 역시 빌릴 수는 있을 게다. 하지만 나는 빌리지 않으려고 애쓰지. 처음에 빌리지. 그다음은 구걸하게 되니까."

"따뜻하게 하고 계세요, 할아버지." 소년이 말했다. "9월이라는 걸 잊지 마세요."

"큰 고기가 나오는 달이지." 노인이 말했다. "5월이면 누구라도 어부가 될 수 있지만 말이다."

"전 이제 정어리를 잡으러 가요." 소년이 말했다.

소년이 돌아왔을 때 노인은 의자에서 잠들어 있었고 날이 저물었다. 소년은 침대에서 낡은 군용 담요를 가지고 나와 의자 등받이와 노인의 어깨 위로 덮어 주었다. 그것은 기이한 어깨로, 매우 나이가 들었음에도 여전히 힘이 있었고, 목 또한 여전히 강했으며 노인이 잠들어 머리가 앞으로 고꾸라졌을 때 보인 주름살은 그리 많아 보이지 않았다. 그의 셔츠는 매우 여러 번 덧대어 있어서 돛 같았고 덧댄 천들은 햇볕에 의해 다른 많은 색조로 바래 있었다. 노인의 머리는 많이 세어 있고 눈은 감긴 채여서 얼굴에 생기가 없었다. 신문이 그의 무릎에 가로놓여 있었는데 그의 팔의 무게로 그것은 저녁의 산들바람에도 그대로 유지되고 있었다. 그는 맨발인 채였다.

소년은 그를 거기에 두고 떠났고, 다시 돌아왔을 때 노인은 여전히 잠들어 있었다.

"일어나요, 할아버지." 소년이 말하며 한 손을 노인의 무릎 위에 올렸다.

노인은 눈을 떴고 잠시 동안 그는 아주 먼 곳으로부터 깨어나고 있었다. 그러고 나서 그는 미소를 지었다.

"뭘 가져왔니?" 그가 물었다.

"저녁이요." 소년이 말했다. "우리는 저녁을 먹을 거예요."

"나는 별로 배고프지 않은데."

"이리 와서 드세요. 드시지 않으면 고기도 잡을 수 없어요."

"먹으마." 노인은 일어서며 말하곤 신문을 잡아서는 그것을 접었다. 그러고 나서 담요를 접기 시작했다.

"담요는 그대로 두르고 계세요, 할아버지." 소년이 말했다. "할아버진 드시지 않고 고기를 잡으러 갈 순 없을 거예요. 제가 살아 있는 동안은."

"그럼 오래오래 살고 잘 챙겨 먹으렴." 노인이 말했다. "우리가 먹을 게 뭐니?"

"검은콩과 쌀, 튀긴 바나나, 그리고 약간의 스튜요."

소년은 그것들을 2단짜리 금속 용기에 담아 테라스에서 가져온 것이다. 나이프와 포크와 스푼 두 세트는 각각 냅킨에 싸인 채 그의 호주머니 안에 있었다.

"이걸 네게 누가 준 거니?"

"마틴이요. 주인 말예요."

"그에게 감사하다고 해야겠구나."

"제가 이미 인사했어요." 소년이 말했다. "할아버진 그에게 인사할 필요 없어요."

"큰 고기의 뱃살을 그에게 줘야겠다." 노인이 말했다. "그가 우리에게 이렇게 한 게 처음은 아니지 않니?"

"그런 거 같아요."

"그렇다면 나는 그에게 뱃살보다 그 이상의 무어라도 줘야만 할 것 같구나. 그는 우리를 많이 배려해 주는구나."

"맥주 두 병도 보냈어요."

"나는 캔에 든 맥주를 무엇보다 좋아하지."

"알아요. 하지만 이건 병에 든 거예요. 아투웨이 맥주요. 제가 병은 다시 가져갈 거예요."

"고맙구나." 노인이 말했다. "우리 먹을까?"

"제가 계속해서 그러자고 하는 중이잖아요." 소년이 다정하게 말했다. "난 할아버지가 준비되기 전까지 용기 뚜껑을 열어보고 싶지 않았거든요."

"나는 이제 준비됐다." 노인이 말했다. "단지 씻을 시간이 필요했던 거야."

어디에서 씻었다는 거지? 소년은 생각했다. 이 마을에 공급

되는 물은 두 블록 아래 길에 있었다. 할아버지를 위해 물을 가져왔었어야만 했는데, 하고 소년은 생각했다. 그리고 비누와 새 수건도. 왜 그 생각을 못 했을까? 겨울을 보낼 다른 셔츠와 재킷 그리고 신발류와 담요도 한 장 더 가져다드려야겠어.

"네 스튜가 훌륭하구나." 노인이 말했다.

"야구에 관해 말해 주세요." 소년이 그에게 요청했다.

"아메리칸리그에선 내가 말한 것처럼 양키스지." 노인이 행복하게 말했다.

"그들은 오늘 졌잖아요." 소년이 그에게 말했다.

"그건 아무 의미가 없다. 위대한 디마지오가 정말로 다시 살아났거든."

"그들 팀에는 다른 선수들도 있잖아요."

"당연하지. 그렇지만 그는 다르다. 다른 리그에서는, 브루클린과 필라델피아 중에서라면 나는 틀림없이 브루클린을 꼽을 게다. 하지만 그때 딕 시슬러Dick Sisler와 그 옛 구장에서의 대단한 타구들이 생각나는구나."

"그런 것들은 이제까지 없었어요. 그는 지금까지 내가 본 가장 큰 홈런을 쳤어요."

"그가 테라스에 오던 때를 기억하니? 난 그를 고기잡이에 데려가고 싶었지만 그에게 묻기엔 내가 너무 소심했지. 그때 네가 물어봐 주길 바랐는데 너 또한 소심했지."

"알고 있어요. 큰 실수였어요. 그는 우리와 함께 갔었을 텐데. 그러면 우리는 그걸 평생 간직했을 거고요."

"나는 위대한 디마지오 선수를 고기잡이에 데리고 갔으면 싶다." 노인이 말했다. "사람들은 그의 아버지가 어부였다고들 하지. 어쩌면 그는 우리처럼 가난했었으니 이해했을 게야."

"위대한 시슬러 선수의 아버지는 결코 가난하지 않았어요. 그리고 그는, 그 아버지는, 제 나이 때 빅 리그에서 경기를 했어요."

"네 나이 때 나는 아프리카로 가는 가로돛을 단 범선의 돛대 앞에 있었고 저녁 무렵이면 해변에서 사자를 보았었지."

"알아요. 할아버지가 내게 말해 줬어요."

"우리 아프리카 이야기를 할까, 야구 이야기를 할까?"

"저는 야구요." 소년이 말했다. "위대한 존 호따. 맥그로 선수에 대해 이야기해 주세요." 그는 J를 호따Jota라고 발음했다.

"그 역시 아주 오래전에 테라스에 오곤 했었지. 하지만 그는 거칠었고 귀에 거슬리는 말을 해댔지. 그리고 술을 마시면 곤란했다. 그의 마음은 야구뿐만 아니라 말들에게도 가 있었어. 적이도 그는 언제든 볼 수 있게 호주머니에 경마 목록을 넣어 가지고 다녔는데 자주 말들의 이름을 전화로 불러 주곤 했었지."

"그는 위대한 감독이었죠." 소년이 말했다. "아버지는 그가 가장 위대한 감독이었다고 생각해요."

"그가 이곳에 가장 많이 왔기 때문일 테지." 노인이 말했다. "만약 듀로셔가 계속해서 매년 이곳에 왔다면 네 아버지는 아마 그가 가장 위대한 감독이었다고 생각했을 게다."

"가장 위대한 감독은 누구일까요, 실제로, 루케 또는 마이크 곤잘레스?"

"내 생각에 그들은 대등하다."

"그리고 최고의 어부는 할아버지세요."

"아니다. 나는 더 나은 어부들을 알고 있다."

"설마요Qué va." 소년이 말했다. "많은 좋은 어부와 몇몇의 능숙한 어부들이 있긴 할 거예요. 하지만 할아버지가 최고예요."

"고맙구나. 너는 나를 행복하게 만드는구나. 부디 우리가 틀렸다는 걸 입증하는 너무 큰 물고기가 나타나지 않았으면 좋겠구나."

"할아버지 말처럼 할아버지가 여전히 강하다면 그런 물고기는 없을 거예요."

"내 생각처럼 강하지 않을는지도 모르지." 노인이 말했다. "그렇지만 나는 많은 요령을 알고 있고 해결책을 가지고 있지."

"할아버지 이제 주무실 시간이에요. 그래야 아침에 상쾌할 거예요. 저는 이것들을 테라스에 가져다주어야겠어요."

"그럼 잘 자렴. 아침에 너를 깨우마."

"할아버진 내 알람시계예요." 소년이 말했다.

"나이가 내 알람시계지." 노인이 말했다. "늙은이들은 왜 그렇게 일찍 눈이 떠지는 걸까? 좀더 긴 하루를 갖기 위해선가?"

"저는 모르죠." 소년이 말했다. "제가 아는 건 청소년들은 늦게까지 열심히 잔다는 거죠."

"나도 그걸 기억할 수 있지." 노인이 말했다. "정시에 너를 깨워 주마."

"그 사람이 나를 깨우는 건 좋아하지 않아요. 내가 못난 것처럼 여겨지거든요."

"안다."

"안녕히 주무세요, 할아버지."

소년은 나갔다. 그들은 테이블 위에 불도 켜지 않고 먹었던 것으로 노인은 바지를 벗고 어둠 속에서 침대에 들었다. 그는 베개를 만들기 위해 바지를 둘둘 말아서는, 그 안쪽에 신문을 집어 넣었다. 그는 담요를 몸에 감고 침대의 스프링을 덮은 다른 오래된 신문지 위에서 잠을 잤다.

그는 짧은 시간에 잠이 들었고 기다란 금빛 해변과 너무 하얘서 사람들의 눈을 찔러 대는 새하얀 해변과 높은 갑뼈, 그리

95

노인과 바다

고 커다란 갈색 산들이 있는, 그가 소년이었을 때의 아프리카 꿈을 꾸었다. 그는 이제 매일 밤 그 연안을 따라 살면서 꿈속에서 파도의 포효 소리를 들었고 그것 사이로 달려오는 원주민들의 배를 보았다. 그는 잠결에 갑판의 타르와 낡은 밧줄 냄새를 맡았고 아침에 육풍이 날라 왔던 아프리카의 냄새를 맡았다.

보통 그는 육풍을 맡았을 때 일어났고 옷을 입고 가서 소년을 깨웠다. 그러나 오늘 밤 육풍의 냄새는 너무 일찍 왔고 꿈속에서도 그것이 너무 이르다는 것을 깨달았기에, 바다로부터 일어나는 섬의 흰 봉우리들을 보기 위해 꿈속으로 들어갔고, 그러고 나서 카나리아군도의 다른 항구와 정박지들을 꿈꾸었다.

그는 더 이상 폭풍우도, 여자도, 큰 사건도, 큰 물고기도, 싸움도, 팔씨름 대회도, 그의 아내도 꿈꾸지 않았다. 그는 단지 지금 여러 곳과 해변의 사자들만 꿈꾸었다. 그들은 황혼녘의 어린 고양이들처럼 뛰어놀았고, 그는 자신이 사랑하는 소년처럼 그들을 사랑했다. 그는 결코 소년 꿈을 꾸지 않았다. 그는 힘들이지 않고 일어나, 열린 문밖의 달을 내다보았고 바지를 펼쳐서 입었다. 그는 오두막 밖에다 소변을 보고 나서 소년을 깨우기 위해 길을 나섰다. 아침의 냉기로 몸이 떨렸다. 그렇지만 그는 몸이 떨리다 스스로 따뜻해지리라는 것을 알고 있었다. 그리고 곧 노를 젓게 되리라는 것도.

소년이 살고 있는 집의 문은 잠겨 있지 않았기에 그는 그것을 열고 맨발로 조용히 걸어 들어갔다. 소년은 첫 번째 방의 간이침대 위에서 잠들어 있었고 노인은 스러져 가는 달빛으로부터 나오는 빛으로 그를 명확히 알아볼 수 있었다. 그는 한쪽 발을 부드럽게 잡았고 소년이 일어나 돌아누워 그를 볼 때까지 꼭 쥐고 있었다. 노인은 고개를 끄덕였고 소년은 침대 옆의 의자로부터 자신의 바지를 잡아끌어서는, 침대에 앉은 채, 그것을 당겨 입었다.

노인은 문을 나섰고 소년이 뒤를 따라 나왔다. 그는 잠이 깨지 않았고 노인은 그의 팔을 소년의 어깨에 두르고는 말했다. "미안하구나."

"설마요." 소년이 말했다. "남자라면 해야만 할 일인데요."

그들은 노인의 오두막을 향해 걸어 내려갔고 길 전역에는 어둠 속에서 맨발의 사내들이 자신들 배의 돛을 나르느라 움직이고 있었다.

그들이 노인의 오두막에 도착했을 때 소년은 바구니 안의 낚싯줄 다발과 작살, 그리고 갈고리를 들었고, 노인은 그의 어깨에 돛이 감긴 돛대를 걸쳤다.

"커피 드실래요?" 소년이 물었다.

"우리 용구들을 배에 실어 두고, 그러고 나서 먹도록 하자."

그들은 이른 아침 어부들에게 음식을 제공하는 곳에서 연유 깡통에 든 커피를 마셨다.

"잠은 어떠셨어요?" 소년이 물었다. 그는 잠에서 깨어나는 일이 여전히 힘들었지만 이제는 정신이 들고 있었다.

"정말 잘 잤다, 마놀린." 노인이 말했다. "오늘은 확신이 생기는구나."

"저도 그래요." 소년이 말했다. "이제 저는 할아버지 정어리와 제 것, 그리고 할아버지의 신선한 미끼를 가져와야 해요. 그 사람은 우리 장비를 본인이 직접 옮겨요. 다른 사람이 어떤 것도 옮기는 걸 절대 원치 않아요."

"우리는 다르지." 노인이 말했다. "나는 네가 다섯 살 때부터 옮기도록 했잖니."

"알고 있어요." 소년이 말했다. "곧 돌아올게요. 커피 한 잔 더 하세요. 우리는 여기서 외상이 돼요."

그는 미끼가 저장된 얼음 창고를 향해, 산호 암벽 위를 맨발로 떠났다.

노인은 천천히 그의 커피를 마셨다. 그것은 그가 하루 종일 먹을 수 있는 것의 전부였고 그것을 먹어야 한다는 것을 그는 알고 있었다. 오래전부터 이제 먹는 일에 싫증이 나 있었고 그는 결코 점심을 가져가지 않았던 것이다. 돛단배의 이물船頭 안에 물 한 병을 가지고 있었는데 그것이 그날 필요로 하는 것의 전부였다.

소년이 이제 정어리들과 신문지에 싼 두 마리의 미끼를 가지고 돌아와 그들은 발밑으로 자갈모래를 느끼면서 배를 향해 다져진 길을 걸어 내려갔고, 배를 들어 올려서 물속으로 미끄러뜨렸다.

"행운을 빌어요, 할아버지."

"행운을 빈다." 노인이 말했다. 그는 노를 묶어 두었던 밧줄을 놋좆 다리 위로 감고는, 물속의 노깃을 밀치는 것과 반대로 몸을 앞으로 숙이며, 어둠 속에서 항구를 벗어나기 시작했다. 거기에는 다른 해안으로부터 온 또 다른 배들이 바다로 향하고 있었고, 노인은 이제 달이 언덕 아래로 내려가서 심지어 그것들을 볼 수 없었음에도 불구하고 살짝 담갔다 미는 그들의 노 소리를 들을 수 있었다.

때때로 누군가 배 안에서 말을 하기도 했다. 그러나 대부분의 배들은 노 젓는 소리 말고는 조용했다. 항구 어귀를 벗어난 이후 그들은 흩어져서 제각기 고기를 잡기 희망하는 대양 쪽으로 뱃머리를 향했다. 노인은 자신이 먼 곳까지 나가게 되리라는 것을 알고 있었고 대지의 향기를 뒤로 남겨 둔 채 신선한 이른 아침 대양의 향기 속으로 노를 저어 나갔다. 그는 수심이 갑자기 700패덤(1패덤은 약 1.83미터)이나 깊어지고 수류의 소용돌이가 대양 바닥의 가파른 벽에 부딪쳐 만들어져서 모든 물고기들이 모여 있는 곳이라 어부들이 '거대한 우물'이라 부르는 대양의 윗부분을 노 저어 지날 때는 멕시코만 해초의 인광燐光을 보았다. 여기에는 새우들과 미끼 고기들이 떼를 지어 몰려 있었고 가끔씩 가장 수심이 깊은 구멍 속에 오징어 떼들도 몰려 있었는데, 이것들은 밤이 되면 수면 가까이 올라왔다가 그곳을 배회하는 물고기들의 먹잇감이 되곤 했다.

어둠 속에서 노인은 아침이 오고 있는 것을 느낄 수 있었고, 노를 저어 가면서 날치가 물을 떠날 때 내는 떨리는 소리와 어둠 속에서 솟구쳐 오를 때 뻣뻣한 날개가 만들어 내는 쉿쉿 소리를 들었다. 그는 날치들이 대양에서 으뜸가는 친구였으므로 날치를 매우 좋아했다. 그는 새들을, 특히 항상 날아다니며 살피지만 거의 먹이를 찾지 못하는 작고 연약한 흑색 제비갈매기를 안쓰럽게 여겼는데, 새들은 도둑 새들과 육중하고 강한 새들을 제외하곤 우리네보다 힘든 삶을 산다고 생각했다. 대양이 그렇게 잔인할 수 있는데, 왜 신들은 제비갈매기들처럼 섬세하고 연약한 새를 만들었을까? 그녀(헤밍웨이는 이 작품에서 '바다'와 '배'를 she라고 표현했다. 대명사를 있는 그대로 번역한다는 원칙에 따라 '그녀'로 표기했다.)는 친절하고 매우 아름다웠다. 그러나 그녀는 매우 잔혹해질 수 있었고 매우 급작스럽게 그렇게 되기도 했는데, 살짝 몸을 담가 사냥하며, 작고 슬픈 목소리로 비행하는 그런 새들은 바다에 비해 너무 연약하게 만들어진 것이다.

그는 항상 바다를 사람들이 그녀가 사랑스러울 때 스페인어로 부르는 라 마르la mar라고 생각했다. 때때로 그녀를 사랑하는 이들이 그녀를 나쁘게 말할 때도 있지만 그들은 항상 여자처럼 생각하며 말했다. 몇몇 젊은 어부들, 자신들의 낚싯줄의 찌로서 부표를 사용하고, 큰돈을 받고 상어 간을 팔아서 구입한 모터보트를 가지고 있는 이들은, 그녀에 대해 남성형인 엘 마르el mar라고 말했다. 그들은 그녀에 대해 경쟁 상대 또는 경기장, 심지어 적이라고 말했다. 그러나 노인은 항상 그녀를 여성으로서 큰 호의를 주거나 주지 않기도 하는 어떤 것처럼 생각했고, 만약 그녀가 사납고 심술궂게 굴었다면 그것은 그녀가 그들을 도울 수 없었기 때문이라고 생각했다. 달은 여성에게 그런 것처럼 그녀에게도 영향을 끼친다, 고 그는 생각했다.

그는 꾸준히 노를 젓고 있었지만 그것은 진력을 다하지 않아도 되는 일이었다. 그는 자신이 할 수 있는 내에서 속도를 잘 지키고 있었고 대양의 표면은 가끔 있는 해류의 소용돌이 말고는 평탄했기 때문이다. 그는 그 일의 3분의 1을 해류에 맡겨 두고 있었고 날이 밝아 오기 시작했을 무렵에는 이미 자신이 그

시간에 있기를 희망한 것보다 훨씬 더 멀리 나와 있는 것을 보았다.

일주일간 '깊은 우물'에서 일했지만 아무것도 하지 못했어, 하고 그는 생각했다. 오늘은 가다랑어와 날개다랑어 떼가 있는 곳에서 작업을 해보자. 그러면 아마 거기에는 그들과 함께 큰 고기가 있을지도 몰라.

날이 확실히 밝기 전에 그는 미끼들을 끼워 던지고 해류와 함께 이동하고 있었다. 첫 번째 미끼는 40패덤 밑에 있었다. 두 번째는 75패덤, 그리고 세 번째 네 번째는 100패덤과 125패덤의 푸른 물 밑에 있었다. 각각의 미끼는 갈고리의 기둥을 미끼 물고기 안에 넣어 머리를 밑으로 해서 매달았고, 단단히 묶고 꿴 갈고리의 드러난 부분 전부와, 휘어진 지점 등은 신선한 정어리로 덮었다. 각각의 정어리는 튀어나온 쇠 위로 반 매듭이 지어지도록 만들어 두 눈을 꿰뚫어 갈고리에 걸어 두었다. 거대한 물고기가 향기로운 냄새와 훌륭한 맛을 느끼지 못할 부분은 갈고리 어디에도 없는 것이었다.

소년은 그에게 두 마리의 신선한 작은 참치 또는 날개다랑어를 주었는데, 그것들은 가장 깊은 곳의 낚싯줄 두 개에 추처럼 매달았고, 다른 것에는, 이전에 사용했던 크고 푸른 전갱이와 갈전갱이를 매달았다. 그러나 그것들은 여전히 좋은 상태로 그들에게 향기와 매력을 가져다줄 훌륭한 정어리였다. 큰 연필처럼 굵은, 각각의 낚싯줄에는 초록색 막대찌가 고리 지어 있었고, 만약 필요하다면, 무언가가 미끼를 당기거나 건드렸을 때 막대가 잠기고 두 개의 40패덤짜리 다발로 이루어진 각각의 낚싯줄은, 다른 여분의 다발에 맬 수 있어서 물고기 한 마리가 300패덤의 낚싯줄을 끌고 가도 되게끔 되어 있었다.

이제 사내는 돛단배 옆쪽 수면 위에 잠겨 있는 세 개의 막대찌를 지켜보았고 그 줄이 적당한 깊이에서 위아래로 팽팽히 당겨지도록 유지하면서 부드럽게 노를 저었다. 날은 완전히 밝았고 이제 어느 순간 태양이 떠오를 터였다.

태양이 바다로부터 옅게 떠오르자 노인은 물 위에 낮게 떠서 육지 쪽을 향해 적당히 떨어진 채, 해류를 가로질러 펼쳐 있는 다른 배들을 볼 수 있었다. 태양이 더 밝아지고 섬광이 물 위를 비추고 나서, 확실히 떠올랐을 때, 편평한 바다는 그것을 그의 눈으로 되돌려 보내 날카롭게 찔러 댔으므로, 그는 그것을 바라보지 않고 노를 저었다. 그는 물을 내려다보았고 어두운 물속에 팽팽하게 당겨진 줄을 지켜보았다. 그는 그것들을 다른 누가 했던 것보다 더 팽팽하게 유지했고, 그래서 어두운 유속 가운데 가가익 단계에서 그곳을 헤엄치는 어떤 물고기에게라도 그가 원하는 곳에 정확히 미끼가 기다리고 있게 되어 있었다. 다른 이들은 그것들을 해류를 따라 이동하도록 했기에 때때로 그것들은 어부들이 100패덤 밑에 있다고 생각할 때 60패덤 밑에 있기조차 했다.

그렇지만, 그는 생각했다. 나는 그것들을 엄밀히 지키지. 단지 나는 요즘 운이 없는 거야. 그렇지만 누가 아나? 어쩌면 오늘일지. 매일매일은 새로운 날이지. 운이 따른다면 더 좋겠지만. 그렇지만 나는 오히려 정확하게 할 테다. 그러면 운이 찾아왔을 때 준비가 되어 있을 테니.

태양은 이제 두 시간을 더 높이 떠올랐고 동쪽을 살피는 데 눈을 찌를 정도는 아니었다. 시야에는 이제 단지 세 척의 배만 있었는데 그들은 매우 낮고 먼 연안에서 바라다보였다.

평생 이른 아침의 태양이 눈을 아프게 하는군, 그는 생각했다. 그래도 여전히 좋아. 저녁이면 침침해지지도 않고 곧바로 바라볼 수 있지. 저녁에도 여전히 강렬하지만 말야. 그렇지만 아침이면 고통스러워.

바로 그때 그는 앞쪽 하늘에서 검고 긴 날개로 선회하고 있는 군함새 한 마리를 보았다. 그는 펼쳐진 뒷날개를 비스듬히 내리고, 빠르게 하강했다가는, 다시 선회했다.

"뭔가 있군." 노인이 소리 내어 말했다. "그는 무작정 찾고 있는 게 아니야."

그는 천천히 그리고 꾸준하게 새가 선회하고 있는 곳을 향해 노를 저어 갔다. 그는 서두르지 않았고 자신의 낚싯줄을 위아래로 팽팽하게 유지했다. 그러나 그는 새를 이용하지 않고 고기를 잡던 때보다 비록 빠르긴 했어도, 여전히 정확하게 고기를 잡기 위해 해류를 밀쳐 갔다.

새는 허공을 더 높이 날다가, 날개를 움직이지 않으며 다시 선회했다. 그러고는 갑자기 물속으로 뛰어들었고 노인은 물 밖으로 튀어올라 수면 위를 필사적으로 나아가는 날치를 보았다.

"만새기군." 노인이 소리 내어 말했다. "엄청난 만새기 떼야."

그는 노를 배에 싣고 이물 아래에서 작은 낚싯줄을 꺼냈다. 철사 목줄과 중간 크기의 갈고리로 되어 있는 그것에 그는 정어리 한 마리를 미끼로 끼었다. 그는 그것을 옆으로 던져 넣고 나서 고물의 둥근 볼트에 단단히 고정시켰다. 그러고는 다른 줄에 미끼를 끼었고 그것을 감아서 이물의 그늘 안에 남겨 두었다. 그는 노 젓기와 이제는 물 위를 낮게 날며 애쓰고 있는, 긴 날개의 검은 새를 지켜보는 일로 되돌아갔다.

그가 지켜보는 동안 새는 급강하를 위해 날개를 비스듬히 기울여 다시 잠수해서는 날치를 쫓으며 그것들을 거칠고 헛되게 흔들어 댔다. 노인은 엄청난 만새기 떼가 달아나고 있는 물고기를 쫓을 때 일으킨 미세하게 부풀어 오른 수면을 볼 수 있었다. 만새기는 그 고기가 날고 있는 밑에서 물을 가르며 나왔다가 고기가 낙하할 때, 전속력으로 달려, 물속에 있으려는 것이었다. 굉장한 만새기 떼군, 그는 생각했다. 그들이 넓게 퍼져 있어서 날치들은 거의 가망이 없겠군. 새는 기회가 없겠어. 날치는 그에 비해 너무 크고 너무 빠르게 달아나고 있으니.

그는 날치가 되풀이해서 튀어 오르는 것과 새의 헛된 움직임을 지켜보았다. 저 무리는 내게서 벗어났어, 그는 생각했다. 그들은 너무 빨리 그리고 너무 멀리 이동하고 있어. 그렇지만 어쩌면 뒤처진 놈들 한두 마리쯤은 잡을 수 있을지도 모르지. 그리고 내가 찾는 큰 고기가 그들 주변에 있을는지도. 내가 찾는 큰 물고기는 틀림없이 어딘가에 있을 거야.

육지 위의 구름은 이제 산맥처럼 솟아올랐고 해안은 단지 그 뒤의 회청색 언덕과 함께 긴 녹색 선에 불과했다. 물은 이제 어두운 청색이었는데 너무 어두워서 거의 보랏빛이었다. 그 안을 내려다보았을 때 그는 어두운 물속에서 플랑크톤의 붉은 찌꺼기와 이제 태양이 만들어 낸 낯선 빛을 보았다. 그는 보이지 않는 물속에서 그의 낚싯줄이 곧게 드리워졌는지 살폈고 그렇게 많은 플랑크톤을 보는 것이 기뻤다. 그것은 곧 고기가 있다는 것을 의미했기 때문이다. 이제 더 높이 떠 있는, 태양이 물속에서 만들어 낸 낯선 빛은, 좋은 일기를 의미했으며 육지 위의 구름 모양 또한 그러했다. 그러나 이제 새는 거의 보이지 않았고 수면 위에도 보이는 것이 아무것도 없었지만, 햇볕에 노 랗게 바랜 사르가소 수초 몇 조각과 자줏빛 무지개 꼴로 떠다 니고 있는 고깔해파리의 젤리 같은 기포가 배 바로 옆에 펼쳐 져 있었다. 그것이 옆쪽으로 돌아누워 있다가 다시 일어섰다. 그것은 물속 뒤로 1야드쯤의 길고 치명적인 자줏빛 가는 실刺 絲을 늘어뜨리고 거품처럼 발랄하게 떠돌았다.

"아구아 말라Agua mala." 그 사내는 말했다. "창녀 같으니."

노에 의지해 가볍게 도는 곳에서 그는 물속을 내려다보았고 늘어뜨린 꽃실과 같은 색깔로 그것들 사이에서, 그리고 그것이 떠갈 때 생긴 거품의 작은 그늘 아래에서 헤엄치고 있는 조그 마한 물고기들을 보았다. 물고기들은 그것의 독에 면역되어 있 었다. 그러나 사람은 그렇지 않았고 얼마간의 꽃실이 낚싯줄에 걸려 노인이 고기를 잡는 동안 거기에 자줏빛 점액으로 남았다 가, 그의 팔과 손에 덩굴옻나무나 옻나무 종류의 독성으로 생 기는 것과 같은 염증과 상처를 나게 하곤 했다. 그러나 아구아 말라로부터 나오는 이러한 독성들은 채찍질처럼 빠르게 덮쳐 왔다.

무지갯빛 거품들은 아름다웠다. 그러나 그것들은 바다에서 가장 기만적인 것이어서 노인은 커다란 바다거북들이 그것들을 먹어 치우는 걸 보는 것을 좋아했다. 바다거북들은 그것들을 보면, 앞쪽으로부터 다가갔고, 그리고 나서 온몸을 갑각화하기 위해 자신들의 눈을 감고는 그 가는 선들을 전부 먹어 치운다. 노인은 거북이 그것들을 먹는 것을 보는 것을 좋아했고 폭풍우 후 해변에서 그것들 위를 걸으면서, 단단하고 거친 발바닥으로 그것들을 짓밟을 때 내는 팡팡 소리를 듣는 것을 좋아했다.

그는 초록바다거북과 대모거북을 그들의 우아함과 속도, 그리고 그들의 높은 가치로 사랑했는데, 누런 등갑주와 낯선 교미 과정, 그리고 눈을 감고 행복하게 고깔해파리를 먹어 치우는 크고 우둔한 붉은바다거북에 대해서는 친밀한 경멸감을 지니고 있었다.

그는 비록 오랫동안 거북잡이 배를 탔었음에도 거북들에 대해 신비감을 지니고 있지는 않았다. 그는 그들 전부를 안쓰럽게 여겼는데, 심지어 소형 범선만큼 길고 무게가 1톤이나 되는 커다란 장수거북에게조차 그러했다. 대부분의 사람들은 거북을 자르고 도살한 후에도 한 시간 이상 거북의 심장이 뛴다는 이유로 바다거북들에게 비정했다. 그러나 노인은 '나 역시 그런 심장을 가지고 있고 발과 손은 그들과 같다'고 생각했다. 그는 자신의 근력을 키우기 위해 흰 거북 알을 먹었다. 그는 정말로 큰 고기가 있는 9월과 10월에 강해지기 위해 5월 내내 그것들을 먹었다.

그는 또한 많은 어부들이 자신들의 짐을 보관하는 오두막의 큰 드럼통에서 상어간유를 매일 한 컵씩 따라 마셨다. 그것은 원하는 모든 어부들을 위해 그곳에 있는 것이었다. 대부분의 어부들은 그 맛을 싫어했다. 그러나 그들이 일어나는 그 시간에 깨어나는 것에 비하면 크게 나쁘달 것도 없었고 온갖 감기와 독감에 매우 좋았으며 눈에도 좋았다.

이제 노인이 올려다보자, 그 새가 다시 선회하는 것이 보였다.

"녀석이 물고기를 발견했군." 그는 소리 내어 말했다. 수면을 가르는 날치도 없었고 흩어져 있던 먹잇감도 없었다. 그러나 노인이 살피고 있을 때, 작은 다랑어 한 마리가 허공으로 뛰어올랐다가, 뒤집혀서는 머리부터 먼저 물속으로 떨어졌다. 그 다랑어는 햇볕에 은색으로 빛났고, 물속으로 거꾸로 떨어진 이후에는 다른 것들이 잇따라 떠올라 사방으로 뛰어올랐으며, 물을 휘저었고 먹잇감 뒤에서 긴 점프로 도약하곤 했다. 그들은 그것을 에워싼 채 몰아갔다.

만약 저것들이 너무 빨리 이동하지만 않는다면 나는 저것들

속에 들어갈 수 있을 텐데, 하고 노인은 생각했고, 흰 물보라를 일으키는 고기 떼들과 이제 정신없이 수면 위로 올라온 먹잇감 사이로 급강하해 몸을 담그는 새를 지켜보았다.

"새는 큰 조력자지." 노인이 말했다. 바로 그때 낚시의 고리를 걸어 두었던 고물의 줄이 그의 발밑에서 팽팽해졌고, 그가 노를 버려둔 채 낚싯줄을 단단히 잡고 팽팽하게 당기자, 작은 다랑어가 몸부림치며 잡아당기는 무게감이 느껴졌다. 그 몸부림은 안쪽으로 당길수록 증가했고, 이물에서 그를 휘저어 안쪽으로 끌어올리기 직전에는 물속 고기의 푸른 등과 금빛 옆구리를 볼 수 있었다. 단단한 총알 모양의 그것이 햇볕에 드리운 고물 아래 누워서, 산뜻하고 민첩한 꼬리를 빠르게 털면서 자신의 생명을 다해 배의 널빤지를 쳐대고 있을 때, 그것의 크고, 멍한 눈은 휘둥그레 뜨여 있었다. 노인은 친절을 베풀고자 그의 머리를 가격해서는 여전히 떨리고 있는 그의 몸뚱이를, 고물의 그늘 아래로 차 넣었다.

"날개다랑어로군." 그는 소리 내어 말했다. "녀석은 훌륭한 미끼가 될 게야. 10파운드는 나가겠어."

그는 자신이 혼자일 때 입 밖으로 소리 내어 이야기하는 것을 언제 처음으로 시작했는지 기억하지 못했다. 그는 예전에 혼자 있을 때는 노래를 불렀는데, 스맥선(활어잡이 어선)이나 거북잡이 배 안에서 당직이 되어 혼자 조종할 때면 가끔 밤에 노래를 부르기도 했다. 그는 아마 그 소년이 떠나고 혼자가 되었을 때, 입 밖으로 소리 내어 이야기하기 시작했을 터이다. 그러나 그는 기억하지 못했다. 소년과 함께 고기를 잡을 때 그들은 보통 꼭 필요할 경우에만 말을 했다. 그들은 밤이나 악천후로 폭풍우를 만났을 때 이야기를 나누었다. 바다에서 불필요하게 이야기를 나누지 않는 것이 미덕으로 여겨졌고, 노인은 항상 그렇게 여겼으므로 그것을 존중했다. 하지만 이제 그는 성가셔할 사람이 아무도 없었기 때문에 생각했던 바를 여러 번 입 밖으로 소리 내어 말했다.

"만약 다른 사람들이 내가 큰 소리로 이야기하는 것을 듣게 된다면 내가 미쳤다고 생각할 테지." 그는 소리 내어 말했다. "그렇지만 나는 미치지 않았으니, 상관하지 않아. 또 부자들은 라디오를 가지고 배 안에서 그것들에 대해 이야기를 나누고 야구 중계까지 틀어 놓곤 하잖아."

지금은 야구를 생각할 때가 아냐, 그는 생각했다. 지금은 오직 한 가지만 생각할 때야. 내가 무엇을 위해 태어났는지. 저 무리 주변에 큰 고기가 있을 거라는 것만, 하고 그는 생각했다. 나는 단지 먹이를 찾던 다랑어 떼로부터 낙오된 한 마리를 잡았을 뿐이야. 하지만 그들은 굉장할 정도로 빠르게 이동하고 있어. 수면 위에 보이는 모든 것들이 오늘은 매우 빠르게 북동쪽을 향해 이동하고 있어. 지금이 그럴 시간인가? 아니면 내가 알지 못하는 일기의 어떤 조짐이 있는 걸까?

그는 이제 해안의 녹색 선은 볼 수 없었지만 마치 눈이 덮인 것처럼 희게 보이는 푸른 언덕들의 정상과 그들 위의 높은 설산처럼 보이는 구름들을 볼 수 있었다. 바다는 매우 어두웠고 빛은 물에 프리즘을 만들었다. 플랑크톤의 무수한 조각들은 높은 태양에 의해 소멸되었고 이제 노인이 1마일 깊이의 물속에 깊이 드리워진 그의 낚싯줄과 함께 볼 수 있는 것은 푸른 물속의 크고 깊은 프리즘뿐이었다.

참치—어부들은 이 참치 종의 고기들을 전부 이렇게 부르고, 단지 그것들을 팔러 갔을 때나 미끼 고기들과 바꿀 때 그들의 정식 이름을 구분해 사용했다—는 다시 가라앉았다. 태양은 이제 뜨거웠고 노인은 목 뒤로 그것을 느꼈으며, 노를 젓는 동안 그의 등으로 땀이 흐르는 걸 느꼈다.

나는 그냥 떠다녀도 되겠어, 그는 생각했다. 나를 깨울 수 있게 발가락에 낚싯줄의 고리를 감고 자면 될 테지. 하지만 오늘은 85일째니 오늘 하루는 제대로 낚아야지.

낚싯줄을 지켜보고 있던, 바로 그때, 그는 돌출한 녹색 찌가 급격히 잠기는 것을 보았다.

"그래." 그는 말했다. "그래야지." 그리고 노를 덜컹거리지 않게 배에 내려놓았다. 그는 낚싯줄로 손을 내뻗었고 그것을 오른손의 엄지와 새끼손가락 사이로 부드럽게 쥐었다. 그는 압박도 무게도 느끼지 않고 가볍게 줄을 잡았다. 그때 다시 그것이 왔다. 이번에는 강하지도 격렬하지도 않은, 주저하는 당김이었는데, 그는 그것이 무엇인지 정확하게 알고 있었다. 100패덤 아래 청새치 한 마리가 갈고리의 끝 부분과 자루를 덮은 정어리를 먹고 있었고, 손으로 주조된 갈고리는 작은 참치 머리로부터 튀어나와 있었던 것이다.

노인은 낚싯줄을 섬세하게 잡았고, 그의 왼손으로, 부드럽게, 막대로부터 낚싯줄을 풀었다. 이제 그는 고기가 어떤 긴장도 느낄 수 없게 그것이 손가락 사이로 풀려 나가게 할 수 있었다.

이 굉장한, 이놈은 이달에 나오는 것 중에서도 아주 큰 것임에 틀림없어, 하고 그는 생각했다. 그것들을 먹으렴, 고기야. 먹어. 제발 먹으렴. 그것들이 얼마나 신선하니, 더군다나 넌 600피트 그렇게 차가운 물밑 어둠 속에 있었잖니. 어둠 속에서 다른 곳을 돌다 돌아와서 그것들을 먹으렴.

그는 가볍고 섬세한 당김과 그러고 나서 정어리 머리를 바늘로부터 떼어 내기 위해 좀더 힘들이고 있는 게 분명한 강한 당김을 느꼈다. 그러고는 전혀 움직임이 없었다.

"자, 어서." 노인이 소리 내어 말했다. "한 번 더 돌아서렴. 그냥 냄새만 맡는 거야. 멋지지 않니? 이제 기쁘게 먹고 나면 거기 참치가 있단다. 단단하고 차갑고 사랑스럽지. 부끄러워 마렴, 고기야. 그걸 먹어."

그는 엄지와 검지 사이에 낚싯줄을 잡고, 물고기가 위아래로 헤엄칠 수 있기에 그것과 또 다른 두 개의 낚싯줄을 동시에 지켜보면서 기다렸다. 그때 다시 그것을 건드리는 이전과 같은 섬세한 당김이 왔다.

"그는 먹을 게야." 노인은 큰 소리로 말했다. "신이여, 그가 그것을 먹도록 도우소서."

그럼에도 불구하고 그는 그것을 먹지 않았다. 그는 떠났고 노인은 아무것도 느끼지 못했다.

"그가 가 버렸을 리 없어." 그는 말했다. "절대로 그가 가 버렸을 리 없어. 그는 방향을 트는 중일 게야. 어쩌면 그는 이전에 바늘에 걸려 본 적이 있고 그것에 관해 뭔가를 기억하는 것일 테지."

그때 그는 낚싯줄이 완만하게 건드려지는 것을 느꼈고 만족스러워했다.

"단지 방향을 틀었던 것뿐이야." 그는 말했다. "그는 먹을 게야."

그는 완만한 당김을 느끼며 행복했고 그러고 나서 무언가 단단하고 믿을 수 없을 정도의 묵직함을 느꼈다. 그것은 물고기의 무게였고 그는 처음에 펼쳐 두지 않았던 두 개의 예비 다발을 슬그머니 아래로, 아래로, 아래로 풀어 주었다. 그것이 노인의 손을 통해 가볍게 풀려서 내려갈 때, 엄지와 검지 사이의 압력은 거의 가늠할 수 없을 정도였지만, 여전히 그 거대한 무게를 느낄 수 있었다.

"굉장한 물고기군." 그는 말했다. "녀석은 이제 그것을 입안에 옆으로 물고 함께 움직이고 있어."

그러고 나면 돌아서 삼킬 테지, 그는 생각했다. 그는 그것에 대해서는 말하지 않았는데, 만약 좋은 일을 입 밖에 내고 나면 그것이 일어나지 않을 수도 있다는 것을 알고 있었기 때문이다. 그는 이것이 얼마나 커다란 물고기인지를 알고 있었고 녀석이 입으로 비스듬히 문 참치와 함께 어둠 속으로 움직여 갈 거라고 생각하고 있었다. 그 순간 그는 녀석이 움직임을 멈췄다는 것과 그러나 그 무게는 계속해서 거기에 남아 있다는 것을 느꼈다. 그때 그 무게가 증가했고 그는 줄을 좀더 내주었다. 그는 잠깐 동안 엄지와 검지의 압력으로 죄었고 그 무게는 증가했으며 곧바로 아래로 꽂혔다.

"그가 물었군." 그는 말했다. "이제 녀석이 제대로 먹게 해야 해."

그는 손가락들 사이로 낚싯줄이 풀려 나가게 했고 그사이 왼손을 아래로 뻗어 두 개의 여분 다발의 끝을 다음 줄 여분의 두 개 고리에 단단히 붙들어 맸다. 이제 준비가 된 것이다. 그는 이제 사용하고 있는 다발뿐만 아니라 세 개의 40패덤짜리 예비 다발을 확보하고 있었다.

"조금만 더 먹어." 그는 말했다. "완전히 삼켜라."

갈고리의 바늘이 네 심장을 꿰뚫고 너를 죽일 수 있도록 어서 먹으렴. 그는 생각했다. 편안히 올라와서 네게 작살을 꽂게 해주렴. 좋아. 너도 준비됐지? 충분히 먹을 만큼 먹었잖아?

"지금이다!" 그는 소리를 내었고 양손으로 힘껏 잡아채서, 1야드의 낚싯줄을 확보하고 나서는, 팔의 모든 힘과 몸의 중심축의 무게로 각각의 팔을 번갈아 교환해 가며 몇 번이고 되풀이해서 낚싯줄을 잡아챘다.

아무 일도 벌어지지 않았다. 물고기는 그저 천천히 멀어져 갔고 노인은 1인치도 끌어올릴 수 없었다. 그의 줄은 강했고 중량 있는 물고기를 위해 만들어졌는데, 그는 그것을 물살이 튀어오를 만큼 매우 팽팽해질 때까지 등에 대어 잡고 있었다. 그러고 나서 그것이 물속에서 천천히 이 갈리는 소리를 내기 시작했고, 그는 여전히 그것을 잡은 채 가로장에 기대 버티면서 끌어당김에 대항해 상체를 뒤로 젖혔다. 배는 북서쪽을 향해 천천히 움직이기 시작했다.

물고기는 꾸준히 움직였고 그들은 평온한 물 위를 천천히 이동했다. 다른 미끼들이 아직 계속해서 물속에 있었지만 이루어진 일은 아무것도 없었다.

"그 애가 있으면 좋을 텐데." 노인이 소리 내어 말했다. "고기 한 마리에게 끌려가고 있으니 예인 밧줄 말뚝인 셈이군. 줄을 팽팽히 만들 수는 있을 거야. 하지만 그러면 녀석은 그것을 끊어 버릴 테지. 내가 할 수 있는 전부를 다해 잡고 있어야만 하고 녀석이 끌어가려 할 때 줄을 내주어야 해. 고맙게도 녀석은 이동하면서 밑으로 내려가지는 않고 있어."

만약 녀석이 밑으로 내려가기로 결정하면 나는 어떻게 해야 할까, 모르겠다. 만약 녀석이 바닥에 가라앉아 죽는다면 어떻게 해야 할까, 모르겠다. 그렇지만 나는 무언가를 해야겠지. 내가 할 수 있는 일은 많으니까.

그는 낚싯줄을 등에 대고 잡고는 물속에 든 그것의 기울기를 지켜보았고 돛단배는 꾸준히 북서쪽으로 움직였다.

이것이 녀석을 죽일 테지, 하고 노인은 생각했다. 이렇게 영원히 있을 수는 없을 테니. 그렇지만 네 시간 후에도 물고기는 계속해서 바다 멀리로, 돛단배를 끌면서 꾸준히 헤엄치고 있었고, 노인은 낚싯줄을 등에 가로지른 상태로 계속해서 확고하게 버티고 있었다.

"내가 그를 낚은 게 정오였지." 그는 말했다. "그런데 한 번도 그를 본 적이 없군."

그는 고기를 낚기 전에 밀짚모자를 머리에 세게 눌러썼는데, 그것이 그의 이마를 파고들고 있었다. 그는 너무 목이 말랐기에 무릎을 꿇은 채, 낚싯줄이 급격히 움직이지 않도록 주의하면서, 할 수 있는 한 이물 저쪽으로 움직여 한 손을 물병으로 뻗었다. 그는 그것을 열었고 조금 마셨다. 그러고는 뱃머리에 기대어 휴식을 취했다. 그는 떼어 낸 돛대와 돛에 앉아 쉬면서 오로지 견뎌야 한다는 것 말고는 다른 생각을 하지 않으려고 애썼다.

그러고는 그 뒤를 살폈고 눈에 들어오는 땅이 없다는 것을 알았다. 별 차이는 없어, 하고 그는 생각했다. 나는 언제든 아바나의 불빛 안으로 들어갈 수 있어. 해 지기 전까지는 아직 두 시간이 더 있고 녀석은 그 전에 올라올 거야. 만약 그렇지 않다면 달과 함께 올라올 테지. 만약 그렇게 하지 않으면 어쩌면 일출과 함께 올라올지도 모르지. 나는 쥐도 나지 않았고 기운이 나고 있어. 입에 바늘이 걸린 건 녀석이야. 하지만 이처럼 당기는 물고기라니 도대체 뭐지. 녀석은 철사줄에 끼인 입을 단단히 다물고 있을 것이 틀림없어. 녀석을 볼 수 있었으면 좋겠군. 내가 상대하고 있는 것이 무엇인지 단지 한 번이라도 볼 수 있었으면.

물고기가 결코 그 밤 내내 진로나 방향을 한 번도 바꾸지 않았다는 것을 그 사내는 별들을 지켜보는 것으로 알 수 있었다. 해가 진 후 추워졌고 노인의 땀은 등과 팔, 노쇠한 다리 위에서 차갑게 식어 있었다. 낮 동안 그는 공구 상자를 덮던 마대 자루를 꺼내 햇볕 아래 펼쳐 말려 두었다. 해가 떨어진 후 그는 그것을 그의 등 위에 매달려 있게 하기 위해 목에 둘러 묶었고 이제 그것이 어깨에 가로질러 있는 낚싯줄 아래 놓이도록 조심스럽게 작업했다. 그 마대 자루는 낚싯줄의 충격을 흡수했고 그는 이물에 기대 앞쪽으로 숙이는 방법을 찾았으므로 가까스로 편안해졌다. 실제로 그 자세는 단지 견딜 수 없는 것을 다소 완화시켜 준 것에 불과했다. 하지만 그는 가까스로 편안해진 것으로 생각했던 것이다.

나는 그로 인해 아무것도 할 수 없고 그는 나로 인해 아무것도 할 수 없군, 하고 그는 생각했다. 녀석이 이 상태를 벗어나려 하지 않는 한 말이야.

일단 그는 일어서서 돛단배 옆 너머로 소변을 보고는 별들을 보았고 그의 경로를 점검했다. 낚싯줄은 그의 어깨에서 뻗어 나가 물속에서 인광을 내는 기다란 띠처럼 보였다. 그들은 이제 좀더 천천히 움직였고 아바나의 불빛은 그리 강하지 않았으므로, 그는 틀림없이 해류가 그들을 동쪽으로 운송하고 있는 중이라는 것을 알았다. 만약 내가 아바나의 불빛을 잃는다면 우리는 좀더 동쪽으로 가고 있는 것일 터이다. 그는 생각했다. 만약 물고기의 경로가 정확하다면 나는 틀림없이 좀더 많은 시간 그것을 보게 될 테지. 오늘 메이저리그는 어찌 되었는지 야구가 궁금하군, 그는 생각했다. 라디오로 이것을 들을 수 있으면 굉장할 텐데. 그러고는 생각했다. 항상 그 생각이군. 자네가 하고 있는 일만 생각해. 어떤 어리석은 짓도 해서는 절대 안 돼.

그러고는 소리 내어 말했다. "그 애가 있으면 좋을 텐데. 나를 도우면서 이것을 보게."

늙어서는 누구도 혼자 있어서는 안 되는 거야, 그는 생각했다. 하지만 그건 피할 수 없는 일이지. 상하기 전에 참치를 먹는 걸 절대 잊어서는 안 되네. 힘을 유지하기 위해라도. 기억하시게, 자네가 조금도 원치 않는 것과 상관없이. 아침에 틀림없이 먹어야만 하네. 기억하시게, 그는 자신에게 말했다.

밤사이 두 마리의 돌고래가 배 주변으로 왔고 그는 그들이 뒹굴며 물을 뿜어내는 소리를 들을 수 있었다. 그는 수컷이 내는 물 뿜는 소리와 암컷이 한숨 쉬듯 불어 대는 소리를 구별할 수 있었다.

"그들은 착하지." 그는 말했다. "그들은 놀면서 농담을 하고 서로 사랑을 하지. 그들은 날치처럼 우리의 형제들이야."

그러고는 바늘에 걸어 둔 거대한 물고기를 동정하기 시작했다. 녀석은 불가사의할 정도로 낯설어. 나이는 얼마나 된 걸까? 그는 생각했다. 결코 이토록 힘이 센 고기나 이렇게 낯설게 행동하는 고기를 본 적이 없어. 아마 그는 너무 영리해서 뛰어오르지도 않는 것이겠지. 뛰어오르거나 사납게 달려드는 것만으로도 나를 굴복시킬 수 있을지 모르는데. 하지만 아마 전에 몇 번 낚싯바늘에 걸려 본 적이 있고 이것이 자신이 싸울 수 있는 방법이라는 것을 알고 있는 걸 거야. 자신을 상대하는 것이 단지 한 사람뿐이라는 것이나, 그것도 노인네라는 것을 알 턱이 없을 테니. 어쨌거나 그는 얼마나 대단한 물고기인가. 그리고 만약 살집까지 좋다면 시장에서 상당한 대접을 받겠지. 그는 수컷처럼 미끼를 물었고 수컷처럼 당기면서 싸우는 것에 전혀 당황해하지 않고 있어. 그는 어떤 계획을 가진 것일까. 아니면 나처럼 그냥 필사적인 것일까?

노인은 청새치 한 쌍 중 한 마리가 낚싯바늘에 걸렸던 때가 떠올랐다. 수컷 물고기는 항상 암컷 물고기가 먼저 먹도록 하는데, 갈고리에 걸린 암컷은 공황 상태에 빠져 마구 흥분했고, 절망적인 싸움으로 곧 지쳐 버렸으며, 수컷은 줄곧 낚싯줄을 가로지르고 암컷과 함께 수면 위를 돌면서 머물렀었다. 수컷이 너무 가까이 머무르는 것이 노인은 두려웠는데 그 크기와 모양이 거의 큰 낫처럼 예리한 꼬리로 낚싯줄을 끊을까 봐서였다. 노인이 암컷에게 작살과 곤봉질을 할 적에는, 사포날처럼 날카로운 부리를 잡고, 색깔이 거의 유리의 뒷면처럼 변할 때까지 머리 맨 위쪽을 가로질러 두드려 댔다. 그런 다음, 소년의 도움을 받아 배 위로 끌어 올렸는데, 수컷 물고기는 배 옆에 머물러 있었다. 그러고는, 노인이 낚싯줄을 청소하고 작살을 준비하는 동안, 수컷 물고기는 암컷이 어디 있는지 보려고 배 옆 허공에서, 자신의 가슴 지느러미인 라벤더색 날개를 넓게 펼쳐, 넓은 줄무늬를 전부 내보이면서, 높이 뛰어올랐다가는 이내 깊이 가라앉았다. 그는 아름다웠지, 노인은 기억을 떠올렸다. 그러고는 내내 머물렀어.

그건 내가 지금까지 그들에게서 본 중에 가장 슬픈 광경이었지, 노인은 생각했다. 소년 역시 너무 슬퍼해서 우리는 암컷에게 용서를 구하면서 신속하게 도살했지.

"그 애가 여기 있으면 좋을 텐데." 그는 소리 내어 말하고는 뱃머리의 둥글린 널빤지에 기대앉았고, 어깨에 가로질러 잡고 있는 낚싯줄을 통해 자신이 선택했던 쪽을 향해 꾸준히 움직이고 있는 거대한 물고기의 힘을 느꼈다.

일단, 내 배반으로 인해, 그로서도 선택해야 할 필요성이 있었을 테지, 노인은 생각했다.

그의 선택은 모든 올가미와 함정 그리고 배반 너머의 틀에 박히지 않은 깊은 어두운 물속에 머무는 것이었을 게야. 나의 선택은 모든 사람들 너머의 그를 찾아 그곳으로 가는 것이었고. 세상의 모든 사람들 너머 말이야. 이제 우리는 함께 모여 정오 이래 같이 있어. 또한 우리 중 어느 한쪽도 도와줄 이는 아무도 없는 것이고.

어쩌면 나는 어부가 되지 말았어야 했어, 그는 생각했다. 그렇지만 나는 그것을 위해 태어났을지도 모르지. 날이 밝은 후 반드시 참치를 먹어야만 하는 걸 기억해야만 해.

날이 새기 얼마 전에 무언가가 그의 뒤편에 있던 미끼 중 하나를 물었다. 그는 막대가 부러지고 낚싯줄이 고깃배의 이물로 튀어 나가기 시작하는 소리를 들었다. 어둠 속에서 그는 칼집의 칼을 풀어서, 왼쪽 어깨 위 물고기의 모든 압박을 받아들이면서 상체를 뒤로 젖혀 이물의 나무에 의지하고 있던 낚싯줄을 끊었다. 그러고는 그에게시 기까운 다른 낚싯줄을 끊어서는 어둠 속에서 예비 다발의 느슨한 끝을 단단히 동여맸다. 그는 한 손으로 능숙하게 작업하면서 그것들을 잡아 두기 위해 낚싯줄을 발로 밟고 매듭을 단단히 당겼다. 이제 그는 여섯 개의 예비 다발을 갖고 있었다. 각각의 미끼로부터 두 개씩 끊어 놓은 것과 물고기가 물고 있는 미끼에 이어진 두 개였는데, 그것들은 모두 연결되어 있었다.

날이 밝은 후, 그는 생각했다. 40패덤짜리 미끼로 돌아가 그역시 끊어 버리고 예비 다발에 연결해야겠군. 나는 질 좋은 카탈루냐산 줄 200패덤뿐만 아니라 낚싯바늘과 목줄을 잃게 될테지. 그것은 대체될 수 있어. 그렇지만 만약 내가 어떤 고기를 낚고 이를 끊어 버린다면 이 고기를 누가 대체할까? 지금 막 미끼를 물었던 고기가 무언지 나는 모른다. 청새치나 황새치 또는 상어였을 테지. 나는 결코 그걸 느껴 보지도 못했군. 그를 너무 빨리 제거해야만 했던 거야.

소리 내어 그가 말했다. "그 애가 있으면 좋을 텐데."

그렇지만 자네에게 그 애는 없어, 그는 생각했다. 자네는 오직 자네 자신뿐이니, 이제 남은 낚싯줄로 돌아가, 어둡든 말든 그것을 끊어 버리고 두 개의 예비 다발을 연결시켜 두는 게 좋을 게야.

그래서 그는 그렇게 했다. 어둠 속에서 그것은 어려운 일이어서 한번은 물고기가 갑자기 줄을 느슨하게 하는 바람에 당기고 있던 그를 앞으로 고꾸라뜨렸고 그의 눈 아래가 찢겼다. 피가 그의 뺨을 타고 조금씩 흘러내렸다. 그러나 그것은 그의 턱에 도달하기 전에 응고되어 말랐고 그는 원래의 고물로 돌아가 일을 마치고 판자에 기대 쉬었다. 그는 마대 자루를 조정해 낚싯줄이 어깨의 새로운 부분을 가로지르도록 주의해서 옮기고 나서, 어깨에 고정되게 잡고는, 고기의 당김을 주의 깊게 느꼈고 그러고 나서 물을 가로지르는 배의 진행을 손으로 느껴 보았다.

무엇이 그를 그렇게 요동치게 만든 것인지 궁금하군, 노인은 생각했다. 철사가 그의 거대한 언덕 같은 등으로 씌워진 게 틀림없어. 확실히 그의 등은 나처럼 심하게 고통을 느끼지는 않을 테지. 하지만 그가 얼마나 크든지 간에 이 배를 영원히 끌 수는 없는 거야. 이제 문제될 수 있는 모든 일이 정리되었고 나는 충분한 예비 다발을 가지고 있어. 한 사내가 갖출 수 있는 전부인 게지.

"물고기야." 그는 부드럽게, 소리 내어 말했다. "나는 내가 죽을 때까지 자네와 함께 머물 작정이네."

그 역시 나와 함께 머물 테지, 노인은 생각했고 날이 밝아오기를 기다렸다. 날이 밝기 전인 그 시간은 이제 추웠고 그는 온기를 내기 위해 판자에 대고 몸을 비볐다. 그가 하는 한 나도

할 수 있어, 그는 생각했다. 그리고 동이 트자마자 낚싯줄이 풀려 나가면서 물속으로 내려갔다. 배는 꾸준히 움직였고 태양의 맨 처음 윗부분이 떠올랐을 때 그것은 노인의 오른쪽 어깨 위에 올려 있었다.

"그는 북쪽으로 가고 있군." 노인이 말했다. 해류는 우리를 멀리 동쪽으로 데려다 놓으려 하겠지. 그는 생각했다. 그가 해류를 따라 돌기만 한다면 얼마나 좋을까. 그건 그가 지쳐 있다는 것을 보여 주는 것일 테니.

태양이 더욱 떠올랐을 때 노인은 물고기가 지치지 않았다는 것을 깨달았다. 다만 한 가지 유리한 조짐이 있었다. 낚싯줄의 경사가 그가 좀더 얕은 깊이에서 헤엄치고 있음을 알려 주고 있었던 것이다. 그것이 물론 반드시 그가 뛰어오리라는 걸 의미하는 건 아니었다. 그렇지만 그럴지도 모르는 일이었다.

"신이여, 그가 뛰어오르게 하소서." 노인이 말했다. "저는 그를 다룰 충분한 줄을 가지고 있나이다."

만약 내가 조금이라도 더 팽팽히 할 수 있다면 그를 아프게 할 테고 그러면 그는 뛰어오를 텐데, 하고 그는 생각했다. 이제 날이 밝았으니 그가 뛰어오르도록 해서 등뼈를 따라 있는 부레에 공기를 채우도록 하자. 그러면 그는 죽어도 깊이 내려갈 수 없을 테니.

그는 더 팽팽하게 하려 애썼지만, 낚싯줄은 그가 고기를 낚은 이후 가장 최대치의 한계점까지 팽팽해져 있는 상태였고, 그가 뒤로 당겼을 때 거칠어짐을 느꼈으므로 그것을 더 이상 당길 수 없다는 것을 깨달았다. 결코 갑작스레 당겨서는 안 돼, 그는 생각했다. 갑자기 당길 때마다 바늘에 찢긴 곳이 넓어질 테고 그러면 그가 뛰어올랐을 때 떨어져 나갈지도 몰라. 어쨌든 해가 있으니 기분이 한결 좋아졌어, 이번에는 저것을 똑바로 쳐다보지 않아도 되고.

낚싯줄 위에 누런 해초가 있었지만 노인은 그것이 오히려 제 동력을 더해 줄 거라는 걸 알고 있었기에 만족스러웠다. 그것은 밤에 그렇게 많은 인광을 뿜어내던 누런 멕시코만 해초였다.

"물고기야." 그는 말했다. "나는 자네를 좋아하고 매우 존경하지. 하지만 나는 오늘이 끝나기 전에 자네를 죽일 걸세."

그러길 우리 희망하자고, 그는 생각했다.

작은 새 한 마리가 북쪽으로부터 고깃배 쪽으로 날아왔다. 휘파람새였는데 물 위를 매우 낮게 날고 있었다. 노인은 그가 매우 지쳐 있다는 것을 알 수 있었다.

새는 배의 고물에 내려앉았고 거기서 쉬었다. 그러고는 노인의 머리 위를 돌더니 그에게는 좀더 편안한 낚싯줄 위에서 쉬었다.

"너는 몇 살이니?" 노인은 새에게 물었다. "이게 첫 번째 여행이니?"

새는 그가 말하는 동안 그를 바라보았다. 그는 심지어 낚싯줄을 살펴보지 못할 만큼 너무 지쳐 있었는데 연약한 발로 그것을 단단히 움켜쥐고 그 위에서 비틀거렸다.

"한결같구나." 노인이 그에게 말했다. "너무 한결같아. 바람이 불지 않은 밤을 보낸 후니 그렇게 피곤했을 리도 없을 텐데. 새들은 무엇 때문에 오고 있는 걸까?"

매들이, 그는 생각했다. 저들을 잡으러 바다로 나오는데. 하지만 그는 이에 대해 새에게 아무 말도 하지 않았다. 무슨 말을 하건 이해할 수 없을 테고. 매들에 관해서는 얼마 안 있어 충분히 알게 될 터였다.

"충분히 쉬렴, 작은 새야." 그는 말했다. "그러고 떠나서 여느 사람이나 새나 물고기처럼 기회를 잡으려무나."

밤사이 등이 마비되어 이제 정말로 아팠기에 말을 하는 것이 그에게 기운을 돋게 했다.

"네가 좋다면 내 집에 머물렴, 새야." 그는 말했다. "미안하지만 지금 일고 있는 산들바람으로 너를 데리고 가기 위해 돛을 올릴 수는 없구나. 나는 친구와 함께 있거든."

바로 그때 물고기가 갑자기 요동을 쳐서 노인은 고물 쪽으로 넘어졌는데, 만약 그가 자신을 버티며 약간의 줄을 내어 주지 않았다면 배 밖으로 끌려 나갈 뻔했다.

새는 낚싯줄이 갑자기 당겨졌을 때 날아올랐고 노인은 심지어 그가 떠나는 것조차 보지 못했다. 그는 오른손으로 조심스럽게 낚싯줄을 느껴 보았고 자신의 손에 피가 흐르고 있다는 것을 깨달았다.

"무언가가 그때 그를 아프게 했군." 그는 소리 내어 말하곤, 물고기를 돌릴 수 있는지를 알아보기 위해 등 위의 낚싯줄을 당겼다. 그러나 한계점에 이르렀을 때 그는 변함없이 안정적으로 줄의 당김을 등에 대고 견뎠다.

"자네도 이제 그걸 느끼고 있지, 물고기야." 그는 말했다. "그래, 신이 알듯, 나는 알지."

그는 그를 동료로 삼고 싶었기에 이제 새를 찾아 둘러보았다. 새는 가 버렸다.

너는 오래 머물지 않았구나. 노인은 생각했다. 하지만 해안에 이르기까지 네가 지나야 할 곳은 더 거칠 게다. 어떻게 내가 물고기가 한 번 낚아챈 거로 베일 수가 있지? 내가 아주 멍청해지고 있는 게 틀림없어. 아니면 그 작은 새를 바라보며 생각에 빠져 있어서였을지도 모르지. 이제는 내 일에만 신경 쓰자, 그러고 나서 틀림없이 참치를 먹어야만 해. 기운을 잃지 않으려면 말이야.

"그 애가 여기 있으면 좋으련만. 그리고 소금을 좀 가지고 있었으면 좋겠군." 그는 소리 내어 말했다.

낚싯줄의 무게를 왼편 어깨 위로 옮기고 조심스럽게 무릎을 꿇은 그는 대양 안에 손을 씻었고, 거기에 그것을 두고, 담근 채로, 피가 꼬리를 물고 흘러가는 것과 배가 움직일 때 그의 손을 거스르는 한결같은 물의 움직임을 일 분 이상 지켜보고 있었다.

"그가 속도를 많이 늦추었군." 그는 말했다.

노인은 그의 손을 소금기 있는 물속에 좀더 담가 두고 싶었지만 물고기의 갑작스러운 또 다른 요동질이 두려웠기에, 일어서서 버티며 햇볕에 대고 손을 들어 올렸다. 단지 살점이 베이면서 낚싯줄에 데인 것뿐이었다. 그러나 그것은 작업을 행해 온 손 부위였다. 그는 이 일이 끝나기 전까지 손이 절대적으로 필요하다는 것을 알고 있었고, 그래서 시작하기도 전에 베였다는 것이 마땅치 않았다.

"이제," 손이 마르자, 그가 말했다. "작은 참치를 먹어야만 하겠군. 갈고리로 끌어다가 여기서 편히 먹을 수 있을 테지."

그는 무릎을 꿇고 고물 아래 참치를 찾아서는 낚시 다발을 피해서 갈고리로 그것을 자기 쪽으로 끌었다. 왼쪽 어깨로 다시 낚싯줄을 유지하고, 왼손과 팔로 버티면서, 그는 갈고리고리에서 참치를 빼내고는 갈고리는 원래 자리로 돌려놓았다. 그는 한쪽 무릎으로 물고기를 누르고 검붉은 고기를 세로로 머리 뒤쪽부터 꼬리까지 조각냈다. 쐐기 모양의 조각들로 등뼈 가까이로부터 배 끄트머리까지 자른 것이다. 그는 여섯 조각을 내 이물 밖 판자 위에 그것들을 펼쳤고, 자신의 바지에 칼을 닦고는, 가다랑어의 사체를 꼬리로 들어서는 배 밖으로 떨구었다.

"내 생각에 전부를 먹을 수는 없을 것 같군." 그는 말하고 칼을 꺼내 조각들 가운데 하나를 갈랐다. 그는 한결같이 심하게 당겨지는 낚싯줄을 느낄 수 있었는데 그의 왼손에 쥐가 났다. 그것은 무거운 밧줄 위에서 뻣뻣하게 당겨졌으므로 그는 넌더리가 난다는 듯 그것을 바라보았다.

"무슨 놈의 손이 이래." 그는 말했다. "쥐야, 네가 원한다면 해봐. 어디 한번 오그라들어 보라고. 너도 좋기만 한 건 아닐 테니."

어서 해보라고, 그는 생각했고 비스듬한 낚싯줄이 잠겨 있는 어두운 물속을 내려다보았다. 이제 먹자. 그러면 손에 힘을 줄 테지. 손 잘못이라기보다는 자네가 물고기와 많은 시간 함께 있었기 때문이야. 하지만 사내는 그와 영원히 머무를 수도 있지. 이제 저 가다랑어를 먹게나.

그는 한 조각을 집어 들었고 그것을 입속에 넣고는 천천히 씹었다. 불쾌하지는 않았다.

잘 씹게나, 그는 생각했다. 그래서 모든 액을 얻어야 해. 라임이나 레몬, 소금과 함께 먹는다면 꼭 나쁘다곤 할 수 없을 텐데.

"좀 어떠니, 손아?" 그는 사후경직처럼 뻣뻣해져 있는 쥐가 난 손에게 물었다. "너를 위해 좀더 먹어 두어야겠구나."

그는 둘로 나누었던 다른 한 조각을 먹었다. 그는 그것을 세심하게 씹고 나서는 껍질을 뱉어 냈다.

"어떤 거 같니, 손아? 아니 그걸 알기엔 역시 너무 이르겠지?"

그는 또 다른 온전한 조각을 입에 넣고 씹었다.

"이건 향이 강한 전형적인 생선이지." 그는 생각했다. "내가 만새기 대신 그를 잡은 건 행운이었어. 만새기는 너무 달큰한 향이 나지. 이건 결코 달큰하지 않으면서 모든 강점이 그대로 담겨 있어."

그럼에도 불구하고 실제적인 걸 제외하면 어떤 의미도 없는 거지, 그는 생각했다. 소금이 좀 있었으면 좋을 텐데. 그리고 남은 것들이 햇볕에 썩게 될지 건조될지 알 수 없으니, 배가 고프지 않더라도 먹어 두는 게 좋겠어. 물고기는 침착하면서도 한결같군. 이것을 전부 먹고 나서 준비하도록 하자.

"조급하게 굴지 마렴, 손아." 그는 말했다. "너를 위해 이러는 거니."

물고기에게도 먹을 걸 줄 수 있었으면 좋겠군, 그는 생각했다. 그는 내 형제지. 그러나 나는 그를 죽여야만 하고 그러기 위해 강해져야만 해. 천천히 그리고 꼼꼼하게 그는 쐐기 모양의 물고기 조각들을 전부 먹어 치웠다.

그는 바지에 자신의 손을 닦는 것으로 깨끗이 정리했다. "자." 그가 말했다. "이젠 줄을 놔 줘도 된다, 손아, 그러면 네가 그 바보짓을 멈출 때까지 오른손 하나로 다룰 테니까." 그는 왼발을 왼손이 잡고 있었던 묵직한 낚싯줄 위에 올리고 그의 등 반대로 당겨지던 힘에 대항해 뒤쪽으로 몸을 기울였다.

"신이여, 쥐가 풀리도록 저를 도우소서." 그는 말했다. "물고기가 무엇을 하려는 것인지 저는 알지 못하나이다."

그렇지만 그는 평온해 보이는군, 그는 생각했다. 그리고 자신의 계획을 따르고 있는 중이야. 하지만 그의 계획이 뭘까, 그는 생각했다. 그런데 내 계획은 뭐지? 내 계획은 녀석의 거대한 크기로 인해 그에 따라 진행되어야만 해. 만약 그가 뛰어오른다면 나는 그를 죽일 수도 있겠지. 그렇지만 그는 밑에서 한없이 머물고 있어. 그러면 나는 그와 함께 한없이 머물러야 하겠지.

그는 쥐가 난 손을 바지에 대고 비비며 손가락들을 부드럽게 하기 위해 애썼다. 그러나 그것은 풀리지 않았다. 어쩌면 해가 뜨면서 풀릴 테지, 그는 생각했다. 어쩌면 강한 생참치가 소화되고 풀릴는지도. 만약 내가 꼭 그래야만 한다면, 이걸 풀어야겠지. 그만큼의 비용을 치르고서라도 말야. 하지만 나는 당장 힘으로라도 푸는 것은 원치 않아. 스스로 풀리도록 하고 스스로 제대로 돌아오도록 해야만 해. 어쨌든 나는 밤새 여러 줄들을 풀고 쉬게 할 필요가 있었을 때 너무 학대한 거야.

그는 바다를 건너다보았고 이제 혼자라는 걸 깨닫게 되었다. 하지만 그는 어둡고 깊은 물속의 프리즘과 앞쪽으로 뻗어 있는 낚싯줄, 그리고 평온한 가운데 이상스러운 파동을 볼 수 있었다. 구름은 이제 무역풍으로 인해 높아졌고 앞쪽을 바라보았는데 물 위의 하늘을 배경으로 자신들을 아로새겼다가 흐릿해졌다가, 다시 아로새기고 있는 야생오리들의 비행을 보면서, 바다 위에서는 어느 때고 혼자였던 사람은 없다는 것을 깨달았다.

그는 작은 배로 육지가 보이지 않는 곳까지 떨어져 있는 일을 사람들이 얼마나 두려워하는지를 떠올렸고 갑작스럽게 날씨가 나빠지는 날이 있는 달에는 그들이 옳다는 것을 알고 있었다. 그러나 지금은 태풍이 있는 달이었다. 태풍만 없다면, 태풍 있는 달의 날씨는 일 년 중에 가장 좋은 때였다.

태풍이 있다면 사람들은, 만약 바다에 나와 있는 중이라면, 언제나 며칠 앞서 하늘의 징조를 알아보지. 그것을 해안에서 알아보지 못하는 것은 무엇을 살펴야 하는지 모르기 때문이야, 하고 그는 생각했다. 육지에서도 틀림없이 차이가 있을 텐데, 구름의 모양이라든가 하는 것으로. 아무튼 당장 태풍은 오지 않아.

그가 하늘을 바라보자 친근한 아이스크림 더미처럼 쌓인 하얀 뭉게구름이 보였고, 그보다 더 위에는 높은 9월의 하늘을 배경으로 얇은 깃털 구름이 떠 있었다.

"가벼운 브리사('무역풍'의 스페인어)군," 그는 말했다. "자네보다는 내게 더 유리한 날씨군, 물고기야."

그의 왼손은 여전히 쥐가 나 있었지만, 천천히 그것의 매듭을 풀어 가는 중이었다.

나는 쥐를 혐오하지, 그는 생각했다. 그건 자신의 몸에 대한 기만이야. 다른 사람들 앞에서 프토마인 중독으로 설사가 나거나 토가 나는 일처럼 창피한 노릇인 게야. 그렇지만 쥐는—그는 이것을 칼람브레('쥐'의 스페인어)로 생각했다— 특히 혼자 있을 때 자신에게 창피한 일이야.

만약 그 애가 여기에 있다면 나를 위해 팔뚝부터 아래로 문질러서 풀어 주었을 텐데, 그는 생각했다. 하지만 이건 풀릴 거야.

그때, 오른손에 낚싯줄의 당김이 달라진 것이 느껴졌고 앞서 물속에서 경사면이 바뀌는 것을 보았다. 그때, 그는 낚싯줄에 대항해 몸을 기울이면서 왼손을 빠르고 세게 허벅지에 대고 찰싹찰싹 때려 대면서 낚싯줄이 천천히 위쪽으로 기울어지는 것을 보았다.

"그가 올라오고 있어." 그는 말했다. "어서 손아, 제발 어서."

낚싯줄이 느리게 한결같이 올라오더니 이윽고 대양의 표면이 배 앞쪽에서 불거지면서 물고기가 나타났다. 그는 면면히 모습을 드러냈고 물이 양옆으로 쏟아졌다. 햇볕 속에서 밝게 빛나는 그의 머리와 등은 짙은 자줏빛이었으며 양옆 줄무늬는 넓고 밝은 연보랏빛을 띠었다. 그의 주둥이는 야구 배트처럼 길었고 양날칼처럼 가늘었는데, 물에서 몸 전체를 들어 올렸다가는 다이버처럼 부드럽게 다시 들어갔고, 노인은 거대한 낫 같은 그의 꼬리가 아래로 들어가는 것을 보았고, 낚싯줄이 즉시 풀려 나가기 시작했다.

"배보다 2피트는 더 길군." 노인이 말했다. 낚싯줄은 빠르지만 한결같이 풀려 나갔고 물고기는 당황하지 않았다. 노인은 한계 세기 내에서 두 손으로 낚싯줄을 지키기 위해 애썼다. 만약 한결같은 압박으로 그 물고기를 늦출 수 없다면 물고기는 모든 낚싯줄을 끌고 가서는 그것을 끊어 버렸을 거라는 걸 그는 알고 있었다.

그는 위대한 물고기니 나는 그를 납득시켜야만 해, 그는 생각했다. 결코 그가 자신의 힘을 알거나 만약 달아나고자 하면 할 수 있다는 것을 알게 해서는 안 돼. 만약 내가 그라면 당장 모든 힘을 다해 뭔가가 끝장날 때까지 달아났을 테지. 그러나, 감사하게도, 그들은 자신들을 죽이는 우리처럼 영리하지 않아. 비록 그들이 더 고결하고 더 재능 있다 할지라도 말이야.

노인은 많은 거대한 물고기를 보아 왔다. 천 파운드가 더 나가는 것들을 많이 봐 왔고 살면서 그 크기의 고기를 두 마리 잡기도 했지만, 결코 혼자 잡았던 것은 아니다. 지금은 혼자였고, 육지도 보이지 않는 상황에서 지금껏 보고 들어온 중에 가장 큰 물고기에 단단히 고정되어 있었는데, 왼손은 여전히 오그라진 독수리의 발톱처럼 뻣뻣한 상태였다.

그래도 쥐는 풀릴 거야, 그는 생각했다. 분명히 쥐는 풀려서 내 오른손을 도울 게야. 형제나 마찬가지인 세 가지가 있다면, 물고기와 내 두 손이야. 틀림없이 쥐는 풀릴 거야. 쥐가 난 상태로는 부당한 거니까. 물고기는 다시 느려졌고, 평소 속도로 나아가고 있었다.

그가 뛰어오른 이유가 궁금하군, 노인은 생각했다. 그는 마치 자신이 얼마나 큰지를 내게 보여 주기 위해서인 것처럼 뛰어올랐어. 어찌 되었건, 이제 알게 되었어, 그는 생각했다. 그에게 나라는 사람이 어떤 종류의 사람인지 보여 주었으면 좋겠군. 하지만 그때 그는 쥐가 난 내 손을 보게 될 테지. 그에게 지금의 나보다 훨씬 나은 사내로 보이게 해야 해, 실제 그렇게 될 테고. 내가 물고기였으면 좋겠군, 그는 생각했다. 오로지 내 의지와 내 지능에 맞서고 있는 그가 가진 모든 것을 함께 가진 물고기였으면.

그는 갑판에 기대 안정적으로 자세를 잡고 밀려오는 고통을 받아들였고, 물고기는 여전히 헤엄쳐 갔으며 배는 어두운 물을 천천히 가로질러 이동했다. 동쪽으로부터 불어오는 바람에 작은 파도가 일렁였고 정오 들어 노인의 왼손은 쥐가 풀렸다.

"네겐 나쁜 소식이구나, 물고기야." 그는 말하곤 양어깨를 덮고 있던 마대 자루 위의 낚싯줄을 옮겼다.

그는 안정적이었지만 고통스러웠는데, 그럼에도 불구하고 그는 결코 그 고통을 인정하지 않고 있었다.

"저는 신앙심이 깊지는 않습니다," 그가 말했다. "하지만 이 물고기를 잡을 수 있다면, 주기도문 열 번과 성모송 열 번을 외겠습니다. 또한 만약 제가 그를 잡는다면, 코브레의 성모지를 성지순례할 것을 약속합니다. 말하자면 서약입니다."

그는 무의식적으로 기도문을 외기 시작했다. 가끔 그는 너무 피곤해서 기도문이 떠오르지 않기도 했는데 그럴 때면 그것들이 자동적으로 떠오르도록 빠르게 외곤 했다. 성모송은 주기도문보다 외기가 쉽군. 그는 생각했다.

"은총이 충만하신 마리아시여, 주 하나님께서 그대와 함께하나이다. 여인 중에 복되시고 또한 당신 태중의 자손, 주 예수 그리스도가 복되나이다. 성스러운 마리아, 주님의 어머니시여, 저희 죄인들을 위해, 지금, 뿐만 아니라 저희들 죽음의 시간에도 기도해 주십시오. 아멘." 그런 다음 그는 덧붙였다. "복되신 성모님, 이 물고기의 죽음을 위해 기도해 주십시오. 비록 그가 경이롭다 해도 말입니다."

기도문 암송으로 훨씬 기분이 좋아졌음에도 불구하고, 정확히 그만큼 고통스러웠으며, 어쩌면 조금 더 심해져서, 그는 무의식적으로 이물의 갑판에 기대어, 그의 왼손 손가락을 움직였다.

이제 산들바람이 부드럽게 불어오고 있었지만 태양은 뜨거웠다.

"고물 너머 던져둔 작은 낚싯줄에 미끼를 갈아 끼우는 게 좋겠어." 그는 말했다. "만약 물고기가 다음 날 밤도 머물 작정이라면 나는 다시 먹을 게 필요할 테고 물은 병에 조금밖에 남아 있지 않으니. 여기서는 만새기 말고는 어떤 것도 잡을 수 있을 것 같지 않군. 그렇지만 만약 내가 충분히 신선한 채로 먹는다면 나쁘지만은 않을 거야. 오늘 밤 배로 날치가 오면 좋을 텐데. 하지만 나는 그것들을 유인할 불을 가지고 있지 않군. 날치는 생으로 먹기에 완벽하고 그것을 토막 낼 필요도 없지. 이제 내 모든 힘을 비축해 두어야 해. 주님, 저는 그가 그렇게 크다는 것을 알지 못했나이다."

"그럼에도 저는 그를 죽일 겁니다." 그는 말했다. "모든 그의 위대함과 영광 안에서."

비록 그것이 부당할지라도 말입니다, 하고 그는 생각했다. 왜냐하면 저는 그에게 사람이 할 수 있는 것과 사람이 인내하는 것을 보여 줄 참이니까요.

"나는 그 애에게 내가 이상한 늙은이라고 말했지." 그는 말했다.

"지금이 그것을 입증해야만 할 때인 거야."

그가 입증했던 수천 번은 아무 의미가 없는 것이었다. 지금 그는 그것을 다시 입증하고 있는 중이었다. 매번 새로운 시간이었으며 그는 결코 자신이 그것을 행했던 과거에 관해서는 생각하지 않았다. 그가 잠들었으면 좋겠군, 그러면 나도 사자 꿈을 꾸면서 잠을 잘 수 있을 텐데, 그는 생각했다. 왜 사자가 가장 중요하게 남아 있는 걸까? 생각하지 마시게, 늙은이. 그는 스스로에게 말했다. 지금은 갑판에 기대 조용히 쉬면서 아무 생각도 않는 거야. 그는 일하고 있는 중일세. 자넨 가능한 한 조금만 일하게.

오후로 접어들고 있었고 배는 여전히 느리지만 한결같이 움직였다. 그러나 동쪽의 산들바람으로 이제 항력이 더해졌고 노인이 작은 파도를 부드럽게 타면서 그의 등에 가로질러진 줄의 아픔은 한결 원활하고 부드러워졌다.

오후 한때 낚싯줄이 다시 올라오기 시작했다. 그러나 물고기는 단지 조금 높은 곳에서 헤엄을 계속했다. 태양은 노인의 왼쪽 팔과 어깨 그리고 등 위에 떠 있었다. 그러므로 그는 물고기가 북동쪽으로 돌았다는 것을 알고 있었다.

이제 그는 한 번 본 적이 있어서, 물고기가 물속에서 자줏빛 가슴 지느러미를 날개처럼 활짝 펼치고 크고 똑바로 선 꼬리로 어둠 속을 헤치며 헤엄치고 있는 모습을 그려 볼 수 있었다. 그 깊이에서 그는 얼마나 많은 것을 보는 걸까, 노인은 생각했다. 그의 눈은 크지만 말은, 훨씬 작은 눈임에도 불구하고 어둠 속에서 볼 수 있지. 한때 나도 어둠 속에서도 꽤 잘 봤었는데, 물론 절대적인 어둠 속은 아니지만 말야. 하지만 거의 고양이처럼 보았던 것 같아.

노인과 바다

햇볕과 손가락의 한결같은 움직임은 이제 완벽하게 그의 왼손에 났던 쥐를 풀리게 했고, 그는 줄의 당김을 그 손에 좀더 옮겨 두기 시작했으며, 줄이 주는 아픔을 조금이라도 없애기 위해 등 근육을 움직였다.

"만약 자네가 지치지 않았다면, 물고기야." 그는 소리 내어 말했다. "자네도 틀림없이 매우 이상한 게지."

그는 이제 매우 피곤함을 느꼈고 곧 밤이 오리라는 것을 알고 있었기에 다른 것들을 생각하기 위해 애썼다. 그는 메이저 리그—그에게는 그란 리가스Gran Ligas였다—를 생각했는데, 뉴욕 양키스와 디트로이트 타이거스가 경기를 하고 있는 중이라는 것을 깨달았다.

이제 이틀째로군, 내가 리그 경기 결과를 모르는 것도, 하고 그는 생각했다. 그렇지만 나는 확신을 가져야 하고 심지어 발뒤꿈치 뼈 돌기의 고통에도 모든 것을 완벽히 해내는 위대한 디마지오 선수처럼 정정당당해야 하는 거야. 뼈 돌기가 뭘까? 그는 자신에게 물었다. '운 에스푸엘라 데 우에소Un espuela de hueso.' 우리는 그런 것을 앓지 않지. 싸움닭 발뒤꿈치의 박차처럼 고통스러운 걸까? 내가 그것을 견딜 수 있을 거라는 생각은 들지 않는군. 한 눈을, 다시 두 눈을 모두 잃고도 싸우는 싸움닭처럼 싸움을 계속할 수 있을 것이라고도 말이야. 인간은 위대한 새들이나 짐승들에 비해 나은 것이 그닥 많지 않아. 여전히 나는 차라리 저 바다 아래 어둠 속에 있는 짐승이 되겠어.

"상어가 나타나지 않는 한," 그는 소리 내어 말했다. "만약 상어가 나타난다면, 신이여, 그와 저를 불쌍히 여기소서."

당신은 위대한 디마지오 선수가 내가 머무는 이만큼 오래 물고기와 머물 수 있을 거라고 믿나요? 그는 생각했다. 나는 그러리라고, 오히려 그는 젊고 강하니까 더하리라고 확신합니다. 또한 그의 아버지는 어부였으니까요. 그렇지만 뼈 돌기가 그를 너무 고통스럽게 하려나요?

"저는 모르겠습니다." 그는 소리 내어 말했다. "저는 결코 뼈 돌기를 앓아 본 적이 없으니 말입니다."

해가 지는 동안 그는, 자신에게 좀더 확신을 주기 위해, 카사블랑카 선술집에서의 시간을 떠올렸다. 그때 그는 선창가에서 가장 강했던 시엔푸에고스 출신의 거대한 흑인과 팔씨름을 했다. 그들은 테이블 위의 분필로 그린 선에 팔꿈치를 대고 팔뚝을 세우고 손을 단단히 잡은 채 하루 낮과 밤을 보냈다. 서로는 상대의 손을 탁자 위로 눕히기 위해 애썼다. 많은 내기가 걸렸고 사람들은 등유로 불 밝힌 그 방을 드나들었으며, 그는 흑인의 손과 팔, 그리고 얼굴을 바라보았다. 그들은 처음 여덟 시간이 지나고 나서부터 심판을 네 시간마다 바꾸었다. 심판들이 잠을 잘 수 있도록 하기 위해서였다. 피가 그와 흑인의 손 둘 다의 손톱 아래에서 흘러나왔고 그들은 서로의 눈과 손, 그리고 팔뚝을 바라보았고 내기꾼들은 그 방을 드나들며 벽을 면한 높은 의자에 앉아 지켜보았다. 벽은 밝은 파란색으로 칠해진 나무로 되어 있었고 램프 불빛이 거기에 대고 그들의 그림자를 드리웠다. 흑인의 그림자는 거대했고 그것은 산들바람에 램프 불빛이 흔들릴 때마다 벽 위에서 흔들렸다.

형세는 밤새 엎치락뒤치락했고 사람들은 흑인에게 럼주를 먹였고 담뱃불을 붙여 주었다. 그러면 럼주를 마신 후의 흑인은, 무서운 기세로 달려들 수밖에 없었고 한때 그는 노인을—그때는 노인이 아니라 챔피언 산티아고였다— 거의 3인치쯤 기울게 만들었다. 하지만 노인은 다시 그의 손을 완전히 대등하게 일으켜 세웠다. 그는 그때 —더할 나위 없이 훌륭한 경쟁자인—흑인을 이겼다고 확신했다. 마침내 동틀녘에 내기꾼들이 무승부로 하자고 요청하고 심판이 고개를 흔드는 중에, 그는 진력을 다해 흑인의 손을 나뭇바닥에 눕혀질 때까지 밀어붙였다. 그 시합은 일요일 아침에 시작해서 월요일 아침에야 끝났다. 많은 내기꾼들이 무승부를 요청했던 것은, 사람들은 항구로 나가 설탕 포대를 배에 싣거나 아바나의 석탄 회사로 일하러 가야만 했기 때문이다. 그렇지 않았다면 모든 이들이 끝이

날 때까지 시합을 하길 원했을 것이다. 하지만 그는 어쨌든 끝을 냈다, 누구든지 일하러 나가야 하기 전에.

그 후 오랫동안 모든 사람들은 그를 챔피언이라고 불렀고 재대결은 봄에 있었다. 하지만 많은 돈이 내기에 걸리지는 않았고 그는 앞서의 시합에서 시엔푸에고스 출신인 흑인의 자신감을 꺾어 놓은 상태였으므로 꽤나 쉽게 승리했다. 그 후 그는 몇 번의 시합을 하고는 더 이상 하지 않았다. 그는 자신이 절실하게 원하기만 하면 누구라도 이길 수 있겠다는 판단을 내리게 되었고, 고기를 잡는 오른손에 좋지 않겠다고 판단했던 것이다. 그는 왼손으로 몇 번의 연습 게임을 시도했었다. 그러나 그의 왼손은 항상 배반자였고 그가 요청하는 것을 행하려 하지 않았으므로 그는 그것을 신뢰하지 않았다.

햇볕이 굳어 있는 이걸 이제 잘 풀어 줄 게야, 그는 생각했다. 밤에 너무 추워지지만 않는다면 다시 쥐가 나지도 않을 테고. 오늘 밤 무슨 일이 벌어질지 궁금하군.

비행기 한 대가 머리 위에서 마이애미 방향으로 지났고 그는 그것의 영향으로 날치 떼가 몰려가는 것을 지켜보았다.

"저렇게 많은 날치라면 만새기가 있겠군," 그는 말하곤, 물고기를 어느 만큼이라도 끌어올 수 있는지 어떤지를 알아보기 위해 등 위의 줄을 당겨보았다. 그러나 당겨지지 않았고 그 경사에서 끊어지기 직전의 떨리는 물방울을 머금은 채 유지되고 있었다. 배는 천천히 앞으로 나아갔고 그는 그것이 더 이상 보이지 않을 때까지 비행기를 지켜보았다.

비행기 안에서는 매우 이상할 거야, 그는 생각했다. 저 높이에서 바다는 어떻게 보일까? 너무 높이 날지만 않는다면 그들은 물고기를 제대로 볼 수 있겠군. 200패덤 높이쯤에서 매우 천천히 날면서 위에서 물고기를 내려다보면 어떨까. 거북잡이 배에서는 돛대의 가름대에 올라가 보았는데, 심지어 그 높이에서도 더 많은 것을 볼 수 있었지. 만새기는 거기서 더 푸르게 보여서 그들의 줄무늬와 자줏빛 반점까지 볼 수 있거니와 떼로 헤엄치는 것도 볼 수 있지. 왜 어두운 해류를 빠르게 헤쳐 가는 물고기는 전부 자줏빛 등과 대개 자줏빛 줄무늬나 반점을 가지고 있는 것일까? 만새기는 물론 녹색으로 보이지, 실제로 금색이니까. 하지만 그가 정말 굶주려서, 먹잇감에게로 다가갈 때는 청새치처럼 옆구리에 자주색 줄무늬가 나타나지. 그것은 화가 나서일까, 아니면 빠른 속도가 그것을 드러나게 하는 걸까?

어둠이 들기 직전, 그들이 거대한 멕시코만 해초의 섬을 지나고 있는 동안—그것은 마치 대양이 누런 담요 밑에서 무언가와 사랑을 나누고 있는 것처럼 밝은 바다에서 들썩거리며 흔들리고 있었다— 그의 작은 낚싯줄에 만새기가 걸렸다. 그는 그것이 공중으로 뛰어올랐을 때 처음 보았는데, 마지막 태양 빛을 받아 진짜 황금 같았고 허공에서 걷잡을 수 없이 휘어져 파닥이고 있었다. 그것은 두려움으로 곡예하듯 되풀이해서 뛰어올랐고 그는 몸을 웅크린 상태에서 오른손과 팔로 큰 낚싯줄을 잡은 채 고물 뒤쪽으로 끌고 나아가 왼손으로 만새기를 끌어당겼다. 매번 당겨져 모이는 줄은 맨발인 왼발로 밟아 가면서, 물고기가 필사적으로 줄을 끊으려고 마구 요동치면서 고물까지 왔을 때, 노인은 고물 너머로 몸을 기울여 꼬리 위로 자줏빛 반점이 있는 광택 나는 황금빛 물고기를 들어올렸다. 그것의 아래턱은 낚싯바늘을 잽싸게 물어 끊기 위해 발작적으로 움직였고 길고 납작한 몸과, 그것의 꼬리와 머리는 그가 빛나는 금빛 머리를 직경으로 곤봉질해 마침내 부르르 떨면서 조용해질 때까지 배 밑바닥을 마구 두드려 댔다.

노인은 고기를 바늘에서 빼내고는, 다른 정어리를 낚시에 미끼로 꿰어서 이물 너머로 던졌다. 그러고는 천천히 힘겹게 이물로 돌아갔다. 그는 왼손을 씻고는 바지 위에 닦았다. 그러고는 무거운 낚싯줄을 오른손으로부터 왼편으로 옮기고 바닷물 속에 오른손을 씻는 동안 태양이 대양 속으로 들어가는 것과 두꺼운 줄이 기우는 것을 지켜보았다.

"그는 전혀 달라지지 않았군." 그가 말했다. 그러나 손을 대고 물의 움직임을 살피면서 그는 그것이 눈에 띄게 느려진 것에 주목했다.

"고물에 두 개의 노를 함께 가로질러 묶어 두어야겠어. 그러면 밤새 그를 늦출 수 있을 테지." 그는 말했다. "밤사이 그도 좋고 나 역시 좋을 테니."

만새기의 내장을 바르는 일은 살 속에 피가 배도록 조금 있다 하는 게 좋겠어. 그는 생각했다. 조금 있다 하면서 동시에 저항력을 위해 노들을 묶어 두는 일을 할 수 있을 게야. 이제 물고기를 조용히 두는 게 좋겠지. 일몰에 너무 불안하게 하지 말고. 해가 지는 것은 모든 물고기들에게 힘든 시간이지.

그는 공기 중에 손을 말리고 나서 낚싯줄을 움켜잡고는, 그가 할 수 있는 최대한도로 편안하게 하여 이물에 기대 배가 그만큼, 또는 그보다 좀더, 자신이 했던 것보다 가중을 받도록 해서 앞으로 끌려가도록 자신을 맡겨 두었다.

나는 어떻게 해야 할지를 알아가고 있는 중이군. 그는 생각했다. 어쨌든 이 부분에 관해서는 말이야. 게다가, 그가 미끼를 문 이후부터 먹은 게 없다는 것과 또한 엄청난 크기만큼 많은 먹을 것이 필요하다는 것을 기억해 두자구. 나는 그 가다랑어 한 마리를 통째로 먹었잖아. 내일은 만새기를 먹을 테고. 그는 그것을 '도라도'('만새기'의 스페인어)라고 불렀다. 어쩌면 그것을 다듬을 때 얼마간 먹어두어야 할 테지. 가다랑어보다 먹기 힘들 게야. 하지만, 그렇게 따지면 쉬운 일이 어디 있나.

"몸은 어떠냐, 물고기야?" 그는 소리 내어 물었다. "나는 좋은 상태로 왼손도 나아졌거니와 하루 밤낮 동안의 먹을 걸 가지고 있지. 배를 당기렴, 물고기야."

그는 정말 상태가 좋은 것은 아니었다. 그의 등을 가로지르는 줄로부터의 고통은 거의 고통의 단계를 지나 그가 불신하는 무감각한 상태에 들어서 있었기 때문이다. 그렇지만 이보다 더 나빴던 적도 있었지, 그는 생각했다. 내 손은 단지 조금 베인 정도이고 쥐는 다른 곳으로 사라졌어. 다리는 이상이 없어. 또한 이제 나는 식량 문제에서 그에게 앞서 있는 거야.

9월이면 일몰 후에 빠르게 어둠이 내렸으므로 이제 어두워졌다. 그는 이물의 낡은 판자에 누워 할 수 있는 한 최선의 휴식을 취했다. 첫 별들이 나왔다. 리겔이라는 이름은 알지 못했지만 그는 그것을 알아보았고 곧 그들이 전부 나오리라는 것을 알고 있었다. 그러면 그는 먼 친구들 전부를 갖게 될 터였다.

"물고기 또한 친구지." 그는 소리 내어 말했다. "나는 저 같은 물고기에 대해 지금껏 보고 들은 바가 없어. 하지만 나는 그를 죽여야만 해. 별들을 죽이려 애써야 하는 게 아니니 기쁘군."

만약 매일매일 사람이 달을 죽이려 애써야 한다고 상상해

보라구, 그는 생각했다. 달은 달아날 게야. 아니 사람이 매일매일 태양을 죽이려 애써야 한다고 상상해 보면? 우린 운 좋게 태어난 게야, 하고 그는 생각했다.

그러고 나서 아무것도 먹지 못하고 있는 거대한 물고기에게 미안해졌음에도 그를 죽이려는 결심은 그를 향한 애도 속에서도 결코 느슨해지지 않았다. 얼마나 많은 사람들이 그를 먹게 될까, 그는 생각했다. 그런데 사람들이 그를 먹을 자격이 있을까? 없지, 물론 없어. 그의 위대한 기품과 훌륭한 행위로 보자면 그를 먹을 자격이 있는 사람은 없는 거야.

나는 이런 것들을 이해할 수 없어, 그는 생각했다. 하지만 다행이야. 우리가 태양이나 달이나 별들을 죽이려 애써야 하는 건 아니라서. 바다에서 살아가며 우리의 진정한 형제들을 죽이는 것으로도 충분한 게지.

이제, 나는 저항력에 대해 생각해야만 해, 그는 생각했다. 그것에는 그 자체의 위험과 장점이 있지. 만약 그가 전력을 다하고 노에 의해 만들어진 제동력이 가동해 배가 민첩함을 전부 잃는다면, 나는 그를 잃을 정도인, 그만큼의 줄을 잃어야 할지도 몰라. 배의 민첩함은 우리 둘 다의 고통을 연장시키겠지, 그렇지만 그것은 그가 아직까지 결코 시도해 본 적이 없는 엄청난 스피드를 가지고 있을 수 있으니 내 안전장치인 셈이기도 한 거야. 비록 어떻게 진행된다 하더라도 나는 반드시 힘을 얻기 위해서 만새기의 내장을 발라내고 그가 상하기 전에 얼마간 먹어야만 하는 거야.

이제 나는 한 시간쯤 더 쉬고 그가 여전히 변함이 없는지 살펴보고 나서 고물로 옮겨 가 그 일을 하면서 결정을 내리자. 그동안에 그가 어떻게 행동하는지와 어떤 변화를 보이는지를 알수 있을 게야. 노를 묶어 두는 것은 훌륭한 계책이지. 하지만 그건 안전을 위해 써야 할 시간에 이르러서 할 일이야. 그는 엄청난 물고기임에도 불구하고 나는 바늘이 그의 입 한 귀퉁이에 박혀 있고 그가 그 입을 단단히 다문 채 지키고 있는 것을 보았어. 바늘의 형벌은 아무것도 아니지. 굶주림의 형벌. 또한 자신도 알 수 없는 어떤 것과 맞서고 있다는 사실이. 무엇보다 중요하지. 이제 쉬게, 늙은이, 자네 임무가 닥칠 때까지 그가 일하게 하면서 말일세.

그는 자신이 생각하기에 두 시간쯤을 쉬었다. 달은 늦은 지금까지 떠오르지 않았고 그는 시간을 예측할 방법이 없었다. 말하자면 그랬다는 것이지 그는 실제로 쉰 것이 아니었다. 그는 여전히 어깨를 가로지르는 물고기의 당김을 견뎌 내고 있었지만 왼손을 이물의 뱃선 위에 올려 두고 갈수록 더해 가는 물고기의 저항을 배에 위탁하고 있었다.

만약 내가 낚싯줄을 꽉 매 둘 수 있다면 얼마나 간단할까, 그는 생각했다. 그렇지만 한 번의 작은 요동으로도 그는 그것을 끝장낼 수 있을 테지. 나는 내 몸으로 줄의 당김의 충격을 완화시키고 언제든 두 손으로 줄을 내줄 준비를 하고 있어야만 하는 거야.

"하지만 자넨 아직 잠을 자지 못했잖아, 늙은이." 그는 소리 내어 말했다. "하룻밤과 한나절 그리고 이제 또 하루까지 자넨 잠을 자지 못했어. 만약 그가 조용하고 한결같다면, 자넨 조금이라도 잘 방법을 궁리해야 하네. 만약 잠을 자지 못하면 머리가 맑지 않게 될 테니 말일세."

나는 충분히 머리가 맑아, 그는 생각했다. 너무 맑아. 네 형제들인 별처럼 맑지. 그럼에도 잠을 자긴 자야만 하겠지. 그들도 잠을 자고 달과 태양도 자고 심지어 대양도 때때로 해류가 없고 바람이 잠들어 고요한 어떤 날은 잠을 자니까.

하지만 자야 한다는 걸 잊지 말게, 그는 생각했다. 자네 자신이 그럴 수 있도록 만들고 낚싯줄에 대한 단순하면서 확실한 방법을 궁리해야만 하네. 이제 뒤로 가서 만새기를 손보게나. 만약 잠을 자야만 한다면 제동장치로서 노들을 묶어 두는 건 너무 위험한 짓일세.

나는 자지 않고 계속할 수 있을 거야, 그는 자신에게 말했다.

그렇지만 그건 너무 위험할 수 있어.

그는 손과 무릎으로 고물로 기어가기 시작했다. 맞서 있는 물고기에게 갑자기 자극을 주지 않기 위해 주의하면서. 아마 그 역시 반쯤 자고 있을 거야, 하고 그는 생각했다. 하지만 나는 그가 쉬는 걸 원치 않아. 그는 죽기 전까지 당겨야만 하는 거야.

고물로 되돌아간 그는 왼손으로 어깨를 가로지르는 팽팽한 줄을 잡고, 오른손으로 칼집에서 칼을 뽑기 위해 몸을 돌렸다. 별들은 이제 밝아서 그는 만새기를 또렷하게 보았고 그것의 머리에 칼날을 밀어 넣어서는 고물 아래로부터 끌어냈다. 그는 한 발로 물고기를 밟고는 항문에서 아래턱 끄트머리까지 빠르게 갈랐다. 그러고 나서 칼을 내려놓고 오른손으로 내장을 제거했는데, 그것의 속을 깨끗이 파내고 아가미를 완전히 떼어냈다. 그는 손 안에서 묵직하면서 미끈거리는 밥통을 느꼈고 그것을 째서 열었다. 안에는 날치 두 마리가 들어 있었다. 그것들은 신선하고 단단해서 그는 그것들을 나란히 놓아두고는 내장과 아가미를 고물 너머로 던졌다. 그것들은 인광체의 꼬리를 남기며 물속으로 빠져 들어갔다. 만새기는 차가웠고 별빛 아래서 이제 나병자의 회백색을 띠고 있었는데 노인은 물고기의 머리에 오른발을 올려두고 잡고 있는 동안 그것의 한쪽 껍질을 벗겨 냈다. 그러고 나서 그는 그것을 뒤집어서 다른 쪽 껍질을 벗겨 내고 머리 아래서 꼬리까지 각 면을 잘랐다.

그는 뼈만 남은 몸통을 배 밖으로 빠뜨리면서 물속에 어떤 소용돌이가 있는지 보기 위해 살펴보았다. 그러나 거기에는 단지 느리게 하강하는 그것의 빛뿐이었다. 그는 돌아서서는 두 마리 날치를 고기의 저민 살 속에 넣고는 그의 칼을 칼집 속에 꽂고, 천천히 뱃머리로 되돌아왔다. 그의 등은 그것을 가로지르고 있는 낚싯줄의 무게로 굽어졌고 오른손에는 물고기가 들려 있었다.

이물로 돌아온 그는 판목 위에 물고기 살점 두 개를 펼쳐 놓고 그 옆에 날치를 놓아두었다. 그 후 어깨를 가로질러 있는 낚싯줄을 새로운 쪽에 옮겨놓고 뱃전 위 끝에 올려두고 있던 왼손으로 다시 그것을 잡았다. 그러고는 옆쪽으로 기대 물속에 날치를 씻었고, 손을 거스르는 물의 속도에 주목했다. 그의 손은 물고기의 껍질을 벗기느라 인광이 묻어 있었는데 그는 그것에 부딪히는 물의 흐름을 지켜보았다. 유속은 덜 강했고 배의 판자에 그의 한쪽 손을 문지를 때, 인광체의 입자들이 떠올라 천천히 고물 쪽으로 떠내려갔다.

"그도 지쳐 있거나 쉬고 있는 모양이군." 노인이 말했다. "이제 이 만새기를 먹는 동안 나도 얼마간 쉬면서 잠을 좀 자 두도록 하자."

별빛 아래 언제나 차가운 밤의 냉기 속에서 그는 만새기 살점 하나의 절반과 다듬고 머리를 잘라 낸 날치 한 마리를 먹었다.

"만새기는 요리를 해서 먹으면 정말 완벽한 고기지." 그는 말했다. "그런데 날것은 정말 보잘것없군. 소금이나 라임 없이 다시 배를 타는 일은 결코 없을 게야."

만약 내가 머리를 썼더라면 이물에 물을 뿌려서 하루 종일 말렸을 테고, 그것으로 소금을 만들 수 있었을 텐데, 하고 그는 생각했다. 하지만 당시는 거의 해 질 무렵까지 만새기를 낚지 못하기도 했었지. 아무튼 준비가 부족했어. 어쨌거나 나는 이걸 전부 잘 씹어서 삼켰고 구역질도 하지 않았군.

하늘이 동쪽에서 잔뜩 흐려지더니 그가 알고 있는 별들이 차례차례 사라졌다. 이제 그것은 거대한 구름의 협곡으로 이동하는 것처럼 보였고 바람은 잦아졌다.

"삼사 일 내에 폭풍우가 오겠는데." 그는 말했다. "하지만 오늘 밤이나 내일은 아니야. 자, 이제 잠깐이라도 눈을 붙이게, 늙은이, 물고기가 한결같이 평온한 동안 말일세."

그는 낚싯줄을 오른손으로 단단히 잡고는 허벅지로 오른손을 누른 채 모든 그의 무게를 이물의 판목에 대고 의존했다. 그러고 나서 그는 어깨 위의 줄을 조금 밑으로 내리고 왼손으로 떠받쳐 주었다.

왼손이 떠받치고 있는 한 내 오른손이 그것을 잡고 있을 수 있을 거야, 하고 그는 생각했다. 만약 내가 잠든 사이에 느슨해지면 줄이 풀려 나가면서 왼손이 나를 깨울 테지. 오른손에게는 힘든 일이야. 하지만 그는 혹사에 익숙해 있어서 비록 내가 2, 30분 잔다 할지라도 괜찮을 거야. 그는 몸 전체를 줄에 대고 모든 무게를 오른쪽 줄 위에 실으면서, 자신을 꺾어 앞으로 눕혔다. 그리고 그는 잠이 들었다.

그는 사자들 대신에 8~10마일 뻗어 있는 엄청난 돌고래 떼 꿈을 꾸었다. 짝짓기 시간이었고, 그들은 공중으로 높이 뛰어올랐지만 자신들이 뛰어오를 때 만들어 놓은 물속의 같은 구멍 속으로 되돌아오곤 했다.

그러고 나서 그는 마을의 자기 침대에 누워 있는 꿈을 꾸었다. 강한 북풍이 불고 있었고 매우 추웠으며, 오른팔이 마비되어 있었다. 그의 머리가 베개 대신 그것을 괴고 있었기 때문이었다.

그 후 그는 긴 황금빛 해변 꿈을 꾸기 시작했다. 어둑한 속에서 맨 앞의 사자와 뒤이은 다른 사자들이 그쪽으로 내려오는 것을 보았고 저녁의 미풍과 함께 닻이 내려져 정박해 있는 배의 고물 널빤지 위에 자신의 턱을 올려두고 더 많은 사자가 있는지 어떤지를 보기 위해 기다리면서 그는 행복했다.

달이 오랜 시간 떠 있었지만 그는 잠들어 있었고 물고기는 한결같이 끌어당겨졌으며 배는 구름의 터널 속으로 이동했다.

그는 오른 주먹이 얼굴을 향해 갑자기 획 달려들고 낚싯줄이 오른손을 태울 듯 빠져나가는 바람에 잠에서 깨어났다. 왼손의 느낌은 없었지만 그는 오른손으로 할 수 있는 최대한 제동을 걸었고 줄은 좌르륵 풀려 나갔다. 마침내 그의 왼손이 줄을 찾았고 그는 줄에 맞서 뒤로 기댔으며 이제 그것은 그의 등과 왼손을 태우는 듯했는데, 그의 왼손이 모든 당김을 감당하고 있었기에 심하게 쓸렸다. 그는 낚싯줄 다발을 돌아보았는데 그것들은 순조롭게 공급되고 있었다. 마침 그때 물고기가 대양에 거대한 파열을 일으키며 뛰어올랐다가는 무겁게 떨어졌다. 그러고는 되풀이해서 뛰어올랐고 줄이 여전히 풀려 나가고 있음에도 불구하고 배는 빠르게 나아갔고 노인은 그것을 한계치까지 당겼다가 풀어 주고, 당겼다 풀어 주길 되풀이했다. 그는 단단한 고물 위로 무너져서 얼굴이 만새기 살점 조각 안으로 처박혔고, 움직일 수가 없었다.

이게 우리가 기다렸던 거잖아. 그는 생각했다. 그러니 이제 우리 해보자구.

그에게 낚싯줄의 값을 치르게 해야지. 그는 생각했다. 그에게 값을 치르게 해야 해.

그는 물고기가 뛰어오르는 것을 볼 수 없었지만 단지 대양이 파열하는 것과 그것이 떨어질 때 내는 무겁게 물 튀는 소리를 들을 수 있었다. 낚싯줄의 속도는 그의 손을 심하게 쓸었지만 그는 언제나 이것이 일어날 수 있는 일이었다는 것을 알고 있었기에 못이 박인 부분으로 계속 가로질러 쓸리도록 애쓰면서, 줄이 손바닥 안쪽으로 미끄러지지도 않고 손가락을 쓸지도 않도록 하기 위해 애썼다.

만약 그 애가 여기 있었다면 줄 다발을 적셔 주었을 텐데, 하고 그는 생각했다. 그래, 만약 그 애가 여기 있었다면. 만약 그 애가 여기 있었다면.

낚싯줄이 풀려 나가고, 풀려 나가고 풀려 나갔지만 이제 더디어졌고 그는 물고기가 그것을 각각 인치 별로 끌고 가도록 만들고 있었다. 이제 그는 갑판 위 자신의 뺨이 쑤셔 박혀 있던 고기 조각으로부터 고개를 들어 올렸다. 그러고 나서 무릎을 세우고는 발을 짚으며 천천히 일어섰다. 그는 줄을 내주었지만 가능한 한 천천히 시간을 끌었다. 그는 원래의 곳으로 돌아가 눈으로 볼 수 없는 줄 다발을 발로 느껴 볼 수 있었다. 아직 충분한 줄이 있었고 이제 물고기는 물속으로 뻗어 있는 새로운 줄의 모든 마찰을 끌어당겨야만 하는 것이었다.

좋아, 그는 생각했다. 이제 열두 번도 더 뛰어올라 등의 부레가 공기로 채워져서 내가 끌어 올릴 수 없는 곳까지 더 내려가 죽을 수는 없을 거야. 그는 곧 선회하기 시작할 테니 그때 그를 잡아야만 해. 무엇이 그를 저렇듯 갑자기 날뛰게 한 걸까? 그를 필사적으로 만든 것은 굶주림이었을까? 아니면 어둠 속 무언가 두렵게 하는 게 있었던 걸까? 어쩌면 갑작스러운 두려움이 찾아들었을 수도 있겠지. 하지만 그렇게 침착하고, 강한 물고기여서 너무나 당당하고 확신에 차 있어 보였는데. 이상한 일이군.

"자네 스스로에게나 당당하고 확신을 주는 게 낫지 않겠나, 늙은이." 그는 말했다. "자넨 다시 그를 잡고 있긴 하지만 줄을 당길 수도 없으니 말일세. 하지만 그는 곧 선회할 걸세."

노인은 이제 왼손과 어깨로 그를 다루면서 얼굴에 눌어붙어 있던 만새기 살점을 떼어 내기 위해 몸을 기울여 오른손으로 물을 떠올렸다. 그는 그것이 구역질을 일으켜 토하고 힘을 잃을까 봐 우려스러웠던 것이다. 얼굴을 씻고 난 그는 이물 너머 물속에 오른손을 씻었고, 그것을 소금물 속에 담가 둔 채 해가 뜨기 전 발하는 맨 처음 빛을 한동안 지켜보았다. 그는 거의 동쪽으로 향하고 있군. 노인은 생각했다. 이건 그가 지쳐서 조류를 따라가고 있다는 의미이지. 그는 틀림없이 곧 선회할 거야. 그때 우리의 진정한 싸움은 시작될 테고.

그는 오른손을 충분히 오랫동안 물속에 담가 두었다고 판단한 후에 그것을 꺼내서는 바라보았다.

"나쁘지 않군." 그는 말했다. "사실 고통쯤이야 사내에게 문제도 아니지."

그는 낚싯줄에 쓸린 다른 곳의 살에 닿지 않도록 주의하면서 낚싯줄을 잡았고 왼손을 다른 쪽 뱃전의 바다에 집어 넣기 위해 체중을 옮겼다.

"넌 쓸데없는 뭔가를 위해 그렇게 나쁘게 행동했던 것은 아닐 테지." 그는 그의 왼손에게 말했다. "하지만 내가 널 찾을 수 없었던 순간은 있었어."

왜 나는 양손 모두 좋게 갖고 태어나지 못했던 걸까? 그는 생각했다. 어쩌면 하나를 철저하게 훈련시키지 못한 내 잘못도 있을 거야. 하지만 그 역시 충분히 익힐 기회가 있었다는 건 신도 아시지. 그가 밤에도 그리 나쁘게 행동한 건 아니었어. 비록, 단지 쥐가 한 번 나긴 했다 하더라도 말이야. 만약 그에게 다시 쥐가 난다면 낚싯줄이 그를 쓸도록 해야겠어.

그런 생각을 하면서 그는 머리가 맑지 않다는 것을 깨달았다. 그리고 만새기를 좀더 먹어야 하나 생각했다. 하지만 그럴 수 없어. 그는 자신에게 말했다. 구역질로 힘을 빼앗기느니 머리를 가볍게 하는 편이 낫지. 그리고 알잖아, 내 얼굴이 그 안에 처박혀 있었으니 만약 그걸 먹는다면 그냥 참고 있지 못할 거라는 걸. 비상시를 위해 상하기 전까지 보관해 두자. 그런데 자양분을 통해 당장 힘을 얻기는 너무 늦어 버렸군. 멍청하긴, 그는 자신에게 말했다. 남은 날치를 먹으면 되잖아.

그것은 거기에 깨끗하게 준비되어 있었고, 그는 왼손으로 그것을 집어 들고 조심스럽게 뼈째 씹어서 꼬리 밑에까지 몽땅 먹어 치웠다. 이건 어떤 물고기보다 자양분이 많아, 하고 그는 생각했다. 적어도 내가 필요한 만큼의 힘을 주지. 이제 내가 할 수 있는 건 다 한 셈이군, 그는 생각했다. 그가 선회를 시작하도록 하고 싸움에 임하도록 하자.

태양이 그가 바다로 나온 이후 세 번째로 떠오르는 가운데 물고기가 선회를 시작했다.

그는 줄의 기울기만으로는 물고기가 선회하고 있는지를 알아볼 수 없었다. 그러기엔 아직 일렀다. 그는 단지 줄의 압력이 느슨해지는 것을 희미하게 느꼈고 오른손으로 그것을 부드럽게 당기기 시작했다. 그것은 팽팽했지만, 언제나처럼, 그것이 끊어질 지경에 이르렀을 때, 낚싯줄이 딸려 오기 시작했다. 그는 줄 아래로 어깨와 머리를 빠져나와 한결같이 부드럽게 줄을 당기기 시작했다. 그는 경쾌한 몸짓으로 양손을 사용했고 몸과 무릎으로 그가 할 수 있는 최대한으로 당기기 위해 애썼다. 그의 나이 든 무릎과 어깨는 그 경쾌한 당김에 따라 회전했다.

"이건 매우 큰 원이군." 그는 말했다. "어쨌든 그는 선회하고 있어."

그러고 나서 줄은 더 이상 당겨오지 않았고 그는 햇볕 아래 그것에 물방울이 튕겨 오르는 것을 보기 전까지 붙잡고 있었다. 그때 그것이 풀려 나가기 시작했고 노인은 무릎을 꿇고서 마지못해 그것을 어두운 물속으로 돌아가게 했다.

"그는 지금 원의 가장 먼 부분을 만들고 있어." 그는 말했다. 나는 내가 할 수 있는 최대한 잡고 있어야만 해, 그는 생각했다. 당기는 힘은 매시간 원을 줄여 줄 테지. 아마 한 시간 안에 나는 그를 보게 될 거야. 이제 나는 그를 납득시키고 그러고 나서 그를 죽여야만 하는 게야.

그러나 물고기는 천천히 돌기를 지속했고 노인은 땀으로 젖었으며 두 시간 후에는 뼛속 깊이까지 지쳐 있었다. 그렇지만 원들은 이제 훨씬 작아졌고 줄이 기운 상태로 보아 그는 물고기가 헤엄치는 사이에 꾸준히 떠올랐다고 판단할 수 있었다.

한 시간 동안 노인은 눈앞의 검은 반점들을 보고 있었고, 땀방울이 그의 눈과 눈 위와 머리의 상처 난 곳을 쓰라리게 했다. 그는 그 검은 반점들은 두렵지 않았다. 그것들은 그가 줄을 당기는 긴장 상태에서는 흔히 있는 일이었다. 그럼에도 두 번, 그는 어지러움과 현기증을 느꼈고 걱정이 되었다.

"이처럼 고기 눈앞에서 쓰러져 죽을 수는 없나이다," 그는 말했다. "제가 그를 저렇게 잘 오게 만들었으니 신은 제가 견딜 수 있도록 도우소서. 저는 주기도문 백 번과 성모송 백 번을 외겠나이다. 하지만 지금 당장 욀 수는 없나이다."

외었다고 여겨 주소서, 그는 생각했다. 후에 외겠나이다.

바로 그때 그는 갑자기 양손으로 잡고 있던 낚싯줄이 탕 하고 튕기며 획 움직이는 것을 느꼈다. 예리하고 단단한 느낌이면서 육중한 것이었다.

그가 주둥이로 철사 목줄을 때리고 있는 중이군, 하고 노인은 생각했다. 예정된 순서지. 그는 그렇게라도 해야만 할 거야. 비록 그것이 그를 뛰어오르게 만들 수도 있고 나는 이제 그가 차라리 선회하면서 머물러 있길 바라지만, 뛰어오르는 것은 그에게 공기가 채워지도록 하기 위해 필요했던 것이지. 이후로는 매번 그럴 때마다 바늘에 꿴 상처가 넓게 벌어질 테고 그는 바늘을 뱉어 버릴 수도 있어.

"뛰어오르지 마라, 물고기야." 그는 말했다. "뛰어오르지 마라."

물고기는 철사 목줄을 몇 번 더 쳤고 매번 그가 머리를 흔들 때마다 노인은 낚싯줄을 조금씩 내주었다.

나는 그의 고통을 이쯤에서 유지해야만 해, 그는 생각했다.

내 경우는 문제가 아냐. 내 경우는 통제할 수 있어. 그러나 그의 고통은 그를 미치도록 몰아갈 거야.

잠시 후 물고기는 철사 목줄을 치는 것을 멈추었고 다시 천천히 선회하기 시작했다. 노인은 이제 꾸준하게 줄을 확보했다. 하지만 그는 다시 어지러움을 느꼈다. 그는 왼손으로 바닷물을 조금 떠서는 머리에 끼얹었다. 그리고 좀더 끼얹고 나서 그의 목 뒤를 문질렀다.

"쥐는 나지 않았군." 그는 말했다. "그는 곧 올라올 테고 나는 끝을 볼 수 있을 거야. 자넨 끝을 봐야만 해. 그야 두말할 필요조차 없는 거지."

그는 이물에 기대 무릎을 꿇고는, 잠시 동안, 줄을 등 너머로 다시 미끄러뜨렸다. 그가 원을 벗어나 있는 지금 쉬다가 그가 들어왔을 때 일어서서 다루자, 고 그는 결정했다.

이물에 쉬면서 줄을 조금도 되찾지 않으면서 물고기 혼자서 한 바퀴를 돌게 놔두는 일은 엄청난 유혹이었다. 그러나 그 당겨지는 힘이 물고기가 배 쪽으로 돈 것으로 여겨졌을 때, 노인은 발을 딛고 일어서서 회전하며 좌우로 흔들면서 그가 가져갔던 낚싯줄 전부를 가져오느라 끌어당기기 시작했다.

어느 때보다 지치는구나. 그는 생각했다. 그리고 이제 무역풍까지 일고 있어. 하지만 그를 데리고 함께 가기엔 좋겠군. 내겐

몹시 필요한 거지.

"그가 벗어나는 다음 선회에 쉬어야겠군." 그는 말했다. "기분이 훨씬 나아졌어. 두세 번 더 돌고 나면 그를 잡을 수 있을 거야."

밀짚모자는 머리 뒤쪽으로 멀어져 있었고 이물 안쪽에 줄을 당기며 물고기가 도는 것을 느꼈을 때 그는 주저앉았다.

이제 돌자꾸나. 물고기야. 그는 생각했다. 돌아오면 너를 잡아 줄 테니.

파도가 상당히 높아져 있었다. 하지만 그것은 날씨가 좋을 때의 미풍이었고 집으로 가기 위해서는 있어야만 하는 것이었다.

"남서쪽으로 조정해야겠군." 그는 말했다. "사내는 결코 바다에서 길을 잃지 않지. 더군다나 여긴 긴 섬이야."

그가 처음으로 물고기를 본 것은 세 번째 돌았을 때였다.

그는 처음에 매우 오래도록 배 밑을 지나는 짙은 그림자로서 그것을 보았는데 그것의 길이는 믿을 수 없는 것이었다.

"아니야." 그는 말했다. "이렇게 클 수는 없는 거야."

그렇지만 이 원 끝의 단지 30야드 밖에서 외양을 드러낸 그는 정말 그렇게 컸고 사내는 물 밖으로 나온 그의 꼬리를 보았다. 그것은 커다란 지루 낫의 날보다 훨씬 높았고 검푸른 물 위에서 매우 흐린 라벤더색을 띄고 있었다. 물고기가 그것을 다시 끌어 모으고는 거의 표면 아래에서 헤엄칠 때 노인은 그의 커다란 몸뚱이와 그를 휘감은 듯한 자줏빛 줄무늬를 보았다. 그의 등지느러미는 내려앉았고 그의 거대한 가슴지느러미는 넓게 펼쳐져 있었다.

이번 선회에서 노인은 물고기의 눈과 그 주위를 구애하듯 맴도는 두 마리의 회색 칠성장어를 볼 수 있었다. 이따금 그들은 스스로 그에게 들러붙곤 했다. 이따금 그들은 줄행랑을 치곤 했다. 이따금 그들은 그의 그림자 속에서 한가롭게 헤엄치곤 했다. 그들은 각각 3피트가 넘었고 그들이 빠르게 헤엄칠 때면 자신들의 온몸을 뱀장어처럼 움직였다.

노인은 이제 딱히 햇볕 말고도 그 밖의 어떤 것으로 땀을 흘리고 있었다. 물고기가 각각 평온하고 고요하게 돌 때 그는 줄을 확보했고 두 번만 더 돌면 작살을 쓸 기회를 얻을 것이라고 확신했다.

하지만 가까이, 가까이, 아주 가까이 불러들여야만 해, 하고 그는 생각했다. 머리를 노리려 해서는 안 돼. 심장을 노려야만 해.

"침착하고 강력하게, 늙은이." 그는 말했다.

그다음 선회에서 물고기의 등이 나왔지만 배에서 다소 멀리 떨어져 있었다. 그다음 선회에서 그는 여전히 너무 멀리 있었지만 물 밖으로 더 높이 떠올랐고 노인은 좀더 줄을 확보하는 것으로 그를 배 옆에 나란히 할 수 있으리라고 확신했다.

그는 오래전에 작살을 준비해 두었는데, 가벼운 로프로 된 그것의 줄 다발은 둥근 바구니 안에 담겨 있었고, 그 끝은 이물의 말뚝에 단단히 묶여 있었다.

물고기는 이제 차분하고 멋진 모습으로, 오로지 거대한 꼬리를 움직이면서 원 안으로 들어오고 있었다. 노인은 그를 가까이 데려오기 위해 최대한 끌어당겼다. 아주 잠시 물고기는 그의 옆면을 약간 돌렸다. 그러고는 자신을 곧바로 하고는 다른 원을 그리기 시작했다.

"그를 움직였어." 노인이 말했다. "이번에는 그를 움직인 거야."

그는 다시 어지러움을 느꼈지만 할 수 있는 최선을 다해 끌어당기며 거대한 물고기를 붙잡고 있었다. 나는 그를 움직였어. 어쩌면 이번에는 그를 제압할 수 있을지도 몰라. 당겨라, 손아. 그는 생각했다. 견뎌라, 다리야. 마지막으로 나를 위해, 머리야. 마지막으로 나를 위해. 너는 결코 죽지 않았어. 이번엔 그를 제압할 때까지 당길 수 있을 거야.

그러나 그가 그의 모든 노력을 기울였을 때, 물고기는 이물에 충분히 오기도 전에 자신의 온 힘을 다해 끌어당기기 시작하더니, 훨씬 멀리 당겨 갔고 그러고 나서 자신을 바로하고는 헤엄쳐 달아났다.

"물고기야." 노인은 말했다. "물고기야, 너는 어쨌든 죽게 돼 있다. 너는 나 또한 죽이려는 거니?"

그런다고 이루어질 것은 아무것도 없단다. 그는 생각했다. 그의 입은 말을 하기엔 너무 말라 있었지만 당장은 물로 손을 뻗을 상황이 아니었다. 이번엔 그를 옆으로 끌어와야만 해. 그는 생각했다. 더 이상 도는 건 내게 좋지 않아. 아니야, 자네는, 하고 그는 자신에게 말했다. 자네는 얼마든지 버틸 수 있어.

다음 선회에서, 그는 거의 그를 끌어올 뻔했다. 그러나 다시 물고기는 몸을 바로하고는 천천히 헤엄쳐 갔다.

네가 나를 죽이겠구나, 물고기야. 노인은 생각했다. 하지만 너는 그럴 자격을 가지고 있지. 결코 나는 지금까지 너보다 더 위대하고, 더 멋지고, 혹은 침착하고 더 당당한 것을 본 적이 없으니 말이다. 형제야, 어서 와서 나를 죽이렴. 나는 누가 누굴 죽이건 개의치 않으마.

이제 자네 머리가 혼란스러워지고 있군, 하고 그는 생각했다. 자네 정신 바짝 차려야 해. 정신 바짝 차리고 사내답게 견디는 법을 찾아내야지. 아니면 물고기처럼, 그는 생각했다.

"맑아져라, 머리야." 그는 자신도 거의 들을 수 없을 정도의 목소리로 말했다. "맑아져라."

두 번을 더 선회했지만 마찬가지였다.

모르겠군, 노인은 생각했다. 그는 그때마다 자신이 까무러질 뻔했음을 느꼈었다. 모르겠어. 하지만 한 번 더 시도해 봐야겠어.

그는 한 번 더 시도했고 물고기를 돌려세웠을 때 자신이 까무러지고 있다고 느꼈다. 물고기는 몸을 바로하고 거대한 꼬리를 공중에 흔들며 다시 천천히 헤엄쳐 떠났다.

나는 다시 시도할 테다, 하고 노인은 선언했는데, 하지만 그의 손은 이제 곤죽이 되었고 그는 반짝이는 것들만 제대로 볼 수 있을 뿐이었다. 그는 다시 시도했고 그 또한 마찬가지였다. 그렇게 그는 생각했고, 시작도 하기 전에 정말로 까무러지고 있음을 느꼈다. 나는 다시 한 번 시도할 테다.

그는 모든 고통과 남아 있던 힘과 오래전 사라진 자존심을 가지고 물고기의 사투에 맞섰고, 물고기는 그의 옆으로 갑자기 다가와 조용히 헤엄쳤는데, 그의 부리가 거의 배 판자에 닿을 정도로, 길고, 깊고, 넓은, 은빛 자주색 줄무늬를 드러내며 끝없이 계속되는 물속을 통과하기 시작했다.

노인은 줄을 떨구어 발로 밟고는 자살을 할 수 있는 한 높이 쳐들어 올렸다가는 모든 힘을 다해 아래로, 그리고 막 불러

169

노인과 바다

일으킨 힘을 더해, 사내의 가슴 높이로 공중에 올라와 있는 물고기의 거대한 가슴지느러미 바로 뒤의 옆구리 안으로 박아 넣었다. 마치 쇠에 박아 넣는 느낌이었는데, 그는 그것에 몸을 실어 더욱더 박아 넣었고 그러고는 온 힘을 다해 그것을 밀어 넣었다.

그때 물고기가 그 안에 죽음을 품은 채, 다시 살아났고, 자신의 거대한 길이와 넓이, 힘과 아름다움 전부를 온전히 보여주면서 물 밖으로 높이 솟구쳐 올랐다. 그는 배 안의 노인 위쪽 허공에 매달린 것처럼 보였다. 그러고 나서 그는 노인과 배 위로 온통 물을 뿌리며 요란한 소리와 함께 물속으로 떨어졌다.

노인은 어지러움과 메스꺼움을 느꼈고 앞을 제대로 볼 수 없었다. 하지만 그는 작살 줄을 제거하고 살갗이 벗겨진 손을 통해 그것을 천천히 흘러 보내고는, 볼 수 있게 되었을 때, 은색 배를 위로 한 채 뒤집어져 있는 물고기를 보았다. 작살 자루는 물고기 어깨로부터 비스듬히 돌출되어 있었고 바다는 그의 가슴에서 흐르는 붉은 피로 변색되어 있었다. 처음에 그것은 1마일이 넘는 깊이의 푸른 물속의 물고기 떼처럼 어두웠다. 그러고 나서 그것은 구름처럼 흩어졌다. 물고기는 여전히 은빛으로 파도와 함께 떠내려갔다.

노인은 그가 상상했던 바를 언뜻 떠올리며 주의 깊게 살폈다. 그러고 나서 그는 배 안의 말뚝에 작살 줄을 두 번 감고는 손으로 머리를 감쌌다.

"정신 차리시게," 그는 이물의 널판지에 기대어 말했다. "나는 지쳐 있는 늙은이야. 하지만 내 형제이기도 한 이 물고기를 죽였으니 이제 나는 노예처럼 일해야만 하는 게야."

이제 나는 배 옆에 그를 묶을 올가미와 로프를 마련해야만 하는 거야. 그는 생각했다. 비록 우리가 둘이고 그를 싣느라 배를 물에 잠기게 하고 그래서 물을 퍼낸다 해도, 이 배는 결코 그를 견딜 수 없을 거야. 나는 모든 걸 준비해야만 해. 그러고 나서 그를 끌어다 잘 묶은 뒤 돛을 올리고 집을 향해 항해하는 거야.

그는 물고기를 옆으로 당기기 시작했다. 아가미와 입을 통해 줄을 꿰고 그의 머리를 뱃머리 옆에 단단히 매기 위해서였다. 그가 보고 싶군, 그는 생각했다. 만져 보고 느껴 보고 싶어. 그는 내 재산이야, 그는 생각했다. 하지만 그것이 내가 그를 느껴 보려는 이유는 아니지. 내 생각에 나는 그의 심장을 느껴 보았어. 내가 두 번째로 작살 자루를 밀어 넣었을 때지. 이제 그를 가져와 단단히 매고 그의 꼬리 부위와 다른 중간 부위를 올가미에 얽어서 배에 묶자.

"일을 시작하세, 늙은이." 그가 말했다. 그는 물을 아주 조금 마셨다. "싸움이 끝나면 당장 노예처럼 해야 할 일이 아주 많지."

그는 하늘을 올려다보았고 그러고 나서 물고기 쪽을 보았다. 그는 주의 깊게 태양을 살폈다. 정오를 많이 지나지는 않았군, 그는 생각했다. 게다가 무역풍이 일고 있어. 낚싯줄은 이제 아무래도 상관없어. 집에 가면 그 애와 이어 붙이면 될 테니.

"서두르자, 물고기야." 그는 말했다. 그러나 물고기는 반응이 없었다. 대신에 그는 이제 바닷물에 뒹굴며 누워 있었고 노인은 그에게 노를 저어 갔다.

그는 물고기와 함께 있으면서 심지어 그의 머리가 뱃머리에 닿아 있는데도 불구하고 그 크기가 믿기지 않았다. 하지만 그는 말뚝으로부터 작살 로프를 풀었고, 그것으로 물고기의 아가미를 통해 턱을 꿰어 주둥이 주위를 감고 나서, 다른 아가미를 꿰었고, 다시 부리 주위를 감아서는 두 겹의 로프를 매듭지어 뱃머리의 말뚝에 단단히 매었다. 그러고 나서 그는 로프를 끊어서 꼬리를 올가미에 엮기 위해 고물로 갔다. 물고기는 본래의 자줏빛을 띤 은색에서 은색으로 바뀌어 있었고, 줄무늬는 꼬리와 같은 옅은 자주색을 띠고 있었다. 그것들은 손가락을 펼친 한 남자의 손보다 넓었고, 물고기의 눈은 잠망경의 반사경처럼 또는 순례 행렬 속의 성인처럼 무심해 보였다.

"그게 그를 죽일 수 있는 유일한 방법이었어." 노인은 말했다. 그는 물을 마신 후 기분이 한결 나아졌고 물고기가 달아날 수 없다는 것을 알고 있었기에 머리는 맑았다. 저 자체로 천오백 파운드가 넘을 거야, 하고 그는 생각했다. 어쩌면 더 나갈지도 모르지. 만약 손질해서 지금의 3분의 2가 되고 파운드당 30센트로 치면……?

"그러려면 펜이 있어야겠군." 그는 말했다. "내 머리가 그렇게 맑지는 않군. 하지만 내 생각에 위대한 디마지오도 오늘은 나를 자랑스러워 할 게야. 나는 뼈 돌기는 가지고 있지 않지만, 하지만 손과 등은 정말 아프군." 뼈 돌기가 뭘까? 그는 생각했다. 어쩌면 우리는 그것이 뭔지도 모르는 채 지니고 있는지도 모르겠군.

그는 물고기를 이물과 고물, 그리고 중간을 가로질러 단단히 매 두었다. 그것은 너무 커서 훨씬 더 큰 배 하나를 옆에 매달아 둔 것 같았다. 그는 줄 한 토막을 잘라 물고기의 아래턱을 그의 부리에 대고 묶었다. 물고기의 입이 벌어지지 않고 그들이 가능한 한 평안하게 항해하기 위해서였다. 그러고 나서 그는 돛대를 밟고, 갈고릿대 막대와 활대 도구를 함께 덧댄 돛을 당겼고, 배는 움직이기 시작했으며, 고물에 반쯤 누워 그는 남서쪽으로 항해해 갔다.

남서쪽이 어디인지 분간하는 데 있어 그에게 나침판은 필요치 않았다. 단지 무역풍의 느낌과 돛의 나부낌으로 충분했다. 후림 미끼를 단 작은 낚싯줄을 던져 먹을 만한 것과 수분을 섭취할 만한 것을 구하는 게 좋겠군. 하지만 그는 후림 미끼를 찾을 수 없었다. 그의 정어리는 상해 있었던 것이다. 때문에 그는 누런 멕시코만 해초 한 무더기를 지날 때 그것들을 갈고리로 낚아 올렸고, 그것을 흔들자 그 안에 있던 작은 새우들이 배의 나뭇바닥에 떨어졌다. 그것들은 열두 마리가 넘었는데 모래벼룩처럼 팔짝팔짝 뛰었다. 노인은 엄지와 집게손가락으로 그것들의 머리를 떼어 내고 껍질과 꼬리까지 통째로 씹어 먹었다. 그것들은 매우 작았지만 자양분이 많고 맛도 좋다는 것을 그는 알고 있었다.

노인은 아직 병 속에 두 모금의 물을 가지고 있었다. 그는 새우들을 먹은 후에 반 모금을 사용했다. 배는 불리한 조건치고는 잘 항해하고 있었다. 그는 그의 팔 아래 키 손잡이로 방향을 조작했다. 그는 물고기를 볼 수 있었고, 단지 그의 손을 보는 것과 고물에 기댄 그의 등을 느끼는 것만으로도 이것이 실제 상황이며 꿈이 아니라는 것을 알 수 있었다. 그렇게 힘겹게 거의 끝을 향해 가고 있다고 여겨지던 그즈음, 그는 그것이 꿈일지도 모른다고 생각했다. 그러고 나서 물고기가 물 밖으로 솟구쳐 나와 떨어지기 전까지 하늘에 고정되어 매달려 있는 것을 보았고 그는 어떤 엄청난 기이한 일이 일어났음을 확신했고 그것을 믿을 수 없었다. 비록 이제는 전처럼 보였지만, 그때는 제대로 볼 수도 없었음에도.

이제 그는 거기에 물고기가 있다는 것과 손과 등의 아픔이 꿈이 아니었다는 사실을 깨달았다. 손은 금방 나을 게야, 그는 생각했다. 나는 청결하게 피를 흘려보냈고 소금물이 이것들을 치유할 거야. 정직한 걸프만의 짙은 물은 이곳에서 최고의 치료사지. 오직 나는 머리를 맑게 하기만 하면 되는 거야. 손들은 자신들의 일을 해냈고 우리는 잘 항해하고 있어. 물고기의 입은 닫혀 있고 꼬리는 똑바로 오르내리고 있는 채로 우리는 형제처럼 항해하고 있는 거야. 그때 그의 머리가 약간 혼란스러워졌고 그는 생각했다. 그가 나를 데리고 가는 중일까, 아니면 내가 그를 데리고 가는 중일까? 만약 내가 그를 뒤에다 두고 끄는 것이라면 문제될 게 없겠지. 만약 물고기가 모든 위엄을 잃은 채 배 안에 있다면, 그 또한 문제될 게 없어. 하지만 그들은 나란히 묶여 함께 항해하는 중이잖아, 노인은 생각했다. 그가 나를 데리고 가는 것으로 하자. 만약 그것이 그를 즐겁게 하는 것이라면. 나는 단지 속임수를 쓴다는 점에서 그보다 나은 것이고 그가 내게 해를 끼칠 의도가 있던 것도 아니었으니 말이야.

그들은 수월하게 항해했고 노인은 그의 손을 소금물 속에 흠뻑 적셨으며 머리를 맑게 유지하려 애썼다. 높은 뭉게구름과 그 위의 충분한 새털구름으로 노인은 미풍이 밤새 지속되리라는 것을 알고 있었다. 노인은 이것이 현실임을 확인하기 위해 끊임없이 물고기를 바라보았다. 첫 번째 상어가 그에게 달려든 것은 한 시간이 지나서였다.

상어의 출현은 우연한 것이 아니었다. 그는 짙은 피 구름이 1마일 깊은 바닷속에 가라앉으며 흩어졌을 때 깊은 물밑으로부터 왔다. 그는 매우 빠르게 그리고 사실 아무 경고도 없이 푸른 물의 표면을 가르고 태양 속으로 솟구쳐 올라왔다. 그러고는 바닷속으로 다시 떨어졌고 냄새를 찾아내면서 배와 물고기가 지나간 경로를 따라 헤엄치기 시작했던 것이다.

때때로 그는 냄새를 잃기도 했다. 그러나 그는 그것을 다시 찾아내거나, 아니면 단지 그것의 흔적을 좇아, 그 경로를 빠르고 강력하게 헤엄쳐 왔다. 그는 매우 큰 청상아리로 바다에서 가장 빠른 물고기만큼이나 빠르게 헤엄칠 수 있게 태어났고 아가리를 제외하곤 전부 아름다웠다. 등은 황새치처럼 푸르렀고 배는 은빛이었으며 껍질은 매끈하고 보기 좋았다. 그가 빠르게 헤엄칠 때면 지금처럼 단단히 닫혀 있는 커다란 아가리를 제외하면 황새치 같았는데, 그는 바로 아래 표면에서 높은 등지느러미로 흔들림 없이 물살을 헤치며 나아가고 있는 중이었다. 그의 아가리 속 닫힌 두 입술 안쪽의 여덟개의 이빨 줄 전부는 안쪽으로 쏠려 있었다. 그것들 대부분이 상어의 이빨처럼 보통 피라미드 형태가 아니었다. 그것들은 새 발톱 모양으로 오므린 사내의 손가락 같은 형태를 하고 있었다. 그것들은 실제로 노인의 손가락처럼 길었고 양쪽 끝은 면도날처럼 날카로웠다. 바닷속 모든 물고기들을 먹을 수 있게 되어 있는 이 물고기는, 너무나 빠르고 강한 데다 잘 무장되어 있어 어떠한 적수도 없었다. 이제 그는 신선한 피 냄새를 맡고 속력을 올렸고 푸른 등지느러미는 물살을 가르고 있었던 것이다.

그가 다가오고 있는 것을 보았을 때 노인은 이것이 어떠한 두려움도 없이 자신이 원하는 바를 반드시 이루고야 마는 상어라는 것을 알고 있었다. 그는 작살을 준비했고 상어가 다가오는 것을 지켜보면서 밧줄을 단단히 맸다. 밧줄은 그가 물고기를 묶기 위해 잘라 내 쓰느라 부족해진 만큼 짧아진 상태였다.

노인의 머리는 이제 의심의 여지 없이 맑았고, 결의로 가득 차 있었지만 희망은 거의 갖지 않았다. 끝이라기엔 너무 좋았지, 그는 생각했다. 그는 상어가 가까이 오는 것을 지켜보면서 그 커다란 물고기를 한번 바라보았다. 이게 꿈이었으면 좋겠군, 그는 생각했다. 나를 공격하는 것으로부터 그를 지킬 수는 없

겠지만 나는 그를 잡을 수는 있겠지. 덴투소Dentuso, 그는 생각
했다. 네 어머니에겐 불행이구나.

상어는 빠르게 고물로 다가왔고, 그가 물고기를 공격했을
때 노인은 그의 열린 입과 기이한 눈, 그리고 앞으로 달려들어
물고기의 꼬리 위 근처 살점을 이빨을 부딪치며 씹는 것을 보
았다. 상어의 머리가 물 밖으로 나왔고 등이 드러났으며, 거대
한 물고기의 껍질과 살을 잡아 찢는 소음을 노인은 들을 수 있
었다. 그때 그는 상어의 눈과 코로부터 등 쪽으로 곧바로 이어
진 선이 교차하는 중간의 머리 부분을 겨냥해 작살을 쑤셔 넣
었다. 물론 그러한 선이 있는 것은 아니다. 단지 무겁고 날카로
운 푸른 머리와 커다란 눈과 공격적으로 달려들어 딸깍거리며
모든 것을 삼키는 턱이 있었을 뿐이다. 그러나 그곳에 뇌가 위
치해 있었으므로 노인은 그곳을 공격했다. 그는 피가 진득한
손으로 자신의 온 힘을 다해 잘 벼려진 작살을 찔러 넣으며 공
격했다. 그는 희망은 없었지만 확고한 결의와 철저한 적의를 담
아 공격했다.

상어가 빙그르 돌았고 노인은 그의 눈이 생기를 잃은 것을
보았다. 그러고 나서 다시 한 번 빙그르 돌더니, 두 개의 밧줄
고리로 자신을 감았다. 노인은 상어가 죽었지만 그 사실을 받
아들이지 못하고 있다는 사실을 깨달았다. 그러고 나서, 상어

는 꼬리를 철썩이고 턱을 딸각이면서 등으로, 고속 발동선이 하는 것처럼 물 위를 애써서 나아가고 있었다. 그의 꼬리가 요동쳐 댄 곳은 하얗게 물보라가 일었고 밧줄이 팽팽해지고, 부르르 떨리다가 마침내 끊어졌을 때, 몸뚱이 4분의 3이 물 위로 드러났다. 상어는 잠시 동안 수면 위에 조용히 누워 있었고 노인은 그것을 지켜보았다. 그러고 나서 그것은 매우 천천히 가라앉았다.

"그가 40파운드쯤은 해치웠군," 노인이 소리 내어 말했다. 그는 또한 내 작살과 로프 전부를 가져갔어, 그는 생각했다. 게다가 이제 내 물고기가 다시 피를 흘리고 있으니 다른 녀석들이 나타나겠지.

물고기가 훼손되어 있었으므로 그는 더 이상 그 물고기를 바라보고 싶지 않았다. 그는 물고기가 공격당하고 있을 때 마치 자신이 공격당하고 있는 것처럼 여겨졌었다.

그렇지만 나는 내 물고기를 공격하는 상어를 죽인 거야, 그는 생각했다. 그것도 내가 이제껏 본 것 중에 가장 큰 덴투소를. 그리고 신은 알고 있지, 내가 큰 고기들을 보아 왔다는 것을.

끝이라기엔 너무 좋았어, 그는 생각했다. 지금 꿈을 꾸고 있는 중이었다면, 그래서 내가 결코 물고기를 낚지 않았고 침대속 신문지 위에 혼자 있는 중이라면 좋을 텐데.

"하지만 인간은 패배를 위해 만들어지지 않았어," 그는 말했다. "인간은 파멸당할 수는 있을지언정 패배하지는 않아." 비록 나는 유감스럽게도 물고기를 죽였지만, 그는 생각했다. 이제 힘든 시간이 다가올 텐데 나는 심지어 작살조차 가지고 있지 않군. 그 덴투소는 잔인하면서도 유능하고 강하면서도 영리했어. 그렇지만 나는 그보다 좀더 영리했던 것이고. 어쩌면 아닐지도 모르지, 그는 생각했다. 어쩌면 단지 내가 더 잘 무장하고 있었던 건지도.

"생각하지 말게나, 늙은이," 그는 소리 내어 말했다. "이 행로를 항해하다 그게 오면 맞서면 되는 거야."

하지만 나는 생각해야만 해, 그는 생각했다. 왜냐하면 그것이 내게 남은 전부니까. 그것과 야구 말야. 위대한 디마지오는 내가 뇌 쪽으로 그것을 공격한 것이 마음에 들긴 했었을까? 궁금하군, 하긴 그게 대단했던 것은 아니지, 그는 생각했다. 누구라도 그렇게 할 수 있었을 테니. 하지만 자네는 내 손들이 뼈돌기처럼 큰 약점이었다고 생각지 않나? 모르겠군. 나는 가오리 가시에 찔렸을 때를 제외하곤 발뒤꿈치가 안 좋았던 적은 한 번도 없었으니. 수영을 하다 그것을 밟았을 때는 종아리가 마비되고 참기 힘든 고통을 겪었지만 말이야.

"즐거운 일들에 관해 생각하자고, 늙은이," 그는 말했다. "이제 매시간 자네는 집에 가까워 가고 있어. 40파운드가 줄었으니 더 가벼운 항해를 하고 있고."

자신이 해류의 안쪽 부분에 도달했을 때 어떤 일이 반복해서 벌어질지 그는 매우 잘 알고 있었다. 하지만 당장 해야 할 일은 아무것도 없었다.

"아니야, 있군." 그는 소리 내어 말했다. "노 한쪽 밑둥에 내 칼을 묶어 둘 수 있겠어."

그리하여 그는 겨드랑이에 키 손잡이를 끼우고 아딧줄을 발로 밟고 그것을 했다.

"자," 그는 말했다. "나는 여전히 늙은이야. 하지만 무장하지 않은 건 아니야."

바람은 이제 신선했고 그는 순조롭게 항해했다. 그는 오로지 물고기의 앞부분만 지켜보았고 얼마간 희망을 회복했다.

희망을 품지 않는 건 어리석은 짓이지, 그는 생각했다. 게다가 나는 그것은 죄악이라고 믿어. 죄악에 관해선 생각하지 말자, 하고 그는 생각했다. 죄악 말고도 지금 생각해야 할 문제는 충분해. 더군다나 나는 그것에 대해 납득하고 있지도 않잖아.

나는 그것에 대해 납득하고 있지도 않고 그것을 믿는 건지도 확신치 않아. 아마 물고기를 죽이는 건 죄악일 거야. 그것이 비록 내가 살기 위해서였고 많은 사람들을 먹이기 위해서였다

하더라도 말이야. 그렇지만 그렇게 따지자면 모든 게 죄악이지. 죄악에 관해 생각하지 말자. 그러기엔 너무 늦었고 그것으로 돈을 버는 이들도 있잖아. 그것에 관해서는 그들에게 생각하게 하자. 자네는 어부로 존재하기 위해 태어난 거야. 물고기가 물고기로 존재하기 위해 태어난 것처럼 말일세. 성 베드로도 위대한 디마지오 선수의 아버지처럼 어부였잖은가 말야.

하지만 그는 자신이 관련된 모든 것에 대해 생각하는 것을 좋아했고 그곳에는 아무 읽을거리가 없었고 라디오를 가지고 있지도 않았으므로, 그는 많은 것을 생각하고 죄악에 관해 생각하는 것을 계속했다. 자네는 단지 살기 위해 그리고 먹거리로 팔기 위해 물고기를 죽였던 건 아니잖아, 그는 생각했다. 자넨 자부심을 위해 그를 죽였어. 왜냐하면 자넨 어부이니까. 자넨 그가 살아 있을 때 그를 사랑했고 후에도 그를 사랑했지. 만약 자네가 그를 사랑한다면, 그를 죽인 건 죄악이 아냐. 아니 그건 더한 건가?

"자넨 너무 생각이 많아, 늙은이." 그는 소리 내어 말했다.

하지만 자넨 덴투소를 죽이는 일을 즐겼잖아. 그는 생각했다. 그는 자네가 그런 것처럼 물고기의 삶을 사는 거야. 그는 썩은 고기를 먹는 물고기도 아니었고 다른 상어가 그런 것처럼 그저 식욕 때문에 이동하는 것도 아니었어. 그는 멋지고 당당

했고 어떤 두려움도 없다는 걸 알고 있었지.

"나는 정당방위로 그를 죽인 거야," 노인은 소리 내어 말했다. "또한 적절하게 죽였고."

더군다나, 그는 생각했다. 어떤 점에서는 모든 것들이 나머지 모두를 죽이는 거야. 고기를 잡는 일이 나를 살리고 있는 것과 똑같이 나를 죽이는 거고. 그 애가 나를 살리고 있는 거야, 하고 그는 생각했다. 너무 많이 내 자신을 속여서는 안 되지.

그는 이물에 기대 상어가 물어뜯어 헐거워진 물고기 살점 한 조각을 떼어 냈다. 그는 그것을 씹었고 질감과 훌륭한 맛에 유념했다. 그것은 육고기처럼 단단하면서 즙이 많았지만 붉지는 않았다. 힘줄도 없었으므로 그는 그것이 시장에서 높은 가격이 매겨지리라는 것을 알고 있었다. 하지만 물 밖으로 퍼져나가는 그것의 냄새를 지킬 방법이 없었고, 노인은 매우 힘든 시간이 다가오고 있다는 것을 알고 있었다.

바람은 한결같았다. 그것은 북동쪽으로 조금 더 몰렸는데 그는 그것이 잦아지려 하지 않는 것이라는 의미를 알고 있었다. 노인은 그의 앞을 살폈지만 돛을 볼 수 없었고 선체도 볼 수 없었으며 어떤 배의 연기도 볼 수 없었다. 거기에는 단지 항해하는 배의 양편에서 뛰어오르는 날치와 누런 멕시코만 해초가 있을 뿐이었다. 그는 심지어 새조차 볼 수 없었다.

그는 두 시간을 항해했는데, 고물에서 쉬면서 때때로 청새치로부터 떼어 낸 고기 조각을 씹으며, 휴식과 힘을 모으기 위해 애쓰던 그때, 그는 두 마리의 상어 가운데 앞의 것을 볼 수 있었다. "아," 그는 소리 내어 말했다. 이 말에 관한 해석은 있을 수 없었고, 어쩌면 그것은 단지 부지불식간에, 못이 그의 손과 나무 널빤지를 꿰뚫고 들어오는 것이 느껴질 때, 인간이 만들어 낼 수 있는 소리에 불과했다.

"갈라노로군." 그는 소리 내어 말했다. 그는 앞의 것 뒤에서 이제 막 다가오는 두 번째 지느러미를 보았는데, 갈색의 삼각형 지느러미와 큰 곡선을 그리며 움직이는 꼬리로 미루어보아 그들은 삽날코 상어로 여겨졌다. 그들은 냄새를 맡고 흥분해 있었으며, 심한 굶주림으로 멍해진 상태였기에 흥분 속에서 그 냄새를 잃었다가 되찾았다가 해온 터였다. 그럼에도 그들은 줄곧 가까워지고 있었던 것이다.

노인은 아딧줄을 단단히 매고 키 손잡이를 고정시켰다. 그러고 나서 칼을 매달아 두었던 노를 집어 들었다. 그의 손이 통증으로 움츠러들었으므로 그는 가능한 부드럽게 그것을 들어 올렸다. 그러고는 통증을 누그러뜨리기 위해 손을 부드럽게 펼쳤다 오므렸다를 반복했다. 그는 이제 그것들이 통증을 이겨 내고 위축되지 않도록 단단히 오므리고는 상어들이 오는 것을 지켜보았다. 이제 그는 그들의 넓고 평편하고 뾰족한 삽 같은 머리와 끝이 넓은 하얀 가슴지느러미를 보았다. 그들은 혐오스러운 상어들로, 죽은 것뿐만 아니라, 악취가 나는, 썩은 고기까지 먹는 놈이었는데, 허기지면 배의 노나 키까지 물어뜯는 것들이었다. 이 상어들은 바다거북이 수면 위에 떠서 잠들어 있을 때 거북의 다리와 지느러미발을 물어뜯기도 했고, 비록 사람에게서 물고기 피 냄새나 비린내가 나지 않더라도, 허기진 상태라면, 물속에 있는 사람을 공격하기도 했다.

"에잇." 노인은 말했다. "갈라노. 덤벼라. 갈라노."

그들이 달려들었다. 그러나 그들은 청상아리가 달려들었던 것처럼 달려들지 않았다. 한 마리가 몸을 돌려서는 시야에서 벗어나 배 밑으로 갔고 물고기를 홱 낚아채 잡아당기는 동안 노인은 배가 흔들리는 것을 느낄 수 있었다. 다른 하나는 그의 쫙 째진 누런 눈으로 노인을 지켜보았고 그러고는 반원의 넓은 턱으로 물고기의 이미 물어뜯긴 부위를 공격하기 위해 빠르게 달려들었다. 뇌가 척수와 만나는 그의 갈색 머리와 등의 맨 꼭대기에 있는 선이 뚜렷하게 보였고 노인은 노에 연결시킨 칼로 그곳을 찔렀다가, 다시 빼어서는, 고양이 눈 같은 누런 눈을 다시 찔렀다. 상어는 물고기를 놓고는 미끄러져 내려갔고, 죽어가는 순간에도 물어뜯은 것을 삼키고 있었다.

다른 상어가 물고기를 뜯어 먹는 중이었기에 배는 여전히 흔들리는 중이었고 노인은 아딧줄을 조정해 배를 측면으로 흔들어 상어를 밑에서 밖으로 나오게 했다. 상어를 보았을 때 그는 옆으로 기대 그것을 찔렀다. 그는 단지 살을 공격했으므로 껍질이 단단해서 칼이 거의 들어가지 않았다. 더불어 그 충격은 그의 손뿐만 아니라 어깨까지 아프게 했다. 그러나 상어가 머리를 빠르게 밖으로 내밀어 코가 물 밖으로 나와 물고기 가까이 이르렀을 때 노인은 그의 납작한 머리의 중앙을 정확하게 공격했다. 노인은 칼날을 뺐다가는 다시 정확하게 같은 부위를 찔렀다. 그는 여전히 갈고리 같은 아가리로 물고기에 매달렸고 노인은 그의 왼쪽 눈을 찔렀다. 상어는 여전히 거기에 매달려 있었다.

"아직이냐?" 노인은 말하곤 척추와 뇌 사이로 칼날을 박아넣었다. 이번에는 어렵지 않게 일격이 가해졌고 그는 연골이 갈라지는 것을 느꼈다. 노인은 노를 뒤집어 입을 벌리게 하기 위해 칼날을 상어의 아가리 사이로 밀어 넣었다. 그는 칼날을 비틀었고 상어가 스르르 미끄러져 떨어질 때 말했다. "가거라, 갈라노야. 1마일 깊이까지 미끄러져 내려가 버려. 네 친구에게나가 봐. 어쩌면 네 에미일지도 모르겠지만."

노인은 칼날을 씻고 노를 내려놓았다. 그러고 나서 그는 아딧줄을 찾아서는 돛을 활짝 펼쳤고 배를 원래의 진로로 향하게 했다.

"녀석들이 고기의 4분의 1은 뜯어 간 게 틀림없어. 그것도 가장 좋은 부위를." 그는 소리 내어 말했다. "이게 꿈이었으면 좋겠군. 결코 그를 낚지 않았다면 좋았을 것을. 그 점에 대해서는 정말 미안하구나, 물고기야. 모든 게 안 좋게 되어 버렸어." 그는 말을 멈추었고 이제 물고기를 쳐다보고 싶지 않았다. 피가 빠져나가고 파도에 씻긴 물고기는 거울의 뒷면 같은 은빛을 띠고 있었고 그의 줄무늬는 아직 보이고 있었다.

"내가 지금에까지 이르게 해서는 안 되는 거였는데, 물고기야." 그는 말했다. "너를 위해서도 나를 위해서도. 정말 미안하다, 물고기야."

이제, 그는 자신에게 말했다. 칼이 묶인 곳을 보고, 잘려진 데가 있는지도 살피자. 그러고 나서 자네 손도 제대로 만들어 두어야겠지. 아직 저놈들이 더 많이 몰려올 테니 말야.

"칼을 갈 숫돌이라도 있었으면 좋을 텐데." 노인은 노 밑동에 묶여 있는 것을 살피고 나서 말했다. "숫돌을 가져와야만 했는데." 자넨 많은 것들을 가져왔어야만 했지, 하고 그는 생각했다. 그러나 자넨 가져오지 않았고, 늙은이. 이제 자네가 가져오지 않은 걸 생각할 시간이 없어. 가지고 있는 걸로 무얼 할 수 있는지를 생각해야지.

"자넨 내게 훌륭한 조언을 참 많이도 하는군." 그는 소리 내어 말했다. "그것도 이제 지겹군." 그는 배가 앞으로 나아가는 동안 팔 아래로 키 손잡이를 잡고는 양손을 물속에 담갔다.

"마지막 놈이 얼마나 많이 뜯어 갔는지 모르겠지만." 그는 말했다. "이제 배가 많이 가벼워졌어." 그는 물고기 아래쪽이 훼손된 것에 대해서는 생각하고 싶지 않았다. 상어가 낚아채고 당길 때마다 고기가 뜯겨 나갔다는 것과 이제 그 고기는 모든 상어들을 위해 바다를 관통하는 고속도로처럼 넓은 자국을 만들어 두었다는 것을 그는 알고 있었다.

겨울 한철 사내 하나를 먹여 살릴 물고기였는데, 그는 생각했다. 그런 생각 마시게. 그냥 쉬면서 남겨진 거라도 지키기 위해 자네 손을 회복시키는 데 애쓰게. 내 손에서 나는 피 냄새는 물속을 온통 채우고 있는 것에 비하면 아무 의미가 없는 거야. 게다가 많은 피가 흐르는 것도 아니고. 이렇다 할 상처도 없어. 피가 나고 있으니 쥐가 나지도 않겠지.

이제 무슨 생각을 할 수 있을까? 그는 생각했다. 아무것도 없네. 아무 생각도 하지 말고 다음 상어들을 기다리도록 하세. 정말 이게 꿈이었다면 좋겠군, 그는 생각했다. 그러나 누가 알겠어? 좋은 쪽으로 풀려 갈지.

다음으로 달려든 상어는 쇼블노우즈(주둥이가 납작하고 몸집
이 작은 상어의 일종) 한 마리였다. 그는 여물통의 돼지처럼 달려
들었다. 만약 사람이 머리를 넣을 수 있다면 들어갈 만큼 넓은
입을 가진 돼지처럼. 노인은 그가 물고기를 공격하도록 두었다.
그런 다음 노에 매단 칼을 그의 뇌에 박아 넣었다. 하지만 상어
는 거꾸로 홱 돌아누웠고 그가 몸을 뒤집을 때 칼날이 부러져
나갔다.

　노인은 키를 조종하기 위해 자리를 잡고 앉았다. 그는 심지
어 거대한 상어가 처음에는 실제 크기에서 점점 작아지다, 조
그맣게 보이면서 물속으로 가라앉는 장면조차 지켜보지 않았
다. 그 장면은 언제나 노인을 매료시켰다. 하지만 그는 이제 그
조차 지켜보지 않았던 것이다.

　"이제 갈고리가 있군." 그는 말했다. "그리 도움은 안 되겠지
만 말야. 두 개의 노와 키 손잡이와 짧은 곤봉도 가졌군."

　이제 저들이 나를 이겼구나, 그는 생각했다. 곤봉으로 상어
를 죽이기엔 내가 너무 늙었어. 그렇지만 노와 곤봉과 키 손잡
이를 가지고 있는 이상 최선을 다해야겠지.

　그는 손을 적시기 위해 다시 물속에 담갔다. 늦은 오후가 되
어가고 있었고 바다와 하늘 외에는 아무것도 보이지 않았다.
하늘에는 앞서 불던 것보다 많은 바람이 불고 있었고, 그래서

그는 곧 육지를 볼 거라는 희망을 품었다.

"자넨 지쳤어, 늙은이." 그는 말했다. "속까지 지친 거야."

상어들은 일몰 직전까지 다시 그를 공격하지 않았다.

노인은 물고기가 물속에 만들어 둔 것이 틀림없을 넓은 흔적을 따라 갈색 지느러미들이 오고 있는 것을 보았다. 그들은 냄새를 좇아 사방으로 흩어지지 않았다. 그들은 배와 똑바로 머리를 두고 나란히 헤엄쳤다.

그는 키 손잡이를 고정시키고, 돛을 단단히 하고는 고물 밑의 곤봉을 잡기 위해 손을 뻗쳤다. 부러진 노 손잡이를 톱질해 만든 것으로 길이가 2.5피트 정도 되었다. 손잡이의 자루 때문에 단지 한 손으로 효과적으로 사용할 수 있었으므로 그는 상어가 다가오는 것을 지켜보면서 오른손을 구부려서 그것을 잘 움켜쥐었다. 그들은 둘 다 갈라노였다.

앞의 것이 충분히 물게 하고 코의 돌출부나 머리 맨 윗부분 튀어나온 곳을 공격해야만 해, 그는 생각했다.

두 마리의 상어는 함께 가까워졌고 좀더 가까운 한 마리가 아가리를 벌려서 물고기의 은빛 옆구리 안으로 파고드는 것을 보았을 때, 그는 곤봉을 높이 치켜들었다가 맹렬하게 내리쳤고 상어의 넓은 머리 꼭대기를 세차게 때려 댔다. 곤봉을 내리쳤을 때 그는 고무 같은 탄력성을 느꼈다. 그러나 단단한 뼈 역시 느꼈고 상어가 물고기로부터 스르르 떨어져 나갈 때 코끝을 한 번 더 세차게 후려쳤다.

다른 상어는 들락날락하다가 이제 다시 넓은 아가리를 벌리고 달려들었다. 노인은 그것이 물고기를 덮쳤을 때 아가리 한쪽으로부터 하얗게 삐져나온 물고기 살점을 볼 수 있었다. 그는 곤봉을 휘둘러 오로지 머리를 공격했지만 상어는 그를 쳐다보고 나서 느슨해진 고기를 비틀어 뜯어냈다. 상어가 그것을 삼키기 위해 떨어졌을 때 노인은 다시 곤봉을 휘둘렀지만 단지 무겁고 단단한 고무 덩어리를 공격하는 듯했다.

"덤벼라, 갈라노." 노인은 말했다. "다시 달려들어."

상어는 쇄도해 들어왔고 노인은 그가 아가리를 닫았을 때 공격했다. 그는 곤봉을 할 수 있는 한 높이 치켜들었다가 힘껏 내리쳤다. 이번에는 뇌 중심부의 뼈가 느껴졌고, 그는 상어가 완만하게 느슨한 살점을 잡아채다 물고기로부터 떨어져 나갈 동안 같은 곳을 재차 공격했다.

노인은 그가 다시 오길 가만히 기다렸지만 모습을 드러낸 상어는 어느 쪽도 없었다. 그러고는 한 마리가 수면 위에서 원을 그리며 헤엄치고 있는 것을 보았다. 다른 것은 지느러미조차 볼 수 없었다.

그들을 죽일 수 있으리라고 기대했던 건 아니야, 그는 생각

191
노인과 바다

했다. 내 전성기 때였다면 할 수 있었겠지. 하지만 그들 둘 다에게 심하게 상처를 입혔으니 어느 쪽도 매우 기분 좋을 리 없을 거야. 만약 내가 양손으로 곤봉을 사용할 수 있었다면 첫 번째 것은 확실히 죽일 수 있었을 테지. 비록 지금이라도 말이야, 하고 그는 생각했다.

그는 물고기를 보기를 원치 않았다. 그는 그것의 절반이 뜯겨져 나갔다는 것을 알고 있었던 것이다. 태양은 그가 상어들과 싸우는 사이 져 버리고 없었다.

"곧 어두워지겠군," 그는 말했다. "그러고 나면 나는 아바나의 불빛을 보게 될 테지. 만약 내가 너무 멀리 동쪽으로 와 있는 것이라면 새로운 해변 중 하나의 불빛을 보게 될 게고."

나는 이제 너무 멀리 떨어져 있다고 볼 수 없어, 그는 생각했다. 너무 걱정하고 있었던 사람이 없길 바라야지. 물론, 걱정할 사람은 그 애밖에 없지만. 하지만 그 애는 확신하고 있을 게 분명해. 많은 늙은 어부들은 걱정하겠지. 다른 많은 사람들도 마찬가지고. 그는 생각했다. 나는 좋은 마을에 살고 있는 거야.

그는 물고기가 너무 심하게 망가졌기에 더 이상 대화를 할 수 없었다. 그때 무언가가 머릿속에 떠올랐다.

"반쪽 물고기야," 그는 말했다. "온전히 자네였던 물고기야. 내가 도를 넘어서 유감이구나. 나는 우리 둘 다를 망가뜨렸구나.

그렇지만 우리는 많은 상어를 죽여왔지. 자네와 나는, 그리고 많은 다른 것들을 망가뜨렸지. 자네는 이제까지 얼마나 많이 죽였나, 늙은 물고기야? 자네 머리의 창을 쓸데없이 가지고 있었던 건 아닐 테니 말일세."

그는 물고기를 그리고 물고기가 자유롭게 헤엄칠 수 있었다면 상어를 어떻게 다루었을지를 생각해 보는 일이 즐거웠다. 나는 부리를 잘라 내 그들과 싸웠어야 했어, 그는 생각했다. 하지만 도끼도 없었고 그때는 칼도 없었지.

그렇지만 만약 내가 그것들을 가지고 있었고, 어떤 무기로, 노 끝에 묶을 수 있었다면? 그때 우리는 함께 싸울 수 있었을 테지. 이제 자네는 무얼 할 수 있겠나? 만약 저들이 밤중에 온다면 말일세. 자네가 할 수 있는 게 뭐냐고?

"그들과 싸워야지," 그는 말했다. "내가 죽을 때까지 싸워야겠지."

하지만 이제 어둠 속에서 보이는 불빛도 빛도 없었고, 단지 바람과 한결같은 항해의 노 젓기 속에서 그는 어쩌면 자신이 이미 죽은 것은 아닐지를 느꼈다. 그는 그의 두 손을 함께 맞잡고 손바닥을 느껴 보았다. 그들은 죽지 않았고 단순히 그것들을 폈다 오므렸다 하는 것으로도 삶의 고통이 전해져 왔다. 그는 등을 고물에 기댔고 죽지 않았다는 것을 깨달았다. 그의 어깨가 그에게 말해 주고 있었다.

만약 저 고기를 잡게 된다면, 이 기도문 전부를 암송하겠다고 약속했었지. 그는 생각했다. 하지만 지금 그것들을 외기엔 너무 피곤하군. 마대를 가져다 어깨를 덮는 게 좋겠어.

그는 고물에 누웠고 키를 조정하면서 불빛이 하늘에 비치지는 않는지 지켜보았다. 나는 그의 절반을 가지고 있어, 그는 생각했다. 어쩌면 나는 앞에 매단 절반을 가지고 갈 운이 있을 게야. 나는 틀림없이 얼마간 운을 가지고 있어. 아니야, 그는 말했다. 자네는 너무 멀리 밖으로 나왔을 때, 자네의 운을 훼손했던 거야.

"어리석게 굴지 마시게." 그는 소리 내어 말했다. "정신 차리고 조종이나 하시게. 자네는 아직 많은 운을 가지고 있을 게야."

"만약 그것을 파는 곳이 있다면 얼마간이라도 사고 싶군." 그가 말했다.

나는 무엇으로 그걸 살 수 있을까? 그는 자신에게 물었다. 잃어버린 작살과 부러진 칼과 나아지지 않는 두 손으로 그것을 살 수 있을까?

"자넨 그럴 수 있었을지도 모르지." 그는 말했다. "자넨 바다에서 공친 84일로도 그것을 사려 했었잖아. 그들도 또한 자네

194
헤밍웨이

에게 그것을 거의 딸 뻔했었고 말야."

나는 절대 터무니없다고 생각해서는 안 돼. 그는 생각했다. 행운은 다양한 형태로 오는 것인데 누가 그것을 알아챌 수 있겠어? 그래도 나는 어떤 형태로든 그들이 요구하는 무엇을 지불하더라도 얼마간 얻고 싶군. 불빛들로부터 빛을 볼 수 있었으면 좋겠는데. 그는 생각했다. 너무 많은 것을 바라는군. 하지만 이제 내가 바라는 건 바로 그것이지. 그는 좀더 편안하게 키를 조종할 수 있도록 자리를 잡기 위해 애썼고 그의 고통으로부터 그는 자신이 죽지 않았다는 것을 알고 있었다.

그는 밤 10시쯤 되었을 게 틀림없는 도시의 불빛으로 생기는 반사광을 보았다. 처음에 그것들은 단지 달이 뜨기 전 하늘의 빛으로 여겨졌을 뿐이었다. 그러고는 이제 점점 일고 있는 바람으로 거칠어진 대양 너머로 한결같이 보이고 있었다. 그는 그 빛의 안쪽으로 키를 조종했고, 그는 이제, 곧, 멕시코 만류의 가장자리에 맞닥칠 것이 틀림없다고 생각했다.

이제 끝났어. 그는 생각했다. 그들은 아마 다시 나를 공격할 테지. 하지만 사람이 어둠 속에서 무기 하나 없이 저들을 어떻게 상대할 수 있을까?

그는 이제 온몸이 뻐근하고 욱신거렸고 그의 상처들과 몸의 긴장된 부분은 밤의 냉기로 아팠다. 다시 싸워야만 하지 않았으면 좋겠군, 그는 생각했다. 정말이지 다시 싸우게 되지 않길.

그렇지만 한밤중에 그는 싸웠고 이번에는 그 싸움이 쓸모없다는 걸 알고 있었다. 그들은 떼를 지어 몰려왔고 그는 단지 그들의 지느러미가 만드는 물속의 줄들과 물고기로 몸을 던질 때 비치는 그들의 인광만을 볼 수 있었을 뿐이었다. 그는 머리에 곤봉질을 해댔고 아가리가 살을 뜯어내는 소리와 그들이 밑으로 들어갔을 때 돛단배가 흔들리는 소리를 들었다. 그는 단지 느낌과 소리에만 의존해 필사적으로 곤봉질을 해댔었고 무언가가 그 곤봉을 붙잡는 느낌이 들더니 그마저 사라져 버렸다.

그는 키 손잡이를 키에서 자유롭게 뽑아내 그것으로 때리고 찍었고, 양손에 쥐고 되풀이해서 아래로 휘둘러 댔다. 하지만 그들은 이제 이물로 다가와 한 마리씩 번갈아 가며, 또한 함께 물어뜯었고, 그들이 한 번 더 돌아서 달려들었을 때는 바다 아래서 빛을 발하고 있는 것처럼 보이는 살점을 뜯어 먹고 있었다.

마침내, 한 마리가 물고기의 머리를 향해 달려들었고, 그는 그것으로 끝났다는 것을 깨달았다. 그는 잘 뜯기지 않는 육중한 물고기 머리를 아가리로 물고 있는 상어의 머리 너머로 키 손잡이를 휘둘렀다. 한 번, 두 번, 그리고 다시 휘둘렀다. 그는 키 손잡이가 부러지는 소리를 들었고 부러진 끝으로 상어를 찔렀다. 그것이 박히는 느낌을 받았고 그것이 날카롭다는 것을

196
헤밍웨이

알고 있었기에 다시 쑤셔 넣었다. 상어가 떨어지더니 뒹굴며 멀어져 갔다. 그것이 몰려왔던 상어 떼 중 마지막 상어였다. 더 이상 그들이 먹을 것은 아무것도 없었던 것이다.

노인은 거의 숨을 쉴 수 없었고 입안에서 이상한 맛이 느껴졌다. 구리 맛처럼 달큰해서 그는 한순간 두려워졌다. 하지만 많은 양은 아니었다.

그는 대양으로 뱉으며 말했다. "이것도 먹어라, 갈라노 녀석들아. 그러고 나서 사람을 죽였다는 꿈이라도 꾸거라."

그는 이제 마침내 돌이킬 수 없이 패배했다는 것을 깨달았고 고물로 돌아가서, 키 홈에 끼우면 조종하기에 그런대로 괜찮은 끝이 들죽날쭉한 키 손잡이를 발견했다. 그는 마대 자루를 어깨에 두르고는 배가 가야 할 방향으로 맞추어 놓았다. 그는 이제 가볍게 항해했고 어떤 종류의 생각이나 느낌도 갖지 않았다. 그는 이제 모든 것에 초월해 있었고 자신의 집이 있는 항구를 향해 그가 할 수 있는 한 현명하게 돛단배를 몰았다. 밤 사이에도 상어들은 누군가 테이블에 남겨 둔 부스러기를 줍기라도 하는 것처럼 잔해를 공격해 왔다. 노인은 그들에게 주의를 기울이지 않았다. 조종하는 것을 제외하곤 어떤 주의도 기울이지 않았다. 그는 단지 배 옆에 큰 무게가 없어진 돛단배가 얼마나 가볍게 그리고 얼마나 잘 항해하는지만 주목했다.

그녀(배)는 괜찮아, 그는 생각했다. 단단하고 어떤 식으로든 키 손잡이를 제외하곤 상처입지 않았어. 그거야 쉽게 바꿔 끼면 되니까.

그는 이제 해류의 안쪽에 들었다는 것을 느낄 수 있었고 물가를 따라 늘어선 해변 주거지의 불빛들을 볼 수 있었다. 그는 이제 어디쯤 와 있다는 것과 집으로 돌아가는 데 아무 문제가 없다는 것을 깨달았다.

어쨌든, 바람은 우리 친구지, 그는 생각했다. 그러고는 덧붙였다. 항상은 아니지만. 그리고 광대한 바다는 우리의 친구이면서 적이기도 하지. 그리고 침대는, 그는 생각했다. 침대는 내 친구지. 정말이지 침대는, 그는 생각했다. 침대는 굉장한 거야. 자네가 패배했을 때도 관대하잖아, 그는 생각했다. 그것이 얼마나 관대한 건지 결코 알지 못했어. 그런데 무엇이 자네를 이긴 거지, 그는 생각했다.

"아무것도." 그는 소리 내어 말했다. "나는 너무 멀리 나갔던 것뿐이야."

작은 항구 안으로 항해해 들어왔을 때 테라스의 불빛은 꺼져 있었고 모든 사람들이 침대에 들었다는 것을 알 수 있었다. 바람은 한결같이 일어서 이제 강하게 불고 있었다. 그럼에도 항구는 조용했고 그는 바위 아래 작은 자갈밭 위로 배를 끌어올렸다. 도와줄 사람이 한 명도 없었으므로 그는 가능한 한 멀리까지 노를 저어 배를 끌어올렸다. 그러고 나서 그는 나와서 바위에 그것을 단단히 매었다.

그는 돛대를 떼어내서 돛을 감아 묶었다. 그러고는 돛대를 어깨에 걸머지고 오르막을 오르기 시작했다. 그가 피로감의 깊이를 깨닫게 된 것은 그때였다. 그는 어느 순간 멈춰 서서 뒤를 돌아보았고, 가로등 빛으로 비치는 배의 고물 뒤편에 여전히 적당하게 붙어 있는 물고기의 거대한 꼬리를 보았다. 하얗게 발라진 등뼈 라인과 튀어나온 부리가 달린 짙은 머리 덩어리, 그리고 어중간히 발라진 전부가 보였다.

그는 다시 오르막을 오르기 시작했고 꼭대기에서 쓰러진 뒤, 어깨에 가로지른 돛대와 함께 한동안 누워 있었다. 그는 일어서려고 애썼다. 하지만 너무 힘들어서 그는 어깨에 돛대를 올려두고 앉아 길을 바라보았다. 고양이 한 마리가 막 무슨 일을 벌이려는지 좀 떨어진 옆으로 지났고 노인은 그것을 지켜보았다. 그러고 나서 그는 그저 무심하게 길을 지켜보았다.

마침내 그는 돛대를 내려놓고 일어섰다. 그는 돛대를 들어올려 어깨 위에 올리고는 길을 걷기 시작했다. 그는 자신의 오두막에 도착하기 전까지 다섯 번을 주저앉아야 했다.

오두막 안에서 그는 돛대를 벽에 기대어 놓았다. 어둠 속에서 물병을 찾아서는 한 모금을 마셨다. 그러고는 침대에 누웠다. 그는 담요를 당겨 어깨를 덮고는 등과 다리를 덮었고 신문지에 얼굴을 대고 팔을 밖으로 내뻗어 손을 위쪽으로 펼친 채 잠이 들었다.

그는 아침에 소년이 문 안을 들여다보았을 때도 잠들어 있었다. 바람이 너무 심하게 불어서 노 젓는 배들이 나갈 수 없었으므로 소년은 늦게까지 잠을 자고는 매일 아침 그랬던 것처럼 노인의 오두막으로 온 것이다. 소년은 노인이 숨을 쉬고 있는지 살폈고 그러고는 노인의 손을 본 뒤 울기 시작했다. 그는 커피를 가지러 가기 위해 매우 조용히 빠져나왔고 길을 내려가는 내내 울었다.

많은 어부들이 돛단배 주위에서 옆에 묶인 것을 바라보고 있었는데, 한 사람이 바지를 걷어 올리고 물에 들어가 긴 줄로 뼈만 남은 잔해를 재고 있었다.

소년은 내려가지 않았다. 그는 전에 왔었던 것이고, 어부 중한 사람이 그를 위해 돛단배를 살펴보고 있었다. "좀 어떠시냐?" 어부 가운데 한 사람이 소리쳤다.

"주무시고 계세요." 소년이 큰 소리로 대답했다. 그는 울고 있는 자신을 그들이 보는 것에도 전혀 신경 쓰지 않았다. "아무도 깨우지 마세요."

"코에서 꼬리까지 18피트구나." 그것을 자로 쟀던 어부가 소리쳤다.

"그쯤 될 거예요." 소년이 말했다.

그는 테라스로 들어가서는 커피 한 깡통을 부탁했다.

"뜨겁게요, 우유를 충분히 넣고 설탕을 넣어 주세요."

"더 필요한 건 없니?"

"예, 할아버지가 드시는 걸 본 이후에요."

"정말 대단한 물고기였더구나." 주인이 말했다. "저런 물고기는 결코 없었지. 네가 어제 잡은 고기 두 마리도 훌륭했지만 말이다."

"내 고기는 지옥이나 가라 하세요." 소년이 말하곤 다시 울기 시작했다.

"뭐라도 한잔 하겠니?" 주인이 물었다.

"아니에요." 소년이 말했다. "저분들께 산티아고 할아버지를 성가시게 하지 말아 달라고 말씀해 주세요. 돌아올게요."

"내가 얼마나 슬퍼하는지도 전해다오."

"감사합니다." 소년이 말했다.

소년은 노인의 오두막으로 깡통 커피를 가져갔고 그가 깨어나기 전까지 옆에 앉아 있었다. 한번은 그가 깨어난 것처럼 보이기도 했다. 그러나 그는 무거운 잠 속으로 다시 돌아갔고 소년은 커피를 데우기 위해 나무를 빌리러 길을 가로질러 갔다.

마침내 노인이 깨어났다.

"일어나지 마세요." 소년이 말했다. "이거 드세요." 그는 유리컵에다 얼마간의 커피를 따랐다.

노인은 그것을 받아서는 마셨다.

"그들이 나를 이겼단다, 마놀린." 그가 말했다. "그들이 확실하게 나를 이긴 거야."

"그가 할아버지를 이긴 게 아니에요. 물고기가 아니었어요."

"그래. 확실하지. 그건 이후였다."

"페드리코가 배와 도구를 살피고 있어요. 그 머리는 어떻게 하실 생각이세요?"

"페드리코에게 쪼개서 물고기 덫에나 쓰라고 하자."

"그럼 창은요?"

"만약 원한다면 네가 가지렴."

"제가 갖고 싶어요." 소년이 말했다. "이제 우리는 다른 것들에 대한 계획을 세워야만 해요."

"사람들이 나를 찾았니?"

"물론이에요. 해안 경비대와 비행기도 함께요."

"대양은 아주 크고 돛단배는 작아서 찾기 어렵지." 노인이 말했다. 그는 오로지 자신과 바다를 상대로 말하는 대신에 누군가와 대화한다는 것이 얼마나 즐거운 일인지 인식했다. "네가 그리웠다." 그는 말했다. "넌 잡는 게 어땠니?"

"첫날 한 마리, 이틀째 한 마리 셋째 날 두 마리요."

"아주 좋구나."

"우리 이제 다시 함께 고기를 잡아요."

"안 된다. 나는 운이 없어. 나는 더 이상 운이 없다."

"운 따윈 상관없어요." 소년이 말했다. "운이라면 제가 가져올 게요."

"너희 가족들이 뭐라 하겠니?"

"신경 쓰지 않아요. 저는 어제 두 마리나 잡았어요. 어쨌든 난 여전히 배울 게 많으니까 이제 함께 고기를 잡아야만 해요."

"우리 좋은 사냥 창을 하나 구해서 항상 배에 가지고 다니도록 하자. 낡은 포드 자동차의 용수철로 날을 만들 수 있을 게야. 과나바코아에서 그것을 갈 수 있을 게다. 날카로워야 하고 부러질 수 있으니 너무 담금질을 하면 안 된다. 내 칼은 부러졌거든."

"제가 다른 칼을 구하고 용수철도 갈아 올게요. 거친 브리사를 며칠이나 더 봐야 할까요?"

"아마 삼 일쯤. 어쩌면 더 갈 수도 있겠지."

"지시한 건 제가 전부 준비해 둘게요." 소년이 말했다. "손이

나 잘 낫도록 하세요, 할아버지는."

"그것들을 어떻게 돌봐야 하는지 알고 있다. 밤에 내가 뭔가 이상한 걸 뱉어 냈는데 가슴속에 뭔가가 망가진 느낌이었다."

"그것 역시 잘 낫도록 하세요." 소년이 말했다. "누우세요, 할아버지, 내가 깨끗한 셔츠를 가져다드릴게요. 드실 것들 하고요."

"내가 나가 있던 동안의 아무 신문이나 좀 가져다주렴," 노인이 말했다.

"빨리 나으셔야만 해요. 제가 배울 수 있는 게 많고 제게 모든 걸 가르쳐 주실 수 있으세요. 도대체 얼마나 고생하신 거예요?"

"충분히." 노인이 말했다.

"음식과 신문을 가져올게요." 소년이 말했다. "푹 쉬세요, 할아버지. 약국에서 할아버지 손에 필요한 것도 구해 올게요."

"페드리코에게 머리가 그의 거라고 말하는 거 잊지 마렴."

"예, 기억할게요."

소년은 문 밖으로 나와 닳은 산호 암반 길을 걸어 내려갈 때 다시 울기 시작했다.

그날 오후 테라스에 관광객 한 무리가 있었고 빈 맥주 캔과 죽은 꼬치고기 사이로 물속을 내려다보던 한 여인이 항구 입구 바깥의 거칠고 한결같은 바다로 동풍이 불어 대는 동안, 조류로 인해 끝이 들어 올려져서 흔들거리고 있는 커다란 꼬리가 달린 크고 긴 하얀 등뼈를 보았다.

"저게 뭐죠?" 그녀는 웨이터에게 물었고 이제 막 밀물에 쓸려 쓰레기로 떠내려가길 기다리고 있는 거대한 물고기의 긴 등뼈를 가리켰다.

"티뷰론이요." 웨이터가 말했다. "상어죠." 그는 무슨 일이 있었는지를 심술궂게 설명했다.

"나는 상어가 저렇게 멋지고 아름다운 꼬리를 가졌는지 몰랐는데."

"나도 몰랐어." 그녀의 남자친구가 말했다.

길 위쪽, 그의 오두막 안에서, 노인은 다시 잠들어 있었다. 그는 여전히 얼굴을 대고 자고 있었고 소년이 옆에서 그를 지켜보며 앉아 있었다. 노인은 사자 꿈을 꾸는 중이었다.

(1952년)

작가 소개

작가 소개를 위해 정리하다 보니, 어느 책을 보아도 헤밍웨이에 대한 소개는 상세히 잘되어 있었다. 무엇보다, 언제 누구로부터 시작된 것인지 모를 찬사들이 표현까지 비슷하게 옮겨져 있었다. 나로서는 동의하기 힘든 부분들도 많았다. 따라서 거의 천편일률적인 소개는 인터넷에 맡겨 두고 내가 본 정보만을 바탕으로라도 '헤밍웨이'를 정리해 둘 필요성이 있었다. 개별 작품에 대한 평이나, 그의 행위에 대한 사건은 달지 않았다.

어니스트 헤밍웨이
Ernest Hemingway, 1899~1961

헤밍웨이의 많은 초기 작품들은 미시간 북부northern Michigan를 배경으로 하고 있다. 그곳에서 그는 소년과 청년기의 여름을 보냈다. 그의 첫 작품이 「미시간 북부에서Up in Michigan」인 것은 그래서일 테다.

헤밍웨이는 문학 역사상 가장 지각 있는perceptive 여행자 가운데 하나였음에 틀림없었으며, 그의 작품들은 전체적으로 경험의 세계를 보여 준다. 1918년 그는 이탈리아에서 미국 야전 서비스 부대의 일원으로 구급차 근무를 자원했다. 그것은 그의 첫 대서양 횡단 여행이었고 당시 18세였다. 그가 밀라노에 도착한 날, 군수 공장이 폭파되었고, 헤밍웨이는 그곳에서 죽은 이들의 유해를 수습하는 임무를 맡았다. 3개월 후 그는 두 다리에 심한 부상을 입고 밀라노에 있는 적십자 병원에 입원했다. 이러한 전시 경험들이 제1차세계대전을 배경으로 한 그의 소설 『무기여 잘 있거라A Farewell to Arms』에 많은 세부사항을 제공했다. 그것들은 또한 5편의 걸작 단편에 영감을 주었다.

헤밍웨이는 1923년 처음으로 투우bullfight를 참관했다. 미국의 친구들과 함께 당시 그가 살고 있던 파리에서 마드리드로 여행을 가서였다. 그는 그 경험에 압도되어 그 장면을 평생 간직했다. 그에게 그 광경은 스포츠라

기보다는 비극tragedy이었다. 그는 곧 투우에 관한 전문가가 되었고 『오후의 죽음Death in the Afternoon』은 그렇게 쓰여졌다.

헤밍웨이는 그렇게 스페인의 모든 걸 사랑하게 되었다. 1936년 7월 스페인 내전이 발발했을 때, 그는 현 체제 지지자Loyalists의 확고한 지지자였다. 그는 그들을 지지하며 미국 특파원에게 전쟁을 취재하는 데 도움을 주었다. 전쟁 중 스페인에서의 경험들이 여러 단편과 희곡에 녹아들어 있다. 그때가 그의 글쓰기 경력에서 가장 번성했던 시기 중 하나이다. 『누구를 위하여 종은 울리나For Whom the Bell Tolls』가 이때의 경험으로 쓰여진다.

1933년 그의 아내 폴린Pauline의 부유한 삼촌 거스 파이퍼Gus Pfeiffer가 헤밍웨이에게 아프리카 사파리African safari를 제안했을 때, 헤밍웨이는 그 전망에 완전히 사로잡혀, 많은 준비를 했다. 사파리 자체는 10주 정도 지속되었지만, 그가 본 모든 것이 그의 마음에 지울 수 없는 인상을 남겼다. 그 경험이 「킬리만자로의 눈The Snows of Kilimanjaro」과 『아프리카의 푸른 언덕들Green Hills of Africa』을 만들어 냈다.

헤밍웨이에게는 파리 시절이 작가로서의 진척에 부정할 수 없는 중요성에도 불구하고 그는 작품 속에서 프랑스를 거의 다루지 않았다. 그 자신도 그걸 알고 있었고, 그런 사정이 「킬리만자로의 눈」에 언급되기도 한다.

제2차세계대전 동안 헤밍웨이는 노르망디 상륙과 파리 해방을 취재하는 전쟁 특파원으로 활동했다. 헤밍웨이는 생을 마감하기 직전 친구의 아이를 위해 「좋은 사자The Good Lion」와 「믿음 있는 황소The Faithful Bull」라는 두 편의 우화를 쓰기도 하였다.

그의 사후 생전에 그가 썼던 단편 대부분을 모은 컬렉션이 핑카 비히아 판Finca Vigia Edition으로 출간되었다.

핑카 비히아는 쿠바에 있는 헤밍웨이가 살던 집의 이름이다. 쿠바 아바나 시내 남동쪽 산 프란시스코 드 폴라San Francisco de Paula에 있는 그곳에서 그는 20년을 살았다. 아마 쿠바 혁명 이후 추방되지 않았다면 여생을 거기서 마쳤을지도 모른다.

지금 그곳에는 그의 박물관이 지어져 많은 사람들이 방문하고 있다.

그는 1961년 7월 2일 아침 자신의 엽총으로 자살했다.

1899. 미국 일리노이주 시카고에서 아버지 클래런스 에드먼즈 헤밍웨이와 어머니 그레이스 홀 헤밍웨이 사이에서 출생.

1913. 오크파크고등학교에서 학교 주간지의 편집을 맡으며 기사나 단편을 투고.

1917. 고등학교 졸업 후 대학 진학을 포기하고 《캔자스시티 스타》의 수습기자로 입사. 이때 헤밍웨이 특유의 하드보일드 문체가 확립되기 시작함.

1918. 제1차세계대전에 참전하기 위해 미 육군에 자원하지만 시력 문제로 거부. 적십자 부대의 구급차 운전사에 지원하지만 한 달 만에 다리에 총상을 입고 육군병원에 입원.

1919. 제1차세계대전이 휴전하고 미시간으로 돌아옴.

1920. 캐나다로 이주, 《토론토 스타 위클리》와 《토론토 데일리 스타》의 임시 기자로 근무. 가을에는 시카고로 돌아와 소설가 셔우드 앤더슨과 교류하고 시카고 그룹의 작가들과 친분을 쌓음.

1921. 어린 시절부터 알고 지낸 여덟 살 연상의 해들리 리처드슨과 결혼하고 《토론토 스타》의 해외 특파원으로 파리에 건너감.

1922. 파리에서 국외 추방 작가들을 만나고 소설 작법 수업을 받음.

1923. 이탈리아를 여행하며 투우에 매료됨. 파리에서 첫 작품집 『세 편의 단편과 열 편의 시』를 출간. 장남 존 해들리 출생.

1924. 《트랜스애틀랜틱 리뷰》의 편집부에 들어가 소설가 제임스 조이스, 더스 패서스 등과 교류. 단편집 『우리 시대에』를 파리에서 출간. 스페인을 두 번째로 여행.

1925. 파리에서 F. 스콧 피츠제럴드와 친분을 쌓음. 세 번째 스페인 여행.

1926. F. 스콧 피츠제럴드가 편집자 맥스웰 퍼킨스를 소개, 스크라이브너 출판사에서 『봄의 급류』를 출간. 10월에 출간한 장편소설 『태양은 다시 떠오른다』가 베스트셀러가 되면서 '잃어버린 세대'의 대표 작가가 됨.

1927. 첫 번째 아내 해들리와 이혼한 뒤 《보그》의 파리주재 기자인 폴린 파이퍼와 재혼. 두 번째 단편집 『여자 없는 남자들』 출간.

1928. 파리를 떠나 미국 플로리다주 키웨스트 정착. 차남 패트릭 출생. 아버지가 권총으로 자살.

1929. 장편소설 『무기여 잘 있거라』가 출간되어 큰 성공을 거둠.

1931. 삼남 그레고리 핸콕 출생.

1933. 세 번째 단편집『승자는 얻는 것이 없다』출간.

1936. 《에스콰이어》에 아프리카 여행을 배경으로 한 단편「킬리만자로의 눈」발표.《코스모폴리탄》에「프랜시스 매코머의 짧고 행복한 생애」발표.

1937. 북아메리카신문연합 NANA 통신의 특파원 자격으로 스페인 내전을 취재.

1939. 폴린 파이퍼와 별거. 쿠바의 아바나로 이주하고 후에 헤밍웨이 박물관으로 쓰이는 저택('핑카 비히아')을 구입.

1940. 장편소설『누구를 위하여 종은 울리나』출간. 폴린과 이혼하고 작가인 마사 겔혼과 결혼.

1942. 제2차세계대전에 자원하여 여러 활동을 수행.

1945. 마사와 이혼하고 이듬해 신문기자이자 특파원인 메리 웰시와 결혼.

1950. 장편소설『강을 건너 숲속으로』가 혹평을 받음.

1951. 어머니가 병으로 사망.

1952. 중편소설『노인과 바다』가 출간과 동시에 호평을 받음.

1953.『노인과 바다』로 퓰리처상 수상. 메리 웰시와 아프리카로 사파리 여행을 떠남.

1954. 아프리카 우간다에서 비행기 사고를 당함. 노벨문학상을 받게 되지만 건강 악화로 시상식에는 불참.

1961. 자택에서 엽총 자살로 사망. 아이다호주 선밸리에 안장.

역자 해설

헤밍웨이 문체와
그의 작품 속에 등장하는
'boy'의 의미

I

헤밍웨이 문체가 하드보일드Hard-boiled하다는 것은 누구나 안다.

Hard-boiled는 원래 완전히 삶은 계란을 의미한다(반숙은 soft-boiled이다). 그런데 왜 이런 용어term를 작가의 문체에 가져다 붙인 걸까? 여기서 그들이 말하는 Hard-boiled하다는 의미는 무엇일까?

우리는 헤밍웨이 문체의 특질로, 형용사를 거의 쓰지 않고, 감정을 최대한 절제하며, 어렵지 않은 명사와 동사로 문장을 짧게 끊어서 쓰는 문체라고 알고 있다. 또 그렇게 말한다. 그의 대표작을 보면 이런 설명이 너무나 적절하다는 것을 알 수 있다.

실제로 직역을 해보니, 그의 작품 속 문장에는, 수식어가 거의 없고, 간단한 명사에 서술어를 결합해 쓰고 있었다. 한마디로, 단단했다Hard-boiled. 그런데 특이하게도, 짧게 끊어 쓴 단문이라고만은 할 수 없었다. 우리는 하나의 동사로 끝내는 문장을 단문이라고 한다. 접속사로 몇 개의 문장이 끊어지지 않고 이어지는 것은 복문이라 한다. 다시 말해 그의 문장은 결코 우리가 말하는 '짧게 끊어 쓰는' 단문은 아니었다는 것이다. 실상 그의 문장은 많은 문장들이, 접속사와 쉼표로 연결된 아주 긴 복문으로 이루어져 있다. 따라서 우리말로 번역하면서는 그 쉼표를 어떻게 옮기는 게 적당할 것인가의 문제가 남게 된다. 물론 나로써는, 작가가 그렇게 썼으니, 가능한 쉼표를 100% 살리는 게 맞다는 주의다. 그래야만 영어에 익숙지 않은 독자도 본질적으로 헤밍웨이의 문체를 느껴 볼 수 있을 테니 말이다. 말로는 하드보일드 운운하면서 정작 번역은 전혀 '단단한 문체'로 하고 있지 않다면, 독자는 당연히 헷갈릴 수밖에 없을 것이기 때문이다.

"이거나 그거나 뭐가 다르다는 거지? 헤밍웨이는 '하드보일드한 문체' 때문에 노벨문학상을 받은 거라던데, 다른 작가들과 뭐가 다르다는 거야?……"

글을 좀 아는 독자들은 의아해할 수밖에 없다는 것이다. 물론 그런 의심을 품을 수 있는 독자가 그리 많지 않다는 것이 지금의 사태를 야기한 것일 터이지만……

그렇다면 '짧게 끊어 쓰는' '복문'이 가능한가? 개인적으로 나는 그게 불가능한 게 아니라는 말을 하고 싶다. 100%는 아니라해도 90%는. 그 10%는 언어 간의 좁힐 수 없는 차이라고 해두어야만 할 것 같다.

　예컨대 이런 식이다.

　미국의 독자들로부터 가장 많은 사랑을 받았다는 그의 단편 「킬리만자로의 눈」 한 대목이다. 한 줄만 보자면…….

And there in the cafe as he passed was that American poet

with a pile of saucers in front of him and a stupid look on

his potato face talking about the Dada movement with a

Roumanian who said his name was Tristan Tzara, who

always wore a monocle and had a headache, and,

　이것을 작가가 쓴 그대로 번역하면 어찌 될까? 우리말 문장으로는 역시 쉽지 않다. 그러나 쉽지 않다는 것이지 결코 불가능하다는 이야기는 아니다. 그럼에도 현재 우리나라에서 가장 잘되어 있다는 번역서는 이렇게 되어 있다.

　그가 지나가는 길에 보니 카페에는 커피 잔을 앞에 놓고 감자 모양의 얼굴에 멍청한 표정을 짓고 있는 미국인 시인 한 사람이 있었다. 그는 이름이 트리스탄 차라라고 하는 어떤 루마니아 사람과 다다이즘 운동에 관해 얘기하고 있었다. 언제나 외알안경을 쓰고 있는 그 루마니아인은 늘 두통에 시달렸다.(민음사 세계문학전집,『헤밍웨이 단편선』, 김욱동 역)

이 번역은 맞는 번역일까? 틀리면 어디가 틀린 걸까? 우선 문장을 분석해 보면, 역자가 접속사나 부사어를 여러 곳 빼버리고 의역한 것을 알 수 있다. 평소 누구보다 직역을 강조하는 역자이지만, 이곳에서는 있는 그대로는 문장이 만들어지지 않았는지, 문장을 단순화시켜 창작하다시피 한 것이다.

당연히 작가가 쓴 문장의 서술 구조는 흔적도 없이 사라진 것인데, 사람들은 이렇게 단순해져도 크게 달라지는 것 같지 않으니까, 그러려니 지나치는 것이다. 그런데 이렇게 단순하게 의역된 문장을 보라. 과연 문장 속의 저 미국인 시인이 누구를 말하는지? 왜 작가가 여기서 갑자기 저런 문장을 쓴 것인지 알 길이 없는 것이다.

그렇다면 이 문맥을 헤밍웨이가 쓴 그대로(사용한 단어 전부를 하나도 무시하지 않고) 직역하면 어떤 문장이 될까?

그런데 거기 그 카페 안에 그가 지나치는 동안, 앞에 받침접시 한 무더기를 쌓아 둔 채 감자 얼굴에 어리석어 보이는 표

214

헤밍웨이

정으로, 트리스탄 차라라 불리는, 항상 외알 안경을 쓰고 두통을 앓고 있는 한 루마니아인과 다다이즘 운동에 관해 이야기를 나누고 있는 그 미국 시인이 있었고, 그리고, (…)

(본문 p. 57)

작가의 문장을 흩어뜨리면 내용도 달라지는 것이다.

그런데 이 문장에서도 알 수 있듯, 헤밍웨이 문체의 특징에는 '하드보일드' 외에도 또 하나의 특징이 있다. 바로 '빙산 이론 Iceberg Theory'이다.

이것은 헤밍웨이 스스로가 제시한 이론이다.

"만약 작가가 자신이 쓰고자 하는 글에 대해 충분히 알고 있다면, 알고 있는 바를 생략할 수 있으며, 독자들은 마치 작가가 그것들을 서술한 것과 마찬가지로 강렬한 느낌을 받게 된다. 빙산이동의 위엄은 오직 8분의 1에 해당하는 부분만이 물 위에 떠 있다는 데 있는 것처럼."

이처럼 사실 저 위 문장에 등장하는 that American poet는 저 문장에 처음 등장하는 사람이다. 그런데 작가는 마치 이미 잘 알고 있는 사람처럼 쓰고 있는 것이다. 그런데 앞서 저 사람에 대해 과연 아무런 암시도 없이 그냥 처음 나왔을까? 소설은 절대로 그렇게 쓰여지지 않는 것이다. 저 시인에 대해 암시하는 대목이 어딘가에 분명이 있었던 것인데, 원어민이 아닌 역자는 그 부분을 놓치고 지나쳤던 것이다.

이렇듯 위대한 작가의 작품일수록 원래 문장의 서술 구조를 지켜 읽어 내는 일은 정말 중요한 것이다. 그렇지 않으면 정말 다른 이야기가 되어 버리기 때문이다.

헤밍웨이는 이런 자신의 글쓰기에 대해 "Boiling it down always, rather than spreadig it out thin."이라고 했다.

"엷게 펼쳐 놓기보다는, 항상 졸인다."

2

작가의 문체도 중요하지만, 작가가 사용하는 단어의 의미도 중요하다. 다양한 해석이 가능한 형용사나 부사는 말할 것도 없지만, 명백히 구분할 수 있는 명사의 경우에도 사실은 원어민이 아닌 이상 크게 오해할 수 있는 소지가 언제나 상존한다.

헤밍웨이 작품 속 'boy'의 경우가 그 극명한 예가 될 듯하다.

예컨대, 우리에게 '소년'은 어떤 나이대를 의미할까? 좀 더 단순하게 묻자면 헤밍웨이 작품에 등장하는 boy의 나이대는 과연 우리가 생각하는 나이대와 얼마나 닮았을까?

우선, 저 유명한 「노인과 바다」에 나오는 'boy(마놀린)'의 나이는 몇 살이나 될까? 사실 「노인과 바다」를 정역하고 그의 나이에 대해 글을 썼던 2년 전까지만 해도 우리 독자들, 백이면 백 모두가 그의 나이를 12 ~ 13세쯤으로 오해하고 있었다. 나 역시 크게 다르지 않았다.

그런데 역시 「노인과 바다」를 정역해 보니, 그게 아니었다. 문제는 작가는 분명히 작품 속에서, 그의 나이를 언급하고 있었던 것이다.

소년 마놀린은 노인과 야구 이야기를 하는 중에 이렇게 말하는 것이다.

"The great Sisler's father was never poor and he, the father, was playing in the Big Leagues when he was my age."

"위대한 시슬러 선수의 아버지는 결코 가난하지 않았어요. 그리고 그는, 그 아버지는, 제 나이 때 빅 리그에서 경기를 했어요." (본문 p. 93)

여기서 그가 말하는 시슬러의 아버지Sisler's father는 미국인라면 누구라도 아는 야구선수 딕 시슬러Dick Sisler의 아버지 '조지 시슬러'를 가리키는 것이다. 그들은 부자 야구선수로서도 유명하지만, 조지 시슬러는 미국인들 사이에 야구 천재로 인식되어 있다. 그는 17세 나이인 미성년부터 이미 빅 리그 선수 생활을 시작했기 때문이다. 따라서 마놀린의 나이는 아무리 작게 잡아도 17세 이상이 된다. 그러므로 우리식으로 말하면, '소년'이 아니라 '청소년'인 것이다.

이렇듯 원어민이라면 누구라도 알 이 '소년'의 연배를 우리들은 '소년'이라는 단어로 인해 원래보다 훨씬 어리게 인식하게 되었던 것이다(원작과 달리 미국영화에서도 12세쯤의 아이를 등장시킨다. 그에 따른 영향도 컸을 테다).

그의 데뷔작 「미시간 북부에서」에서는 여주인공 리즈와 관계(섹스)하는 짐 길모어라는 사내가 등장한다. 그런데 작가는 그를 설명하면서 처음에, 이렇게 표현한다.

Jim was short and dark with big mustaches and big hands.
짐은 키가 작고 덥수룩한 콧수염과 큰 손에 거무스름했다.
(본문 p. 11)

여기서 독자들은 자칫 이 사내를 나이 많은 아저씨 정도로 이해하고, 이후 마치 어린 소녀를 아저씨가 강간하는 것처럼 오해하기도 한다(실제 내가 살핀 '유명한' 우리 번역서들이 그렇게 되어 있다).

그런데 이 짐 길모어가 어떤 나이대인지는 작품 뒤에 살짝 언급된다.

리즈의 아버지뻘 되는 스미스가 함께 사슴 사냥을 다녀와서 성공적인 사냥을 자축하며 짐 길모어 등에게 이렇게 말하는 것이다.

"How about another, boys?"

"한잔 더 어떤가, 사내들?" (본문 p. 16)

여기서 누구라도 저 'boys'를 결코 '소년들'이라고 번역할 수는 없을 것이다. 그래서 나는 '사내들'이라고 번역했지만, 한편 헤밍웨이 번역으로 가장 유명한 위 역자는 역시 저것을 "한 잔씩 더 하는 게 어때, 여보게들?"이라고 했다. 그는 앞에서 직접적으로 그를 '아저씨'라고 지칭하고 온 바이기에 여기서는 도저히 boys를 해석할 수 없었던 것일 테다.

그의 대표작 「킬리만자로의 눈」에도 두 부류의 boy가 등장한다.

우선 주인공 해리와 헬렌의 사파리(아프리카 사냥 여행)를 위해 고용한 'boys'이다. 작가는 그들의 나이에 대해서는 언급하지 않고 이런 서술을 한다.

The two boys had a Tommie slung and they were coming
along behind her.

두 명의 사내애들이 톰슨가젤 한 마리를 메고 그녀의 뒤를
따르고 있었다. (본문 p.48)

여기서의 boys는 앞서 말한 대로 사냥터를 쫓아다니며 그들을
보좌하는 '청소년/사내애'들이다. 그나마 이들의 나이는 한 15세
쯤으로 조금 어리게 보아도 무방할 것이다.

그런데 같은 작품 속에 등장하는 또 다른 'boy'의 경우라면 이
야기가 달라진다.

About the half-wit chore boy who was left at the ranch that
time and told not to let any one get any hay, and that old
bastard from the Forks who had beaten the boy when he had
worked for him stopping to get some feed. The boy refusing
and the old man saying he would beat him again. The boy
got the rifle from the kitchen and shot him when he tried to
come into the barn and when they came back to the ranch
he'd been dead a week, frozen in the corral, and the dogs
had eaten part of him.

헤밍웨이

그때 농장에 남겨 두면서 아무도 건초를 가져가지 못하게 하라고 일러두었던, 반쯤 모자라는 boy와, 자기를 위해 일할 때 그 boy를 때렸던 그 포크스 출신 늙은 놈이 얼마간 먹을 걸 얻기 위해 머물렀던 일에 관해서는 어떨까. 그 boy가 거절하자 그 늙은이는, 그를 다시 때리겠다고 말했다지. 그 boy는 부엌에서 총을 가져 나왔고 그가 헛간으로 들어가려고 할 때 그를 쏘았어. 그리고 그들이 농장으로 돌아왔을 때 그는 일주일을, 가축우리에서 얼어 죽은 채였고, 개들이 그의 일부분을 먹어 치운 뒤였지. (본문 p.68)

여기서의 boy는, 거침없이 사람까지 죽이는, 적어도 우리가 떠올리는 '소년'의 나이대와는 조금도 겹쳐지지 않는 것이다.

문제는 저러한 나이대를 가리키는 적합한 우리말이 무얼까 하는 것인데, 결국 여러 번역자들은 '소년'이라고밖에 할 수 없었을 테고, 거기서 많은 오해와 오독이 생겨나기도 했던 것이다. 적어도 헤밍웨이 작품에서의 boy라는 단어의 의미는 우리가 생각하는 '소년'이 아닌 것이다.

아무렇든 번역자들이, 혹은 독자들이 그것을 알고 번역하는 것과 모르고 하는 것은 천양지차가 있는 것이다.

221

역자 해설

Up in Michigan

Jim Gilmore came to Horton bay from Canada. He bought the blacksmith shop from old man Horton. Jim was short and dark with big mustaches and big hands. He was a good horseshoer and did not look much like a blacksmith even with his leather apron on. He lived upstairs above the blacksmith shop and took his meals at D. J. Smith's.

Liz Coates worked for Smith's. Mrs. Smith, who was a very large clean woman, said Liz Coates was the neatest girl she'd ever seen. Liz had good legs and always wore clean gingham aprons and Jim noticed that her hair was always neat behind. He liked her face because it was so jolly but he never thought about her.

Liz liked Jim very much. She liked it the way he walked over from the shop and often went to the kitchen door to watch for him to start down the road. She liked it about his mustache. She liked it about how white his teeth were when he smiled. She liked it very much that he didn't look like a blacksmith. She liked it how much D. J. Smith and Mrs. Smith liked Jim. One day she found that she liked it the way the hair was black on his arms and how white they were above the tanned line when he washed up in the washbasin outside the house. Liking that made her feel funny.

Hortons Bay, the town, was only five houses on the main road between Boyne City and Charlevoix. There was the general store and post office with a high false front and maybe a wagon hitched out in front, Smith's house, Stroud's house, Dillworth's house, Horton's house and Van Hoosen's house. The houses were in a big grove of elm trees and the road was very sandy. There was farming country and timber each way up the road. Up the road a ways was the Methodist church and down the road the other direction was the township school. The blacksmith shop was painted red and faced the school.

A steep sandy road ran down the hill to the bay through the timber. From Smith's back door you could look out across the woods that ran down to the lake and across the bay. It was very beautiful in the spring and summer, the bay blue and bright and usually whitecaps on the lake out beyond the point from the breeze blowing from Charlevoix and Lake Michigan. From Smith's back door Liz could see ore barges way out in the lake going toward Boyne City. When she looked at them they didn't seem to be moving at all but if she went in and dried some more dishes and then came out again they would be out of sight beyond the point.

All the time now Liz was thinking about Jim Gilmore. He didn't seem to notice her much. He talked about the shop to D. J. Smith and about the Republican Party and about James G. Blaine. In the evenings he read The Toledo Blade and the Grand Rapids paper by the lamp in the front room or went out spearing fish in the bay with a jacklight with D. J. Smith. In the fall he and Smith and Charley Wyman took a wagon and tent, grub, axes, their rifles and two dogs and went on a trip to the pine plains beyond Vanderbilt deer hunting. Liz and Mrs. Smith were cooking for four days for them before they started. Liz wanted to make something special for Jim to take but she didn't finally because she was afraid to ask Mrs. Smith for the eggs and flour and afraid if she bought them Mrs. Smith would catch her cooking. It would have been all right with Mrs. Smith but Liz was afraid.

All the time Jim was gone on the deer hunting trip Liz thought about him. It was awful while he was gone. She couldn't sleep well from thinking about him but she discovered it was fun to think about him too. If she let herself go it was better. The night before they were to come back she didn't sleep at all, that is she didn't think she slept because it was all mixed up in a dream about not sleeping and really not sleeping. When she saw the wagon coming down the road she felt weak and sick sort of inside. She couldn't wait till she saw Jim and it seemed as though everything would be all right when he came. The wagon stopped outside under the big elm and Mrs. Smith and Liz went out. All the men had beards and there were three deer in the back of the wagon, their thin legs sticking stiff over the edge of the wagon box. Mrs. Smith kissed D. J. and he hugged her. Jim said "Hello, Liz," and grinned. Liz hadn't known just what would happen

헤밍웨이

when Jim got back but she was sure it would be something. Nothing had happened. The men were just home, that was all. Jim pulled the burlap sacks off the deer and Liz looked at them. One was a big buck. It was stiff and hard to lift out of the wagon.

"Did you shoot it, Jim?" Liz asked.

"Yeah. Ain't it a beauty?" Jim got it onto his back to carry to the smokehouse.

That night Charley Wyman stayed to supper at Smith's. It was too late to get back to Charlevoix. The men washed up and waited in the front room for supper.

"Ain't there something left in that crock, Jimmy?" D. J. Smith asked, and Jim went out to the wagon in the barn and fetched in the jug of whiskey the men had taken hunting with them. It was a four-gallon jug and there was quite a little slopped back and forth in the bottom. Jim took a long pull on his way back to the house. It was hard to lift such a big jug up to drink out of it. Some of the whiskey ran down on his shirt front. The two men smiled when Jim came in with the jug. D. J. Smith sent for glasses and Liz brought them. D. J. poured out three big shots.

"Well, here's looking at you, D. J.," said Charley Wyman.

"That damn big buck, Jimmy," said D. J.

"Here's all the ones we missed, D. J.," said Jim, and downed his liquor.

"Tastes good to a man."

"Nothing like it this time of year for what ails you."

"How about another, boys?"

"Here's how, D. J."

"Down the creek, boys."

"Here's to next year."

Jim began to feel great. He loved the taste and the feel of whiskey. He was glad to be back to a comfortable bed and warm food and the shop. He had another drink. The men came in to supper feeling hilarious but acting very respectable. Liz sat at the table after she put on the food and ate with the family. It was a good dinner. The men ate seriously. After supper they went into the front room again and Liz cleaned off with Mrs. Smith. Then Mrs. Smith went upstairs and pretty soon Smith came out and went upstairs too. Jim and Charley were still in the front room. Liz was sitting in the kitchen next to the stove pretending to read a book and thinking about Jim. She didn't want to go to bed yet because she knew Jim would be coming out and she wanted to see him as he went out so she could take the way he looked up to bed with her.

She was thinking about him hard and then Jim came out. His eyes were shining and his hair was a little rumpled. Liz looked down at her book. Jim came over back of her chair and stood there and she could feel him breathing and then he put his arms around her. Her breasts felt plump and firm and the nipples were erect under his hands. Liz was terribly frightened, no one had ever touched her, but she thought, "He's come to me finally. He's really come."

She held herself stiff because she was so frightened and did not know anything else to do and then Jim held her tight against the chair and kissed her. It was such a sharp, aching, hurting feeling that she thought she couldn't stand it. She felt Jim right through the back of the chair and she couldn't stand it and then something clicked inside of her and the feeling was warmer and softer. Jim held her tight hard against the chair and she wanted it now and Jim whispered, "Come on for a walk."

Liz took her coat off the peg on the kitchen wall and they went out the door. Jim had his arm around her and every little way they stopped and pressed against each other and Jim kissed her. There was no moon and they walked ankle-deep in the sandy road through the trees down to the dock and the warehouse on the bay. The water was lapping in the piles and the point was dark across the bay. It was cold but Liz was hot all over from being with Jim. They sat down in the shelter of the warehouse and Jim pulled Liz close to him. She was frightened. One of Jim's hands went inside her dress and stroked over her breast and the other hand was in her lap. She was very frightened and didn't know how he was going to go about things but she snuggled close to him. Then the hand that felt so big in her lap went away and was on her leg and started to move up it.

"Don't, Jim," Liz said. Jim slid the hand further up.

"You mustn't, Jim. You mustn't." Neither Jim nor Jim's big hand paid any attention to her.

The boards were hard. Jim had her dress up and was trying to do something to her. She was frightened but she wanted it. She had to have it but it frightened her.

"You mustn't do it, Jim. You mustn't."

헤밍웨이

"I got to. I'm going to. You know we got to."

"No we haven't, Jim. We ain't got to. Oh, it isn't right. Oh, it's so big and it hurts so. You can't. Oh, Jim. Jim. Oh."

The hemlock planks of the dock were hard and splintery and cold and Jim was heavy on her and he had hurt her. Liz pushed him, she was so uncomfortable and cramped. Jim was asleep. He wouldn't move. She worked out from under him and sat up and straightened her skirt and coat and tried to do something with her hair. Jim was sleeping with his mouth a little open. Liz leaned over and kissed him on the cheek. He was still asleep. She lifted his head a little and shook it. He rolled his head over and swallowed. Liz started to cry. She walked over to the edge of the dock and looked down to the water. There was a mist coming up from the bay. She was cold and miserable and everything felt gone. She walked back to where Jim was lying and shook him once more to make sure. She was crying.

"Jim," she said, "Jim. Please, Jim."

Jim stirred and curled a little tighter. Liz took off her coat and leaned over and covered him with it. She tucked it around him neatly and carefully. Then she walked across the dock and up

Up in Michigan

the steep sandy road to go to bed. A cold mist was coming up through the woods from the bay.

Cat in the Rain

There were only two American stopping at the hotel. They did not know any of the people they passed on the stairs on their way to and from their room. Their room was on the second floor facing the sea. It also faced the public garden and the war monument. There were big palms and green benches in the public garden. In the good weather there was always an artist with his easel. Artists liked the way the palms grew and the bright colors of the hotels facing the gardens and the sea. Italians came from a long way off to look up at the war monument. It was made of bronze and glistened in the rain. It was raining. The rain dripped from the palm trees. Water stood in pools on the gravel paths. The sea broke in a long line in the rain and slipped back down the beach to come up and break again in a long line in the rain. The motor cars were gone from the square by the war monument. Across the square in the doorway of the café a waiter stood looking out at the empty square.

The American wife stood at the window looking out. Outside right under their window a cat was crouched under one of the dripping green tables. The cat was trying to make herself so compact that she would not be dripped on.

"I'm going down and get that kitty," the American wife said.

"I'll do it," her husband offered from the bed.

"No, I'll get it. The poor kitty out trying to keep dry under a table."

The husband went on reading, lying propped up with the two pillows at the foot of the bed.

"Don't get wet," he said.

The wife went downstairs and the hotel owner stood up and bowed to her as she passed the office. His desk was at the far end of the office. He was an old man and very tall.

"Il piove," the wife said. She liked the hotel-keeper.

"Sì, sì, Signera, brutto tempo. It's very bad weather."

He stood behind his desk in the far end of the dim room. The wife liked him. She liked the deadly serious way he received any complaints. She liked his dignity. She liked the way he wanted to serve her. She liked the way he felt about being a hotel-keeper. She liked his old, heavy face and big hands.

Liking him she opened the door and looked out. It was raining harder. A man in a rubber cape was crossing the empty square to the café. The cat would be around to the right. Perhaps she could go along under the eaves. As she stood in the doorway an umbrella opened behind her. It was the maid who looked after their room.

"You must not get wet," she smiled, speaking Italian. Of course, the hotel-keeper had sent her.

With the maid holding the umbrella over her, she walked along the gravel path until she was under their window. The table was there, washed bright green in the rain, but the cat was gone. She was suddenly disappointed. The maid looked up at her.

"Ha perduto qualche cosa, Signera?"

"There was a cat," said the American girl.

"A cat?"

"Si, il gatto."

"A cat?" the maid laughed. "A cat in the rain?"

"Yes," she said, "under the table." Then, "Oh, I wanted it so much. I wanted a kitty."

When she talked English the maid's face tightened.

"Come, Signora," she said. "We must get back inside. You will be wet."

"I suppose so," said the American girl.

They went back along the gravel path and passed in the door. The maid stayed outside to close the umbrella. As the American girl passed the office, the padrone bowed from his desk. Something felt very small and tight inside the girl. The padrone made her feel very small and at the same time really important. She had a momentary feeling of being of supreme importance. She went on up the stairs. She opened the door of the room. George was on the bed, reading.

"Did you get the cat?" he asked, putting the book down.

"It was gone."

"Wonder where it went to," he said, resting his eyes from reading.

She sat down on the bed.

"I wanted it so much," she said. "I don't know why I wanted it so much. I wanted that poor kitty. It isn't any fun to be a poor kitty out in the rain." George was reading again.

She went over and sat in front of the mirror of the dressing table looking at herself with the hand glass. She studied her profile, first one side and then the other. Then she studied the back of her head and her neck.

"Don't you think it would be a good idea if I let my hair grow out?" she asked, looking at her profile again.

George looked up and saw the back of her neck, clipped close like a boy's.

"I like it the way it is."

"I get so tired of it," she said. "I get so tired of looking like a boy."

George shifted his position in the bed. He hadn't looked away from her since she started to speak.

"You look pretty darn nice," he said.

She laid the mirror down on the dresser and went over to the window and looked out. It was getting dark.

"I want to pull my hair back tight and smooth and make a big knot at the back that I can feel," she said. "I want to have a kitty to sit on my lap and purr when I stroke her."

"Yeah?" George said from the bed.

"And I want to eat at a table with my own silver and I want candles. And I want it to be spring and I want to brush my hair out in front of a mirror and I want a kitty and I want some new clothes."

"Oh, shut up and get something to read," George said. He was reading again.

His wife was looking out of the window. It was quite dark now and still raining in the palm trees.

"Anyway, I want a cat," she said, "I want a cat. I want a cat now. If I can't have long hair or any fun, I can have a cat."

George was not listening. He was reading his book. His wife looked out of the window where the light had come on in the square.

Someone knocked at the door.

"Avanti," George said. He looked up from his book.

In the doorway stood the maid. She held a big tortoise-shell cat pressed tight against her and swung down against her body.

"Excuse me," she said, "the padrone asked me to bring this for the Signora."

238

헤밍웨이

The Snows of Kilimanjaro

*Kilimanjaro is a snow-covered mountain 19,710 feet high,
and is said to be the highest mountain in Africa. Its western
summit is called the Masai "Ngaje Ngai," the House of God.
Close to the western summit there is the dried and frozen
carcass of a leopard. No one has explained what the leopard
was seeking at that altitude.*

"The marvelous thing is that it"s painless," he said. "That's how
you know when it starts."

"Is it really?"

"Absolutely. I'm awfully sorry about the odour though. That
must bother you."

"Don't! Please don't."

"Look at them," he said. "Now is it sight or is it scent that brings them like that?"

The cot the man lay on was in the wide shade of a mimosa tree and as he looked out past the shade on to the glare of the plain there were three of the big birds squatted obscenely, while in the sky a dozen more sailed, making quick-moving shadows as they passed.

"They've been there since the day the truck broke down," he said. "Today's the first time any have lit on the ground. I watched the way they sailed very carefully at first in case I ever wanted to use them in a story. That's funny now."

"I wish you wouldn't," she said.

"I'm only talking," he said. "It's much easier if I talk. But I don't want to bother you."

"You know it doesn't bother me," she said. "It's that I've gotten so very nervous not being able to do anything. I think we might make it as easy as we can until the plane comes."

"Or until the plane doesn't come."

"Please tell me what I can do. There must be something I can do."

"You can take the leg off and that might stop it, though I doubt it. Or you can shoot me. You're a good shot now. I taught you to shoot, didn't I?"

"Please don't talk that way. Couldn't I read to you?"

"Read what?"

"Anything in the book that we haven't read."

"I can't listen to it," he said. "Talking is the easiest. We quarrel and that makes the time pass."

"I don't quarrel. I never want to quarrel. Let's not quarrel any more. No matter how nervous we get. Maybe they will be back with another truck today. Maybe the plane will come."

"I don't want to move," the man said. "There is no sense in moving now except to make it easier for you."

"That's cowardly."

"Can't you let a man die as comfortably as he can without calling him names? What's the use of slanging me?"

"You're not going to die."

"Don't be silly. I'm dying now. Ask those bastards." He looked over to where the huge, filthy birds sat, their naked heads sunk in the hunched feathers. A fourth planed down, to run quicklegged and then waddle slowly toward the others.

"They are around every camp. You never notice them. You can't die if you don't give up."

"Where did you read that? You're such a bloody fool."

"You might think about some one else."

"For Christ's sake," he said, "that's been my trade."

He lay then and was quiet for a while and looked across the heat shimmer of the plain to the edge of the bush. There were a few Tommies that showed minute and white against the yellow and, far off, he saw a herd of zebra, white against the green of the bush. This was a pleasant camp under big trees against a hill, with good water, and close by, a nearly dry water hole where sand grouse flighted in the mornings.

"Wouldn't you like me to read?" she asked. She was sitting on a canvas chair beside his cot. "There's a breeze coming up.

"No thanks."

"Maybe the truck will come."

"I don't give a damn about the truck."

"I do."

"You give a damn about so many things that I don't."

"Not so many, Harry."

"What about a drink?"

"It's supposed to be bad for you. It said in Black's to avoid all alcohol. You shouldn't drink."

"Molo!" he shouted.

"Yes Bwana."

"Bring whiskey-soda."

"Yes Bwana."

"You shouldn't," she said. "That's what I mean by giving up. It says it's bad for you. I know it's bad for you."

"No," he said. "It's good for me."

So now it was all over, he thought. So now he would never have a chance to finish it. So this was the way it ended in a bickering over a drink. Since the gangrene started in his right leg he had no pain and with the pain the horror had gone and all he felt now was a great tiredness and anger that this was the end of it. For this, that now was coming, he had very little curiosity. For years it had obsessed him; but now it meant nothing in itself. It was strange how easy being tired enough made it.

Now he would never write the things that he had saved to write until he knew enough to write them well. Well, he would not have to fail at trying to write them either. Maybe you could never write them, and that was why you put them off and delayed the starting. Well he would never know, now.

"I wish we'd never come," the woman said. She was looking at him holding the glass and biting her lip. "You never would have gotten anything like this in Paris. You always said you loved Paris. We could have stayed in Paris or gone anywhere. I'd have gone anywhere. I said I'd go anywhere you wanted. If you wanted to shoot we could have gone shooting in Hungary and been comfortable."

"Your bloody money," he said.

"That's not fair," she said. "It was always yours as much as mine. I left everything and I went wherever you wanted to go and I've done what you wanted to do. But I wish we'd never come here."

"You said you loved it."

"I did when you were all right. But now I hate it. I don't see why that had to happen to your leg. What have we done to have that happen to us?"

"I suppose what I did was to forget to put iodine on it when I first scratched it. Then I didn't pay any attention to it because I never infect. Then, later, when it got bad, it was probably using that weak carbolic solution when the other antiseptics ran out that paralyzed the minute blood vessels and started the gangrene." He looked at her, "What else?"

"I don't mean that."

"If we would have hired a good mechanic instead of a half-baked Kikuyu driver, he would have checked the oil and never burned out that bearing in the truck."

"I don't mean that."

"If you hadn't left your own people, your goddamned Old Westbury Saratoga, Palm Beach people to take me on—"

"Why, I loved you. That's not fair. I love you now. I'll always love you. Don't you love me?"

"No," said the man. "I don't think so. I never have."

"Harry, what are you saying? You're out of your head."

"No. I haven't any head to go out of."

"Don't drink that," she said. "Darling, please don't drink that. We have to do everything we can."

"You do it," he said. "I'm tired."

Now in his mind he saw a railway station at Karagatch and he was standing with his pack and that was the headlight of the Simplon-Offent cutting the dark now and he was leaving Thrace then after the retreat. That was one of the things he had saved to write, with, in the morning at breakfast, looking out the window and seeing snow on the mountains in Bulgaria and Nansen's Secretary asking the old man if it were snow and the old man looking at it and saying, No, that's not snow. It's too early for snow. And the Secretary repeating to the other girls, No, you see. It's not snow and them all saying, It's not snow we were mistaken. But it was the snow all right and he sent them on into it when he evolved exchange of populations. And it was snow they tramped along in until they died that winter.

It was snow too that fell all Christmas week that year up in the Gauertal, that year they lived in the woodcutter's house with the big square porcelain stove that filled half the room, and they slept on mattresses filled with beech leaves, the time the deserter came with his feet bloody in the snow. He said the police were right behind him and they gave him woolen socks and held the gendarmes talking until the tracks had drifted over.

In Schrunz, on Christmas day, the snow was so bright it hurt your eyes when you looked out from the Weinstube and saw every one coming home from church. That was where they walked up the sleigh-smoothed urine-yellowed road along the river with the steep pine hills, skis heavy on the shoulder, and where they ran that great run down the glacier above the Madlener-haus, the snow as smooth to see as cake frosting and as light as powder and he remembered the noiseless rush the speed made as you dropped down like a bird.

They were snow-bound a week in the Madlener-haus that time in the blizzard playing cards in the smoke by the lantern light and the stakes were higher all the time as Herr Lent lost more. Finally he lost it all. Everything, the Skischule money and all the season's profit and then his capital. He could see him with his long nose, picking up the cards and then opening, "Sans Voir." There was always gambling then. When there was no snow you gambled and when there was

The Snows of Kilimanjaro

too much you gambled. He thought of all the time in his life he had spent gambling.

But he had never written a line of that, nor of that cold, bright Christmas day with the mountains showing across the plain that Barker had flown across the lines to bomb the Austrian officers' leave train, machine-gunning them as they scattered and ran. He remembered Barker afterwards coming into the mess and starting to tell about it. And how quiet it got and then somebody saying, "You bloody murderous bastard."

Those were the same Austrians they killed then that he skied with later. No not the same. Hans, that he skied with all that year, had been in the Kaiser-Jägers and when they went hunting hares together up the little valley above the saw-mill they had talked of the fighting on Pasubio and of the attack on Perticara and Asalone and he had never written a word of that. Nor of Monte Corona, nor the Sette Communi, nor of Arsiero.

How many winters had he lived in the Vorarlberg and the Arlberg? It was four and then he remembered the man who had the fox to sell when they had walked into Bludenz, that time to buy presents, and the cherry-pit taste of good kirsch, the fast-slipping rush of running powder-snow on crust, singing Hi! Ho! said Rolly!" as you ran down the last stretch to the steep drop, taking it straight, then running the orchard in three turns and out across the ditch and onto the icy road behind the inn. Knocking your bindings loose, kicking the skis free and leaning them up against the wooden wall of the inn, the lamplight coming from the window, where inside, in the smoky, new-wine smelling warmth, they were playing the accordion.

"Where did we stay in Paris?" he asked the woman who was sitting by him in a canvas chair, now, in Africa.

"At the Crillon. You know that."

"Why do I know that?"

"That's where we always stayed."

"No. Not always."

"There and at the Pavillion Henri-Quatre in St. Germain. You said you loved it there."

"Love is a dunghill," said Harry. "And I'm the cock that gets on it to crow."

"If you have to go away," she said, "is it absolutely necessary to kill off everything you leave behind? I mean do you have to take away everything? Do you have to kill your horse, and your wife and burn your saddle and your armour?"

"Yes," he said. "Your damned money was my armour. My Sword and my Armour."

"Don't."

"All right. I'll stop that. I don't want to hurt you."

"It's a little bit late now."

"All right then. I'll go on hurting you. It's more amusing. The only thing I ever really liked to do with you I can't do now."

"No, that's not true. You liked to do many things and everything you wanted to do I did."

"Oh, for Christ sake stop bragging, will you?"

He looked at her and saw her crying.

"Listen," he said. "Do you think that it is fun to do this? I don't know why I'm doing it. It's trying to kill to keep yourself alive, I imagine. I was all right when we started talking. I didn't mean to

헤밍웨이

start this, and now I'm crazy as a coot and being as cruel to you as I can be. Don't pay any attention, darling, to what I say. I love you, really. You know I love you. I've never loved any one else the way I love you."

He slipped into the familiar lie he made his bread and butter by.

"You're sweet to me."

"You bitch," he said. "You rich bitch. That's poetry. I'm full of poetry now. Rot and poetry. Rotten poetry."

"Stop it. Harry, why do you have to turn into a devil now?"

"I don't like to leave anything," the man said. "I don't like to leave things behind."

It was evening now and he had been asleep. The sun was gone behind the hill and there was a shadow all across the plain and the small animals were feeding close to camp; quick dropping heads and switching tails, he watched them keeping well out away from the bush now. The birds no longer waited on the ground. They were all perched heavily in a tree. There were many more of them. His personal boy was sitting by the bed.

"Memsahib's gone to shoot," the boy said. "Does Bwana want?"

"Nothing."

She had gone to kill a piece of meat and, knowing how he liked to watch the game, she had gone well away so she would not disturb this little pocket of the plain that he could see. She was always thoughtful, he thought. On anything she knew about, or had read, or that she had ever heard.

It was not her fault that when he went to her he was already over. How could a woman know that you meant nothing that you said; that you spoke only from habit and to be comfortable? After he no longer meant what he said, his lies were more successful with women than when he had told them the truth.

It was not so much that he lied as that there was no truth to tell. He had had his life and it was over and then he went on living it again with different people and more money, with the best of the same places, and some new ones.

You kept from thinking and it was all marvellous. You were equipped with good insides so that you did not go to pieces that way, the way most of them had, and you made an attitude that you cared nothing for the work you used to do, now that you could no longer do it. But, in yourself, you said that you would write about these people; about the very rich; that you were really not of them but a spy in their country; that you would leave it and write of it and for once it would be written by some one who knew what he was writing of. But he would never do it, because each day of not writing, of comfort, of being that which he despised, dulled his ability and softened his will to work so that, finally, he did no work at all. The people he knew now were all much more comfortable when he did not work. Africa was where he had been happiest in the good time of his life, so he had come out here to start again. They had made this safari with the minimum of comfort. There was no hardship; but there was no luxury and he had thought that he could get back into training that way. That in some way he could work the fat off his soul the way a fighter went into the mountains to work and train in order to bum it out of his body.

She had liked it. She said she loved it. She loved anything that was exciting, that involved a change of scene, where there were new people and where things were pleasant. And he had felt the illusion of returning strength of will to work. Now if this was how it ended, and he knew it was, he must not turn like some snake biting itself because its back was broken. It wasn't this woman's fault. If it had not been she it would have been another. If he lived by a lie he should try to die by it. He heard a shot beyond the hill.

She shot very well this good, this rich bitch, this kindly caretaker and destroyer of his talent. Nonsense. He had destroyed his talent himself. Why should he blame this woman because she kept him well? He had destroyed his talent by not using it, by betrayals of himself and what he believed in, by drinking so much that he blunted the edge of his perceptions, by laziness, by sloth, and by snobbery, by pride and by prejudice, by hook and by crook. What was this? A catalogue of old books? What was his talent anyway? It was a talent all right but instead of using it, he had traded on it. It was never what he had done, but always what he could do. And he had chosen to make his living with something else instead of a pen or a pencil. It was strange, too, wasn't it, that when he fell in love with another woman, that woman should always have more money than the last one? But when he no longer was in love, when he was only lying, as to this woman, now, who had the most money of all, who had all the money there was, who had had a husband and children, who had taken lovers and been dissatisfied with them, and who loved him dearly as a writer, as a man, as a companion and as a proud possession; it was strange that when he did not love her at all and was lying, that he should be able to give her more for her money than when he had really loved.

We must all be cut out for what we do, he thought. However you make your living is where your talent lies. He had sold vitality, in one form or another, all his life and when your affections are not too involved you give much better value for the money. He had found that out but he would never write that, now, either. No, he would not write that, although it was well worth writing.

Now she came in sight, walking across the open toward the camp. She was wearing jodphurs and carrying her rifle. The two boys had a Tommie slung and they were coming along behind her. She was still a good-looking woman, he thought, and she had a pleasant body. She had a great talent and appreciation for the bed, she was not pretty, but he liked her face, she read enormously, liked to ride and shoot and, certainly, she drank too much. Her husband had died when she was still a comparatively young woman and for a while she had devoted herself to her two just-grown children, who did not need her and were embarrassed at having her about, to her stable of horses, to books, and to bottles. She liked to read in the evening before dinner and she drank Scotch and soda while she read. By dinner she was fairly drunk and after a bottle of wine at dinner she was usually drunk enough to sleep.

That was before the lovers. After she had the lovers she did not drink so much because she did not have to be drunk to sleep. But the lovers bored her. She had been married to a man who had never bored her and these people bored her very much.

Then one of her two children was killed in a plane crash and after that was over she did not want the lovers, and drink being no anaesthetic she had to make another life. Suddenly, she had been acutely frightened of being alone. But she wanted some one that she respected with her.

It had begun very simply. She liked what he wrote and she had always envied the life he led. She thought he did exactly what he wanted to. The steps by which she had acquired him and the way in which she had finally fallen in love with him were all part of a regular progression in which she had built herself a new life and he had traded away what remained of his old life.

He had traded it for security, for comfort too, there was no denying that, and for what else? He did not know. She would have bought him anything he wanted. He knew that. She was a damned nice woman too. He would as soon be in bed with her as any one; rather with her, because she was richer, because she was very pleasant and appreciative and because she never made scenes. And now this life that she had built again was coming to a term because he had not used iodine two weeks ago when a thorn had scratched his knee as they moved forward trying to photograph a herd of waterbuck standing, their heads up, peering while their nostrils searched the air, their ears spread wide to hear the first noise that would send them rushing into the bush. They had bolted, too, before he got the picture.

Here she came now. He turned his head on the cot to look toward her. "Hello," he said.

"I shot a Tommy ram," she told him. "He'll make you good broth and I'll have them mash some potatoes with the Klim. How do you feel?"

"Much better."

"Isn't that lovely? You know I thought perhaps you would. You were sleeping when I left."

"I had a good sleep. Did you walk far?"

"No. Just around behind the hill. I made quite a good shot on the Tommy."

"You shoot marvellously, you know."

"I love it. I've loved Africa. Really. If you're all right it's the most fun that I've ever had. You don't know the fun it's been to shoot with you. I've loved the country."

"I love it too."

"Darling, you don't know how marvellous it is to see you feeling better. I couldn't stand it when you felt that way. You won't talk to me like that again, will you? Promise me?"

"No," he said. "I don't remember what I said."

"You don't have to destroy me. Do you? I'm only a middle-aged woman who loves you and wants to do what you want to do. I've been destroyed two or three times already. You wouldn't want to destroy me again, would you?"

"I'd like to destroy you a few times in bed," he said.

헤밍웨이

"Yes. That's the good destruction. That's the way we're made to be destroyed. The plane will be here tomorrow."

"How do you know?"

"I'm sure. It's bound to come. The boys have the wood all ready and the grass to make the smudge. I went down and looked at it again today. There's plenty of room to land and we have the smudges ready at both ends."

"What makes you think it will come tomorrow?"

"I'm sure it will. It's overdue now. Then, in town, they will fix up your leg and then we will have some good destruction. Not that dreadful talking kind."

"Should we have a drink? The sun is down."

"Do you think you should?"

"I'm having one."

"We'll have one together. Molo, letti dui whiskey-soda!" she called.

"You'd better put on your mosquito boots," he told her.

"I'll wait till I bathe . . ."

While it grew dark they drank and just before it was dark and there was no longer enough light to shoot, a hyena crossed the open on his way around the hill.

"That bastard crosses there every night," the man said. "Every night for two weeks."

"He's the one makes the noise at night. I don't mind it. They're a filthy animal though."

Drinking together, with no pain now except the discomfort of lying in the one position, the boys lighting a fire, its shadow jumping on the tents, he could feel the return of acquiescence in this life of pleasant surrender. She was very good to him. He had been cruel and unjust in the afternoon. She was a fine woman, marvellous really. And just then it occurred to him that he was going to die.

It came with a rush; not as a rush of water nor of wind; but of a sudden, evil-smelling emptiness and the odd thing was that the hyena slipped lightly along the edge of it.

"What is it, Harry?" she asked him.

"Nothing," he said. "You had better move over to the other side. To windward."

"Did Molo change the dressing?"

"Yes. I'm just using the boric now."

"How do you feel?"

"A little wobbly."

"I'm going in to bathe," she said. "I'll be right out. I'll eat with you and then we'll put the cot in."

So, he said to himself, we did well to stop the quarrelling. He had never quarrelled much with this woman, while with the women that he loved he had quarrelled so much they had finally, always, with the corrosion of the quarrelling, killed what they had together. He had loved too much, demanded too much, and he wore it all out.

He thought about alone in Constantinople that time, having quarrelled in Paris before he had gone out. He had whored the whole time and then, when that was over, and he had failed to kill his loneliness, but only made it worse, he had written her, the first one, the one who left him, a letter telling her how he had never been able to kill it. ... How when he thought he saw her outside the Regence one time it made him go all faint and sick inside, and that he would follow a woman who looked like her in some way, along the

Boulevard, afraid to see it was not she, afraid to lose the feeling it gave him. How every one he had slept with had only made him miss her more. How what she had done could never matter since he knew he could not cure himself of loving her. He wrote this letter at the Club, cold sober, and mailed it to New York asking her to write him at the office in Paris. That seemed safe. And that night missing her so much it made him feel hollow sick inside, he wandered up past Maxim's, picked a girl up and took her out to supper. He had gone to a place to dance with her afterward, she danced badly, and left her for a hot Armenian slut, that swung her belly against him so it almost scalded. He took her away from a British gunner subaltern after a row. The gunner asked him outside and they fought in the street on the cobbles in the dark. He'd hit him twice, hard, on the side of the jaw and when he didn't go down he knew he was in for a fight. The gunner hit him in the body, then beside his eye. He swung with his left again and landed and the gunner fell on him and grabbed his coat and tore the sleeve off and he clubbed him twice behind the ear and then smashed him with his right as he pushed him away. When the gunner went down his head hit first and he ran with the girl because they heard the M.P.'s coming. They got into a taxi and drove out to Rimmily Hissa along the Bosphorus, and around, and back in the cool night and went to bed and she felt as over-ripe as she looked but smooth, rose-petal, syrupy, smooth-bellied, big-breasted and needed no pillow under her buttocks, and he left her before she was awake looking blousy enough in the first daylight and turned up at the Pera Palace with a black eye, carrying his coat because one sleeve was missing.

That same night he left for Anatolia and he remembered, later on that trip, riding all day through fields of the poppies that they raised for opium and how strange it made you feel, finally, and all the distances seemed wrong, to where they had made the attack with the newly arrived Constantine officers, that did not know a god-damned thing, and the artillery had fired into the troops and the British observer had cried like a child.

That was the day he'd first seen dead men wearing white

ballet skirts and upturned shoes with pompons on them. The Turks had come steadily and lumpily and he had seen the skirted men running and the officers shooting into them and running then themselves and he and the British observer had run too until his lungs ached and his mouth was full of the taste of pennies and they stopped behind some rocks and there were the Turks coming as lumpily as ever. Later he had seen the things that he could never think of and later still he had seen much worse. So when he got back to Paris that time he could not talk about it or stand to have it mentioned. And there in the cafe as he passed was that American poet with a pile of saucers in front of him and a stupid look on his potato face talking about the Dada movement with a Roumanian who said his name was Tristan Tzara, who always wore a monocle and had a headache, and, back at the apartment with his wife that now he loved again, the quarrel all over, the madness all over, glad to be home, the office sent his mail up to the flat. So then the letter in answer to the one he'd written came in on a platter one morning and when he saw the hand writing he went cold all over and tried to slip the letter underneath another. But his wife said, "Who is that letter from, dear?" and that was the end of the beginning of that.

He remembered the good times with them all, and the quarrels. They always picked the finest places to have the quarrels. And why had they always quarrelled when he was feeling best? He had never written any of that because, at first, he never wanted to hurt any one and then it seemed as though there was enough to write without it. But he had always thought that he would write it finally. There was so much to write. He had seen the world change; not just the events; although he had seen many of them and had watched the people, but he had seen the subtler change and he could remember how the people were at different times. He had been in it and he had watched it and it was his duty to write of it; but now he never would.

"How do you feel?" she said. She had come out from the tent now after her bath.

"All right."

"Could you eat now?" He saw Molo behind her with the folding table and the other boy with the dishes.

"I want to write," he said.

"You ought to take some broth to keep your strength up."

"I'm going to die tonight," he said. "I don't need my strength up."

"Don't be melodramatic, Harry, please," she said.

"Why don't you use your nose? I'm rotted half way up my thigh now. What the hell should I fool with broth for? Molo bring whiskey-soda."

"Please take the broth," she said gently.

"All right."

The broth was too hot. He had to hold it in the cup until it cooled enough to take it and then he just got it down without gagging.

"You're a fine woman," he said. "Don't pay any attention to me."

She looked at him with her well-known, well-loved face from Spur and Town &Country, only a little the worse for drink, only a little the worse for bed, but Town &Country never showed those good breasts and those useful thighs and those lightly small-of-back-caressing hands, and as he looked and saw her well-known pleasant smile, he felt death come again. This time there was no rush. It was a puff, as of a wind that makes a candle flicker and the flame go tall.

"They can bring my net out later and hang it from the tree and build the fire up. I'm not going in the tent tonight. It's not worth moving. It's a clear night. There won't be any rain."

So this was how you died, in whispers that you did not hear. Well, there would be no more quarrelling. He could promise that. The one experience that he had never had he was not going to spoil now. He probably would. You spoiled everything. But perhaps he wouldn't.

"You can't take dictation, can you?"

"I never learned," she told him.

"That's all right."

There wasn't time, of course, although it seemed as though it telescoped so that you might put it all into one paragraph if you could get it right.

There was a log house, chinked white with mortar, on a hill above the lake. There was a bell on a pole by the door to call the people in to meals. Behind the house were fields and

behind the fields was the timber. A line of lombardy poplars
ran from the house to the dock. Other poplars ran along the
point. A road went up to the hills along the edge of the timber
and along that road he picked blackberries. Then that log
house was burned down and all the guns that had been
on deer foot racks above the open fire place were burned
and afterwards their barrels, with the lead melted in the
magazines, and the stocks burned away, lay out on the heap
of ashes that were used to make lye for the big iron soap
kettles, and you asked Grandfather if you could have them
to play with, and he said, no. You see they were his guns still
and he never bought any others. Nor did he hunt any more.
The house was rebuilt in the same place out of lumber now
and painted white and from its porch you saw the poplars
and the lake beyond; but there were never any more guns.
The barrels of the guns that had hung on the deer feet on the
wall of the log house lay out there on the heap of ashes and
no one ever touched them.

In the Black Forest, after the war, we rented a trout stream
and there were two ways to walk to it. One was down the

헤밍웨이

valley from Triberg and around the valley road in the shade
of the trees that bordered the white road, and then up a side
road that went up through the hills past many small farms,
with the big Schwarzwald houses, until that road crossed the
stream. That was where our fishing began.

The other way was to climb steeply up to the edge of the
woods and then go across the top of the hills through the
pine woods, and then out to the edge of a meadow and down
across this meadow to the bridge. There were birches along
the stream and it was not big, but narrow, clear and fast,
with pools where it had cut under the roots of the birches.
At the Hotel in Triberg the proprietor had a fine season. It
was very pleasant and we were all great friends. The next
year came the inflation and the money he had made the year
before was not enough to buy supplies to open the hotel and
he hanged himself.

You could dictate that, but you could not dictate the Place
Contrescarpe where the flower sellers dyed their flowers in
the street and the dye ran over the paving where the autobus
started and the old men and the women, always drunk

269

on wine and bad marc; and the children with their noses running in the cold; the smell of dirty sweat and poverty and drunkenness at the Café des Amateurs and the whores at the Bal Musette they lived above. The concierge who entertained the trooper of the Garde Republicaine in her loge, his horse-hair-plumed helmet on a chair. The locataire across the hall whose husband was a bicycle racer and her joy that morning at the crémerie when she had opened L'Auto and seen where he placed third in Paris-Tours, his first big race. She had blushed and laughed and then gone upstairs crying with the yellow sporting paper in her hand. The husband of the woman who ran the Bal Musette drove a taxi and when he, Harry, had to take an early plane the husband knocked upon the door to wake him and they each drank a glass of white wine at the zinc of the bar before they started. He knew his neighbors in that quarter then because they all were poor.

Around that Place there were two kinds; the drunkards and the sportifs. The drunkards killed their poverty that way; the sportifs took it out in exercise. They were the

descendants of the Communards and it was no struggle for
them to know their politics. They knew who had shot their
fathers, their relatives, their brothers, and their friends
when the Versailles troops came in and took the town after
the Commune and executed any one they could catch with
calloused hands, or who wore a cap, or carried any other
sign he was a working man. And in that poverty, and in that
quarter across the street from a Boucherie Chevaline and
a wine cooperative he had written the start of all he was
to do. There never was another part of Paris that he loved
like that, the sprawling trees, the old white plastered houses
painted brown below, the long green of the autobus in that
round square, the purple flower dye upon the paving, the
sudden drop down the hill of the rue Cardinal Lemoine to the
River, and the other way the narrow crowded world of the
rue Mouffetard. The street that ran up toward the Pantheon
and the other that he always took with the bicycle, the only
asphalted street in all that quarter, smooth under the tires,
with the high narrow houses and the cheap tall hotel where
Paul Verlaine had died. There were only two rooms in the

apartments where they lived and he had a room on the top
floor of that hotel that cost him sixty francs a month where
he did his writing, and from it he could see the roofs and
chimney pots and all the hills of Paris.

From the apartment you could only see the wood and coal
man's place. He sold wine too, bad wine. The golden horse's
head outside the Boucherie Chevaline where the carcasses
hung yellow gold and red in the open window, and the green
painted co-operative where they bought their wine; good
wine and cheap. The rest was plaster walls and the windows
of the neighbors. The neighbors who, at night, when some
one lay drunk in the street, moaning and groaning in that
typical French ivresse that you were propaganded to
believe did not exist, would open their windows and then the
murmur of talk.

"Where is the policeman? When you don't want him the
bugger is always there. He's sleeping with some concierge.
Get the Agent." Till some one threw a bucket of water from
a window and the moaning stopped. "What's that? Water.
Ah, that's intelligent." And the windows shutting. Marie, his

*femme de menage, protesting against the eight-hour day
saying, "If a husband works until six he gets only a riffle
drunk on the way home and does not waste too much. If he
works only until five he is drunk every night and one has no
money. It is the wife of the working man who suffers from
this shortening of hours.*

"Wouldn't you like some more broth?" the woman asked him
now.

"No, thank you very much. It is awfully good."

"Try just a little."

"I would like a whiskey-soda."

"It's not good for you."

"No. It's bad for me. Cole Porter wrote the words and the music.
This knowledge that you're going mad for me."

"You know I like you to drink."

"Oh yes. Only it's bad for me."

When she goes, he thought, I'll have all I want. Not all I want but
all there is. Ayee he was tired. Too tired. He was going to sleep
a little while. He lay still and death was not there. It must have

gone around another street. It went in pairs, on bicycles, and moved absolutely silently on the pavements.

No, he had never written about Paris. Not the Paris that he cared about. But what about the rest that he had never written?

What about the ranch and the silvered gray of the sage brush, the quick, clear water in the irrigation ditches, and the heavy green of the alfalfa. The trail went up into the hills and the cattle in the summer were shy as deer. The bawling and the steady noise and slow moving mass raising a dust as you brought them down in the fall. And behind the mountains, the clear sharpness of the peak in the evening light and, riding down along the trail in the moonlight, bright across the valley. Now he remembered coming down through the timber in the dark holding the horse's tail when you could not see and all the stories that he meant to write.

About the half-wit chore boy who was left at the ranch that time and told not to let any one get any hay, and that old bastard from the Forks who had beaten the boy when he had

*worked for him stopping to get some feed. The boy refusing
and the old man saying he would beat him again. The boy
got the rifle from the kitchen and shot him when he tried to
come into the barn and when they came back to the ranch
he'd been dead a week, frozen in the corral, and the dogs
had eaten part of him. But what was left you packed on a
sled wrapped in a blanket and roped on and you got the boy
to help you haul it, and the two of you took it out over the
road on skis, and sixty miles down to town to turn the boy
over. He having no idea that he would be arrested. Thinking
he had done his duty and that you were his friend and he
would be rewarded. He'd helped to haul the old man in so
everybody could know how bad the old man had been and
how he'd tried to steal some feed that didn't belong to him,
and when the sheriff put the handcuffs on the boy he couldn't
believe it. Then he'd started to cry. That was one story he
had saved to write. He knew at least twenty good stories
from out there and he had never written one. Why?*

"You tell them why," he said.

"Why what, dear?"

"Why nothing."

She didn't drink so much, now, since she had him. But if he lived he would never write about her, he knew that now. Nor about any of them. The rich were dull and they drank too much, or they played too much backgammon. They were dull and they were repetitious. He remembered poor Julian and his romantic awe of them and how he had started a story once that began, "The very rich are different from you and me." And how some one had said to Julian, Yes, they have more money. But that was not humorous to Julian. He thought they were a special glamourous race and when he found they weren't it wrecked him just as much as any other thing that wrecked him.

He had been contemptuous of those who wrecked. You did not have to like it because you understood it. He could beat anything, he thought, because no thing could hurt him if he did not care.

All right. Now he would not care for death. One thing he had always dreaded was the pain. He could stand pain as well as any man, until it went on too long, and wore him out, but here he had something that had hurt frightfully and just when he had felt it breaking him, the pain had stopped.

He remembered long ago when Williamson, the bombing officer, had been hit by a stick bomb some one in a German patrol had thrown as he was coming in through the wire that night and, screaming, had begged every one to kill him. He was a fat man, very brave, and a good officer, although addicted to fantastic shows. But that night he was caught in the wire, with a flare lighting him up and his bowels spilled out into the wire, so when they brought him in, alive, they had to cut him loose. Shoot me, Harry. For Christ sake shoot me. They had had an argument one time about our Lord never sending you anything you could not bear and some one's theory had been that meant that at a certain time the pain passed you out automatically. But he had always remembered Williamson, that night. Nothing passed out Williamson until he gave him all his morphine tablets that he had always saved to use himself and then they did not work right away.

Still this now, that he had, was very easy; and if it was no worse as it went on there was nothing to worry about. Except that he would rather be in better company.

He thought a little about the company that he would like to have. No, he thought, when everything you do, you do too long, and do too late, you can't expect to find the people still there. The people all are gone. The party's over and you are with your hostess now.

I'm getting as bored with dying as with everything else, he thought.

"It's a bore," he said out loud.

"What is, my dear?"

"Anything you do too bloody long."

He looked at her face between him and the fire. She was leaning back in the chair and the firelight shone on her pleasantly lined face and he could see that she was sleepy. He heard the hyena make a noise just outside the range of the fire.

"I've been writing," he said. "But I got tired."

"Do you think you will be able to sleep?"

"Pretty sure. Why don't you turn in?"

"I like to sit here with you."

"Do you feel anything strange?" he asked her.

"No. Just a little sleepy."

"I do," he said.

He had just felt death come by again.

"You know the only thing I've never lost is curiosity," he said to her.

"You've never lost anything. You're the most complete man I've ever known."

"Christ," he said. "How little a woman knows. What is that? Your intuition?"

Because, just then, death had come and rested its head on the foot of the cot and he could smell its breath.

"Never believe any of that about a scythe and a skull," he told her. "It can be two bicycle policemen as easily, or be a bird. Or it can have a wide snout like a hyena."

It had moved up on him now, but it had no shape any more. It simply occupied space.

"Tell it to go away."

It did not go away but moved a little closer.

"You've got a hell of a breath," he told it. "You stinking bastard."

It moved up closer to him still and now he could not speak to it, and when it saw he could not speak it came a little closer, and now he tried to send it away without speaking, but it moved in on him so its weight was all upon his chest, and while it crouched there and he could not move or speak, he heard the woman say, "Bwana is asleep now. Take the cot up very gently and carry it into the tent."

He could not speak to tell her to make it go away and it crouched now, heavier, so he could not breathe. And then, while they lifted the cot, suddenly it was all right and the weight went from his chest.

It was morning and had been morning for some time and he heard the plane. It showed very tiny and then made a wide circle and the boys ran out and lit the fires, using kerosene, and piled on grass so there were two big smudges at each end of the level place and the morning breeze blew them toward the camp and the plane circled twice more, low this time, and then glided down and levelled off and landed smoothly and, coming walking toward him, was old Compton in slacks, a tweed jacket and a brown felt hat.

"What's the matter, old cock?" Compton said.

"Bad leg," he told him. "Will you have some breakfast?"

"Thanks. I'll just have some tea. It's the Puss Moth you know. I won't be able to take the Memsahib. There's only room for one. Your lorry is on the way."

Helen had taken Compton aside and was speaking to him. Compton came back more cheery than ever.

"We'll get you right in," he said. "I'll be back for the Mem. Now I'm afraid I'll have to stop at Arusha to refuel. We'd better get going."

"What about the tea?"

"I don't really care about it, you know."

The boys had picked up the cot and carried it around the green tents and down along the rock and out onto the plain and along past the smudges that were burning brightly now, the grass all consumed, and the wind fanning the fire, to the little plane. It was difficult getting him in, but once in he lay back in the leather seat, and the leg was stuck straight out to one side of the seat where Compton sat. Compton started the motor and got in. He waved to Helen and to the boys and, as the clatter moved into the old familiar roar, they swung around with Compie watching for warthog holes and roared, bumping, along the stretch between the fires and with the last bump rose and he saw them all standing below, waving, and the camp beside the hill, flattening now, and the plain spreading, clumps of trees, and the bush flattening, while the game trails ran now smoothly to the dry waterholes, and there was a new water that he had never known of. The zebra, small rounded backs now, and the wildebeeste, big-headed dots seeming to climb as they moved in long fingers across the plain, now scattering as the shadow came toward them, they were tiny now, and the movement had no gallop, and the plain as far as you could see, gray-yellow now and ahead old Compie's tweed back and the brown felt hat. Then they were over the first hills and the wildebeeste were trailing up them, and then they were over mountains with sudden depths of green-rising forest and the solid bamboo slopes, and then the heavy forest again, sculptured into peaks and hollows until they crossed, and hills sloped down and then another plain, hot now,

헤밍웨이

and purple brown, bumpy with heat and Compie looking back to see how he was riding. Then there were other mountains dark ahead.

And then instead of going on to Arusha they turned left, he evidently figured that they had the gas, and looking down he saw a pink sifting cloud, moving over the ground, and in the air, like the first snow in a blizzard, that comes from nowhere, and he knew the locusts were coming up from the South. Then they began to climb and they were going to the East it seemed, and then it darkened and they were in a storm, the rain so thick it seemed like flying through a waterfall, and then they were out and Compie turned his head and grinned and pointed and there, ahead, all he could see, as wide as all the world, great, high, and unbelievably white in the sun, was the square top of Kilimanjaro. And then he knew that there was where he was going.

Just then the hyena stopped whimpering in the night and started to make a strange, human, almost crying sound. The woman heard it and stirred uneasily. She did not wake. In her dream she was at the house on Long Island and it was the night before her daughter's début. Somehow her father was there and he had been very rude. Then the noise the hyena made was so loud she woke and for a moment she did not know where she was and she was very afraid. Then she took the flashlight and shone it on the other cot that they had carried in after Harry had gone to sleep. She could see his bulk under the mosquito bar but somehow he had gotten his leg out and it hung down alongside the cot. The dressings had all come down and she could not look at it.

"Molo," she called, "Molo! Molo!"

Then she said, "Harry, Harry!" Then her voice rising, "Harry! Please. Oh Harry!"

There was no answer and she could not hear him breathing.

Outside the tent the hyena made the same strange noise that had awakened her. But she did not hear him for the beating of her heart.

The Old Man and the Sea

He was an old man who fished alone in a skiff in the Gulf Stream and he had gone eighty-four days now without taking a fish. In the first forty days a boy had been with him. But after forty days without a fish the boy's parents had told him that the old man was now definitely and finally salao, which is the worst form of unlucky, and the boy had gone at their orders in another boat which caught three good fish the first week. It made the boy sad to see the old man come in each day with his skiff empty and he always went down to help him carry either the coiled lines or the gaff and harpoon and the sail that was furled around the mast. The sail was patched with flour sacks and, furled, it looked like the flag of permanent defeat.

The old man was thin and gaunt with deep wrinkles in the back of his neck. The brown blotches of the benevolent skin cancer the sun brings from its reflection on the tropic sea were on his cheeks. The blotches ran well down the sides of his face and his hands had the deep-creased scars from handling heavy fish on the cords. But none of these scars were fresh. They were as old as erosions in a fishless desert.

Everything about him was old except his eyes and they were the same color as the sea and were cheerful and undefeated.

"Santiago," the boy said to him as they climbed the bank from where the skiff was hauled up. "I could go with you again. We've made some money."

The old man had taught the boy to fish and the boy loved him.

"No," the old man said. "You're with a lucky boat. Stay with them."

"But remember how you went eighty-seven days without fish and then we caught big ones every day for three weeks."

"I remember," the old man said. "I know you did not leave me because you doubted."

"It was papa made me leave. I am a boy and I must obey him."

"I know," the old man said. "It is quite normal."

헤밍웨이

"He hasn't much faith."

"No," the old man said. "But we have. Haven't we?"

"Yes," the boy said. "Can I offer you a beer on the Terrace and then we'll take the stuff home."

"Why not?" the old man said. "Between fishermen."

They sat on the Terrace and many of the fishermen made fun of the old man and he was not angry. Others, of the older fishermen, looked at him and were sad. But they did not show it and they spoke politely about the current and the depths they had drifted their lines at and the steady good weather and of what they had seen. The successful fishermen of that day were already in and had butchered their marlin out and carried them laid full length across two planks, with two men staggering at the end of each plank, to the fish house where they waited for the ice truck to carry them to the market in Havana. Those who had caught sharks had taken them to the shark factory on the other side of the cove where they were hoisted on a block and tackle, their livers removed, their fins cut off and their hides skinned out and their flesh cut into strips for salting.

When the wind was in the east a smell came across the harbour from the shark factory; but today there was only the faint edge of the odour because the wind had backed into the north and then dropped off and it was pleasant and sunny on the Terrace.

"Santiago," the boy said.

"Yes," the old man said. He was holding his glass and thinking of many years ago.

"Can I go out to get sardines for you for tomorrow?"

"No. Go and play baseball. I can still row and Rogelio will throw the net."

"I would like to go. If I cannot fish with you, I would like to serve in some way."

"You bought me a beer," the old man said. "You are already a man."

"How old was I when you first took me in a boat?"

"Five and you nearly were killed when I brought the fish in too green and he nearly tore the boat to pieces. Can you remember?"

"I can remember the tail slapping and banging and the thwart breaking and the noise of the clubbing. I can remember you throwing me into the bow where the wet coiled lines were and feeling the whole boat shiver and the noise of you clubbing him like chopping a tree down and the sweet blood smell all over me."

"Can you really remember that or did I just tell it to you?"

"I remember everything from when we first went together."

The old man looked at him with his sun-burned, confident loving eyes.

"If you were my boy I'd take you out and gamble," he said. "But you are your father's and your mother's and you are in a lucky boat."

"May I get the sardines? I know where I can get four baits too."

"I have mine left from today. I put them in salt in the box."

"Let me get four fresh ones."

"One," the old man said. His hope and his confidence had never gone. But now they were freshening as when the breeze rises.

"Two," the boy said.

"Two," the old man agreed. "You didn't steal them?"

"I would," the boy said. "But I bought these."

"Thank you," the old man said. He was too simple to wonder when he had attained humility. But he knew he had attained it and he knew it was not disgraceful and it carried no loss of true pride.

"Tomorrow is going to be a good day with this current," he said.

"Where are you going?" the boy asked.

"Far out to come in when the wind shifts. I want to be out before it is light."

"I'll try to get him to work far out," the boy said. "Then if you hook something truly big we can come to your aid."

"He does not like to work too far out."

"No," the boy said. "But I will see something that he cannot see such as a bird working and get him to come out after dolphin."

"Are his eyes that bad?"

"He is almost blind."

"It is strange," the old man said. "He never went turtle-ing. That is what kills the eyes."

"But you went turtle-ing for years off the Mosquito Coast and your eyes are good."

"I am a strange old man."

"But are you strong enough now for a truly big fish?"

"I think so. And there are many tricks."

"Let us take the stuff home," the boy said. "So I can get the cast net and go after the sardines."

They picked up the gear from the boat. The old man carried the mast on his shoulder and the boy carried the wooden box with the coiled, hard-braided brown lines, the gaff and the harpoon with its shaft. The box with the baits was under the stern of the skiff along with the club that was used to subdue the big fish when they were brought alongside. No one would steal from the old man but it was better to take the sail and the heavy lines home as the dew was bad for them and, though he was quite sure no local people would steal from him, the old man thought that a gaff and a harpoon were needless temptations to leave in a boat.

They walked up the road together to the old man's shack and went in through its open door. The old man leaned the mast with its wrapped sail against the wall and the boy put the box and the other gear beside it. The mast was nearly as long as the one room of the shack. The shack was made of the tough bud-shields of the royal palm which are called guano and in it there was a bed, a table, one chair, and a place on the dirt floor to cook with charcoal. On the brown walls of the flattened, overlapping leaves of the sturdy fibered guano there was a picture in color of the

Sacred Heart of Jesus and another of the Virgin of Cobre. These were relics of his wife. Once there had been a tinted photograph of his wife on the wall but he had taken it down because it made him too lonely to see it and it was on the shelf in the corner under his clean shirt.

"What do you have to eat?" the boy asked.

"A pot of yellow rice with fish. Do you want some?"

"No. I will eat at home. Do you want me to make the fire?"

"No. I will make it later on. Or I may eat the rice cold."

"May I take the cast net?"

"Of course."

There was no cast net and the boy remembered when they had sold it. But they went through this fiction every day. There was no pot of yellow rice and fish and the boy knew this too.

"Eighty-five is a lucky number," the old man said. "How would you like to see me bring one in that dressed out over a thousand pounds?"

"I'll get the cast net and go for sardines. Will you sit in the sun in the doorway?"

"Yes. I have yesterday's paper and I will read the baseball."

The boy did not know whether yesterday's paper was a fiction too. But the old man brought it out from under the bed.

"Perico gave it to me at the bodega," he explained.

"I'll be back when I have the sardines. I'll keep yours and mine together on ice and we can share them in the morning. When I come back you can tell me about the baseball."

"The Yankees cannot lose."

"But I fear the Indians of Cleveland."

"Have faith in the Yankees my son. Think of the great DiMaggio."

"I fear both the Tigers of Detroit and the Indians of Cleveland."

"Be careful or you will fear even the Reds of Cincinnati and the White Sox of Chicago."

"You study it and tell me when I come back."

"Do you think we should buy a terminal of the lottery with an eighty-five? Tomorrow is the eighty-fifth day."

"We can do that," the boy said. "But what about the eighty-seven of your great record?"

"It could not happen twice. Do you think you can find an eighty-five?"

"I can order one."

"One sheet. That's two dollars and a half. Who can we borrow that from?"

"That's easy. I can always borrow two dollars and a half."

"I think perhaps I can too. But I try not to borrow. First you borrow. Then you beg."

"Keep warm old man," the boy said. "Remember we are in September."

"The month when the great fish come," the old man said. "Anyone can be a fisherman in May."

"I go now for the sardines," the boy said.

When the boy came back the old man was asleep in the chair and the sun was down. The boy took the old army blanket off the bed and spread it over the back of the chair and over the old man's shoulders. They were strange shoulders, still powerful although very old, and the neck was still strong too and the creases did not show so much when the old man was asleep and his head fallen forward. His shirt had been patched so many times that it was like the sail and the patches were faded to many different shades by the sun. The old man's head was very old though and with his eyes closed there was no life in his face. The newspaper lay across his knees and the weight of his arm held it there in the evening breeze. He was barefooted.

The boy left him there and when he came back the old man was still asleep.

"Wake up old man," the boy said and put his hand on one of the old man's knees.

The old man opened his eyes and for a moment he was coming back from a long way away. Then he smiled.

"What have you got?" he asked.

"Supper," said the boy. "We're going to have supper."

"I'm not very hungry."

"Come on and eat. You can't fish and not eat."

"I have," the old man said getting up and taking the newspaper and folding it. Then he started to fold the blanket.

"Keep the blanket around you," the boy said. "You'll not fish without eating while I'm alive."

"Then live a long time and take care of yourself," the old man said. "What are we eating?"

"Black beans and rice, fried bananas, and some stew."

The boy had brought them in a two-decker metal container from the Terrace. The two sets of knives and forks and spoons were in his pocket with a paper napkin wrapped around each set.

"Who gave this to you?"

"Martin. The owner."

"I must thank him."

"I thanked him already," the boy said. "You don't need to thank him."

"I'll give him the belly meat of a big fish," the old man said. "Has he done this for us more than once?"

"I think so."

"I must give him something more than the belly meat then. He is very thoughtful for us."

"He sent two beers."

"I like the beer in cans best."

"I know. But this is in bottles, Hatuey beer, and I take back the bottles."

"That's very kind of you," the old man said. "Should we eat?"

"I've been asking you to," the boy told him gently. "I have not wished to open the container until you were ready."

"I'm ready now," the old man said. "I only needed time to wash."

Where did you wash? the boy thought. The village water supply was two streets down the road. I must have water here for him, the boy thought, and soap and a good towel. Why am I so thoughtless? I must get him another shirt and a jacket for the winter and some sort of shoes and another blanket.

"Your stew is excellent," the old man said.

"Tell me about the baseball," the boy asked him.

"In the American League it is the Yankees as I said," the old man said happily.

"They lost today," the boy told him.

"That means nothing. The great DiMaggio is himself again."

"They have other men on the team."

"Naturally. But he makes the difference. In the other league, between Brooklyn and Philadelphia I must take Brooklyn. But then I think of Dick Sisler and those great drives in the old park."

"There was nothing ever like them. He hits the longest ball I have ever seen."

"Do you remember when he used to come to the Terrace? I wanted to take him fishing but I was too timid to ask him. Then

I asked you to ask him and you were too timid."

"I know. It was a great mistake. He might have gone with us. Then we would have that for all of our lives."

"I would like to take the great DiMaggio fishing," the old man said. "They say his father was a fisherman. Maybe he was as poor as we are and would understand."

"The great Sisler's father was never poor and he, the father, was playing in the big leagues when he was my age."

"When I was your age I was before the mast on a square rigged ship that ran to Africa and I have seen lions on the beaches in the evening."

"I know. You told me."

"Should we talk about Africa or about baseball?"

"Baseball I think," the boy said. "Tell me about the great John J. McGraw." He said Jota for J.

"He used to come to the Terrace sometimes too in the older days. But he was rough and harsh-spoken and difficult when he was drinking. His mind was on horses as well as baseball. At least he carried lists of horses at all times in his pocket and frequently spoke the names of horses on the telephone."

"He was a great manager," the boy said. "My father thinks he was the greatest."

"Because he came here the most times," the old man said. "If Durocher had continued to come here each year your father would think him the greatest manager."

"Who is the greatest manager, really, Luque or Mike Gonzalez?"

"I think they are equal."

"And the best fisherman is you."

"No. I know others better."

"Qué va," the boy said. "There are many good fishermen and some great ones. But there is only you."

"Thank you. You make me happy. I hope no fish will come along so great that he will prove us wrong."

"There is no such fish if you are still strong as you say."

"I may not be as strong as I think," the old man said. "But I know many tricks and I have resolution."

"You ought to go to bed now so that you will be fresh in the morning. I will take the things back to the Terrace."

"Good night then. I will wake you in the morning."

"You're my alarm clock," the boy said.

"Age is my alarm clock," the old man said. "Why do old men wake so early? Is it to have one longer day?"

"I don't know," the boy said. "All I know is that young boys sleep late and hard."

"I can remember it," the old man said. "I'll waken you in time."

"I do not like for him to waken me. It is as though I were inferior."

"I know."

"Sleep well, old man."

The boy went out. They had eaten with no light on the table and the old man took off his trousers and went to bed in the dark. He rolled his trousers up to make a pillow, putting the newspaper inside them. He rolled himself in the blanket and slept on the other old newspapers that covered the springs of the bed.

He was asleep in a short time and he dreamed of Africa when he was a boy and the long golden beaches and the white beaches, so white they hurt your eyes, and the high capes and the great brown mountains. He lived along that coast now every night and in his dreams he heard the surf roar and saw the native boats come riding through it. He smelled the tar and oakum of the deck as he slept and he smelled the smell of Africa that the land breeze brought at morning.

Usually when he smelled the land breeze he woke up and dressed to go and wake the boy. But tonight the smell of the land breeze came very early and he knew it was too early in his dream and went on dreaming to see the white peaks of the Islands rising from the sea and then he dreamed of the different harbours and roadsteads of the Canary Islands.

He no longer dreamed of storms, nor of women, nor of great occurrences, nor of great fish, nor fights, nor contests of strength, nor of his wife. He only dreamed of places now and of the lions on the beach. They played like young cats in the dusk and he loved them as he loved the boy. He never dreamed about the boy. He simply woke, looked out the open door at the moon and unrolled his trousers and put them on. He urinated outside the shack and then went up the road to wake the boy. He was shivering with the morning cold. But he knew he would shiver himself warm and that soon he would be rowing.

The door of the house where the boy lived was unlocked and he opened it and walked in quietly with his bare feet. The boy was asleep on a cot in the first room and the old man could see him clearly with the light that came in from the dying moon. He took hold of one foot gently and held it until the boy woke and turned and looked at him. The old man nodded and the boy took his trousers from the chair by the bed and, sitting on the bed, pulled them on.

The old man went out the door and the boy came after him. He was sleepy and the old man put his arm across his shoulders and said, "I am sorry."

"Qué va," the boy said. "It is what a man must do."

They walked down the road to the old man's shack and all along the road, in the dark, barefoot men were moving, carrying the masts of their boats.

When they reached the old man's shack the boy took the rolls of line in the basket and the harpoon and gaff and the old man carried the mast with the furled sail on his shoulder.

"Do you want coffee?" the boy asked.

"We'll put the gear in the boat and then get some."

They had coffee from condensed milk cans at an early morning place that served fishermen.

"How did you sleep old man?" the boy asked. He was waking up now although it was still hard for him to leave his sleep.

"Very well, Manolin," the old man said. "I feel confident today."

"So do I," the boy said. "Now I must get your sardines and mine and your fresh baits. He brings our gear himself. He never wants anyone to carry anything."

"We're different," the old man said. "I let you carry things when you were five years old."

"I know it," the boy said. "I'll be right back. Have another coffee. We have credit here."

He walked off, bare-footed on the coral rocks, to the ice house where the baits were stored.

The old man drank his coffee slowly. It was all he would have all day and he knew that he should take it. For a long time now eating had bored him and he never carried a lunch. He had a bottle of water in the bow of the skiff and that was all he needed for the day.

The boy was back now with the sardines and the two baits wrapped in a newspaper and they went down the trail to the skiff, feeling the pebbled sand under their feet, and lifted the skiff and slid her into the water.

"Good luck old man."

"Good luck," the old man said. He fitted the rope lashings of the oars onto the thole pins and, leaning forward against the thrust of the blades in the water, he began to row out of the harbour in the dark. There were other boats from the other beaches going out to sea and the old man heard the dip and push of their oars even though he could not see them now the moon was below the hills.

Sometimes someone would speak in a boat. But most of the boats were silent except for the dip of the oars. They spread apart after they were out of the mouth of the harbour and each one headed for the part of the ocean where he hoped to find fish. The old man knew he was going far out and he left the smell of the land behind and rowed out into the clean early morning smell of the ocean. He saw the phosphorescence of the Gulf weed in the water as he rowed over the part of the ocean that the fishermen called the great well because there was a sudden deep of seven hundred fathoms where all sorts of fish congregated because of the swirl the current made against the steep walls of the floor of

헤밍웨이

the ocean. Here there were concentrations of shrimp and bait fish and sometimes schools of squid in the deepest holes and these rose close to the surface at night where all the wandering fish fed on them.

In the dark the old man could feel the morning coming and as he rowed he heard the trembling sound as flying fish left the water and the hissing that their stiff set wings made as they soared away in the darkness. He was very fond of flying fish as they were his principal friends on the ocean. He was sorry for the birds, especially the small delicate dark terns that were always flying and looking and almost never finding, and he thought, "The birds have a harder life than we do except for the robber birds and the heavy strong ones. Why did they make birds so delicate and fine as those sea swallows when the ocean can be so cruel? She is kind and very beautiful. But she can be so cruel and it comes so suddenly and such birds that fly, dipping and hunting, with their small sad voices are made too delicately for the sea."

He always thought of the sea as la mar which is what people call her in Spanish when they love her. Sometimes those who love her say bad things of her but they are always said as though she were a woman. Some of the younger fishermen, those who used buoys as floats for their lines and had motorboats, bought when the shark livers had brought much money, spoke of her as el mar which is masculine. They spoke of her as a contestant or a place or even an enemy. But the old man always thought of her as feminine and as something that gave or withheld great favours, and if she did wild or wicked things it was because she could not help them. The moon affects her as it does a woman, he thought.

He was rowing steadily and it was no effort for him since he kept well within his speed and the surface of the ocean was flat except for the occasional swirls of the current. He was letting the current do a third of the work and as it started to be light he saw he was already further out than he had hoped to be at this hour.

I worked the deep wells for a week and did nothing, he thought. Today I'll work out where the schools of bonita and albacore are and maybe there will be a big one with them.

Before it was really light he had his baits out and was drifting with the current. One bait was down forty fathoms. The second was at seventy-five and the third and fourth were down in the blue water at one hundred and one hundred and twenty-five fathoms. Each bait hung head down with the shank of the hook inside the bait fish, tied and sewed solid and all the projecting part of the hook, the curve and the point, was covered with fresh sardines. Each sardine was hooked through both eyes so that they made a half-garland on the projecting steel. There was no part of the hook that a great fish could feel which was not sweet smelling and good tasting.

The boy had given him two fresh small tunas, or albacores, which hung on the two deepest lines like plummets and, on the others, he had a big blue runner and a yellow jack that had been used before; but they were in good condition still and had the excellent sardines to give them scent and attractiveness. Each line, as thick around as a big pencil, was looped onto a green-sapped stick so that any pull or touch on the bait would make the stick dip and each line had two forty-fathom coils which could be made fast to the other spare coils so that, if it were necessary, a fish could take out over three hundred fathoms of line.

Now the man watched the dip of the three sticks over the side of the skiff and rowed gently to keep the lines straight up and down and at their proper depths. It was quite light and any moment now the sun would rise.

The sun rose thinly from the sea and the old man could see the other boats, low on the water and well in toward the shore, spread out across the current. Then the sun was brighter and the glare came on the water and then, as it rose clear, the flat sea sent it back at his eyes so that it hurt sharply and he rowed without looking into it. He looked down into the water and watched the lines that went straight down into the dark of the water. He kept them straighter than anyone did, so that at each level in the darkness of the stream there would be a bait waiting exactly where he wished it to be for any fish that swam there. Others let them drift with the current and sometimes they were at sixty fathoms when the fishermen thought they were at a hundred.

But, he thought, I keep them with precision. Only I have no luck any more. But who knows? Maybe today. Every day is a new day. It is better to be lucky. But I would rather be exact. Then when luck comes you are ready.

The sun was two hours higher now and it did not hurt his eyes so much to look into the east. There were only three boats in sight now and they showed very low and far inshore.

All my life the early sun has hurt my eyes, he thought. Yet they are still good. In the evening I can look straight into it without getting the blackness. It has more force in the evening too. But in the morning it is painful.

Just then he saw a man-of-war bird with his long black wings circling in the sky ahead of him. He made a quick drop, slanting down on his back-swept wings, and then circled again.

"He's got something," the old man said aloud. "He's not just looking."

He rowed slowly and steadily toward where the bird was circling. He did not hurry and he kept his lines straight up and down. But he crowded the current a little so that he was still fishing correctly though faster than he would have fished if he was not trying to use the bird.

The bird went higher in the air and circled again, his wings motionless. Then he dove suddenly and the old man saw flying fish spurt out of the water and sail desperately over the surface.

"Dolphin," the old man said aloud. "Big dolphin "

He shipped his oars and brought a small line from under the

bow. It had a wire leader and a medium-sized hook and he baited it with one of the sardines. He let it go over the side and then made it fast to a ring bolt in the stern. Then he baited another line and left it coiled in the shade of the bow. He went back to rowing and to watching the long-winged black bird who was working, now, low over the water.

As he watched the bird dipped again slanting his wings for the dive and then swinging them wildly and ineffectually as he followed the flying fish. The old man could see the slight bulge in the water that the big dolphin raised as they followed the escaping fish. The dolphin were cutting through the water below the flight of the fish and would be in the water, driving at speed, when the fish dropped. It is a big school of dolphin, he thought. They are wide spread and the flying fish have little chance. The bird has no chance. The flying fish are too big for him and they go too fast.

He watched the flying fish burst out again and again and the ineffectual movements of the bird. That school has gotten away from me, he thought. They are moving out too fast and too far. But perhaps I will pick up a stray and perhaps my big fish is around them. My big fish must be somewhere.

The clouds over the land now rose like mountains and the coast was only a long green line with the gray blue hills behind it. The water was a dark blue now, so dark that it was almost purple. As he looked down into it he saw the red sifting of the plankton in the dark water and the strange light the sun made now. He watched his lines to see them go straight down out of sight into the water and he was happy to see so much plankton because it meant fish. The strange light the sun made in the water, now that the sun was higher, meant good weather and so did the shape of the clouds over the land. But the bird was almost out of sight now and nothing showed on the surface of the water but some patches of yellow, sun-bleached Sargasso weed and the purple, formalized, iridescent, gelatinous bladder of a Portuguese man-of-war floating close beside the boat. It turned on its side and then righted itself. It floated cheerfully as a bubble with its long deadly purple filaments trailing a yard behind it in the water.

"Agua mala," the man said. "You whore."

From where he swung lightly against his oars he looked down into the water and saw the tiny fish that were coloured like the trailing filaments and swam between them and under the small shade the bubble made as it drifted. They were immune to its poison. But men were not and when some of the filaments would catch on a line and rest there slimy and purple while the old man was working a fish, he would have welts and sores on his arms and hands of the sort that poison ivy or poison oak can give. But these poisonings from the agua mala came quickly and struck like a whiplash.

The iridescent bubbles were beautiful. But they were the falsest thing in the sea and the old man loved to see the big sea turtles eating them. The turtles saw them, approached them from the front, then shut their eyes so they were completely carapaced and ate them filaments and all. The old man loved to see the turtles eat them and he loved to walk on them on the beach after a storm and hear them pop when he stepped on them with the horny soles of his feet.

He loved green turtles and hawks-bills with their elegance and speed and their great value and he had a friendly contempt for the huge, stupid loggerheads, yellow in their armour-plating, strange in their love-making, and happily eating the Portuguese men-of-war with their eyes shut.

He had no mysticism about turtles although he had gone in turtle boats for many years. He was sorry for them all, even the great trunk backs that were as long as the skiff and weighed a ton. Most people are heartless about turtles because a turtle's heart will beat for hours after he has been cut up and butchered. But the old man thought, I have such a heart too and my feet and hands are like theirs. He ate the white eggs to give himself strength. He ate them all through May to be strong in September and October for the truly big fish.

He also drank a cup of shark liver oil each day from the big drum in the shack where many of the fishermen kept their gear. It was there for all fishermen who wanted it. Most fishermen hated the taste. But it was no worse than getting up at the hours that they rose and it was very good against all colds and grippes and it was good for the eyes.

Now the old man looked up and saw that the bird was circling again.

"He's found fish," he said aloud. No flying fish broke the surface and there was no scattering of bait fish. But as the old man watched, a small tuna rose in the air, turned and dropped head first into the water. The tuna shone silver in the sun and after he had dropped back into the water another and another rose and they were jumping in all directions, churning the water and leaping in long jumps after the bait. They were circling it and driving it.

If they don't travel too fast I will get into them, the old man thought, and he watched the school working the water white and the bird now dropping and dipping into the bait fish that were forced to the surface in their panic.

"The bird is a great help," the old man said. Just then the stern line came taut under his foot, where he had kept a loop of the line, and he dropped his oars and felt the weight of the small tuna's shivering pull as he held the line firm and commenced to haul it in. The shivering increased as he pulled in and he could see the blue back of the fish in the water and the gold of his sides before he swung him over the side and into the boat. He lay in the stern in the sun, compact and bullet shaped, his big, unintelligent eyes staring as he thumped his life out against the planking of the boat with the quick shivering strokes of his neat, fast-moving tail. The old man hit him on the head for kindness and kicked him, his body still shuddering, under the shade of the stern.

"Albacore," he said aloud. "He'll make a beautiful bait. He'll weigh ten pounds."

He did not remember when he had first started to talk aloud when he was by himself. He had sung when he was by himself in the old days and he had sung at night sometimes when he was alone steering on his watch in the smacks or in the turtle boats. He had probably started to talk aloud, when alone, when the boy had left. But he did not remember. When he and the boy fished together they usually spoke only when it was necessary. They talked at night or when they were storm-bound by bad weather. It was considered a virtue not to talk unnecessarily at sea and the old man had always considered it so and respected it. But now he said his thoughts aloud many times since there was no one that they could annoy.

"If the others heard me talking out loud they would think that I am crazy," he said aloud. "But since I am not crazy, I do not care. And the rich have radios to talk to them in their boats and

The Old Man and the Sea

to bring them the baseball."

Now is no time to think of baseball, he thought. Now is the time to think of only one thing. That which I was born for. There might be a big one around that school, he thought. I picked up only a straggler from the albacore that were feeding. But they are working far out and fast. Everything that shows on the surface today travels very fast and to the north-east. Can that be the time of day? Or is it some sign of weather that I do not know?

He could not see the green of the shore now but only the tops of the blue hills that showed white as though they were snow-capped and the clouds that looked like high snow mountains above them. The sea was very dark and the light made prisms in the water. The myriad flecks of the plankton were annulled now by the high sun and it was only the great deep prisms in the blue water that the old man saw now with his lines going straight down into the water that was a mile deep.

The tuna, the fishermen called all the fish of that species tuna and only distinguished among them by their proper names when they came to sell them or to trade them for baits, were down again. The sun was hot now and the old man felt it on the back of his neck and felt the sweat trickle down his back as he rowed.

I could just drift, he thought, and sleep and put a bight of line around my toe to wake me. But today is eighty-five days and I should fish the day well.

Just then, watching his lines, he saw one of the projecting green sticks dip sharply.

"Yes," he said. "Yes," and shipped his oars without bumping the boat. He reached out for the line and held it softly between the thumb and forefinger of his right hand. He felt no strain nor weight and he held the line lightly. Then it came again. This time it was a tentative pull, not solid nor heavy, and he knew exactly what it was. One hundred fathoms down a marlin was eating the sardines that covered the point and the shank of the hook where the hand-forged hook projected from the head of the small tuna.

The old man held the line delicately, and softly, with his left hand, unleashed it from the stick. Now he could let it run through his fingers without the fish feeling any tension.

This far out, he must be huge in this month, he thought. Eat them, fish. Eat them. Please eat them. How fresh they are and you down there six hundred feet in that cold water in the dark. Make another turn in the dark and come back and eat them.

He felt the light delicate pulling and then a harder pull when a sardine's head must have been more difficult to break from the hook. Then there was nothing.

"Come on," the old man said aloud. "Make another turn. Just smell them. Aren't they lovely? Eat them good now and then there is the tuna. Hard and cold and lovely. Don't be shy, fish. Eat them."

He waited with the line between his thumb and his finger, watching it and the other lines at the same time for the fish might have swum up or down. Then came the same delicate pulling touch again.

"He'll take it," the old man said aloud. "God help him to take it." He did not take it though. He was gone and the old man felt nothing.

"He can't have gone," he said. "Christ knows he can't have gone. He's making a turn. Maybe he has been hooked before and he remembers something of it."

Then he felt the gentle touch on the line and he was happy.

"It was only his turn," he said. "He'll take it."

He was happy feeling the gentle pulling and then he felt something hard and unbelievably heavy. It was the weight of the fish and he let the line slip down, down, down, unrolling off the first of the two reserve coils. As it went down, slipping lightly through the old man's fingers, he still could feel the great weight, though the pressure of his thumb and finger were almost imperceptible.

"What a fish," he said. "He has it sideways in his mouth now and he is moving off with it."

Then he will turn and swallow it, he thought. He did not say that because he knew that if you said a good thing it might not happen. He knew what a huge fish this was and he thought of him moving away in the darkness with the tuna held crosswise in his mouth. At that moment he felt him stop moving but the weight was still there. Then the weight increased and he gave more line. He tightened the pressure of his thumb and finger for a moment and the weight increased and was going straight down.

"He's taken it," he said. "Now I'll let him eat it well."

He let the line slip through his fingers while he reached down with his left hand and made fast the free end of the two reserve coils to the loop of the two reserve coils of the next line. Now he was ready. He had three forty-fathom coils of line in reserve now, as well as the coil he was using.

"Eat it a little more," he said. "Eat it well."

Eat it so that the point of the hook goes into your heart and kills you, he thought. Come up easy and let me put the harpoon into you. All right. Are you ready? Have you been long enough at table?

"Now!" he said aloud and struck hard with both hands, gained a yard of line and then struck again and again, swinging with each arm alternately on the cord with all the strength of his arms and the pivoted weight of his body.

Nothing happened. The fish just moved away slowly and the old man could not raise him an inch. His line was strong and made for heavy fish and he held it against his back until it was so taut that beads of water were jumping from it. Then it began to make a slow hissing sound in the water and he still held it, bracing himself against the thwart and leaning back against the pull.

The boat began to move slowly off toward the North-West.

The fish moved steadily and they travelled slowly on the calm water. The other baits were still in the water but there was nothing to be done.

"I wish I had the boy," the old man said aloud. "I'm being towed by a fish and I'm the towing bitt. I could make the line fast. But then he could break it. I must hold him all I can and give him line when he must have it. Thank God he is travelling and not going down."

What I will do if he decides to go down, I don't know. What I'll do if he sounds and dies I don't know. But I'll do something. There are plenty of things I can do.

He held the line against his back and watched its slant in the water and the skiff moving steadily to the North-West.

This will kill him, the old man thought. He can't do this forever. But four hours later the fish was still swimming steadily out to sea, towing the skiff, and the old man was still braced solidly with the line across his back.

"It was noon when I hooked him," he said. "And I have never seen him."

He had pushed his straw hat hard down on his head before he hooked the fish and it was cutting his forehead. He was thirsty too and he got down on his knees and, being careful not to jerk on the line, moved as far into the bow as he could get and reached the water bottle with one hand. He opened it and drank a little. Then he rested against the bow. He rested sitting on the un-stepped mast and sail and tried not to think but only to endure.

Then he looked behind him and saw that no land was visible. That makes no difference, he thought. I can always come in on the glow from Havana. There are two more hours before the sun sets and maybe he will come up before that. If he doesn't maybe he will come up with the moon. If he does not do that maybe he will come up with the sunrise. I have no cramps and I feel strong. It is he that has the hook in his mouth. But what a fish to pull like that. He must have his mouth shut tight on the wire. I wish I could see him. I wish I could see him only once to know what I have against me.

The fish never changed his course nor his direction all that night as far as the man could tell from watching the stars. It was cold

헤밍웨이

after the sun went down and the old man's sweat dried cold on his back and his arms and his old legs. During the day he had taken the sack that covered the bait box and spread it in the sun to dry. After the sun went down he tied it around his neck so that it hung down over his back and he cautiously worked it down under the line that was across his shoulders now. The sack cushioned the line and he had found a way of leaning forward against the bow so that he was almost comfortable. The position actually was only somewhat less intolerable; but he thought of it as almost comfortable.

I can do nothing with him and he can do nothing with me, he thought. Not as long as he keeps this up.

Once he stood up and urinated over the side of the skiff and looked at the stars and checked his course. The line showed like a phosphorescent streak in the water straight out from his shoulders. They were moving more slowly now and the glow of Havana was not so strong, so that he knew the current must be carrying them to the eastward. If I lose the glare of Havana we must be going more to the eastward, he thought. For if the fish's course held true I must see it for many more hours. I wonder how the baseball came out in the grand leagues today, he thought. It would be wonderful to do this with a radio. Then he thought, think of it always. Think of what you are doing. You must do nothing stupid.

Then he said aloud, "I wish I had the boy. To help me and to see this."

No one should be alone in their old age, he thought. But it is unavoidable. I must remember to eat the tuna before he spoils in order to keep strong. Remember, no matter how little you want to, that you must eat him in the morning. Remember, he said to himself.

During the night two porpoise came around the boat and he could hear them rolling and blowing. He could tell the difference between the blowing noise the male made and the sighing blow of the female.

"They are good," he said. "They play and make jokes and love one another. They are our brothers like the flying fish."

Then he began to pity the great fish that he had hooked. He is wonderful and strange and who knows how old he is, he thought. Never have I had such a strong fish nor one who acted

324
헤밍웨이

so strangely. Perhaps he is too wise to jump. He could ruin me by jumping or by a wild rush. But perhaps he has been hooked many times before and he knows that this is how he should make his fight. He cannot know that it is only one man against him, nor that it is an old man. But what a great fish he is and what he will bring in the market if the flesh is good. He took the bait like a male and he pulls like a male and his fight has no panic in it. I wonder if he has any plans or if he is just as desperate as I am?

He remembered the time he had hooked one of a pair of marlin. The male fish always let the female fish feed first and the hooked fish, the female, made a wild, panic-stricken, despairing fight that soon exhausted her, and all the time the male had stayed with her, crossing the line and circling with her on the surface. He had stayed so close that the old man was afraid he would cut the line with his tail which was sharp as a scythe and almost of that size and shape. When the old man had gaffed her and clubbed her, holding the rapier bill with its sandpaper edge and clubbing her across the top of her head until her colour turned to a colour almost like the backing of mirrors, and then, with the boy's aid, hoisted her aboard, the male fish had stayed by the side of the boat. Then, while the old man was clearing the lines and preparing the harpoon, the male fish jumped high into the air beside the boat to see where the female was and then went down deep, his lavender wings, that were his pectoral fins, spread wide and all his wide lavender stripes showing. He was beautiful, the old man remembered, and he had stayed.

That was the saddest thing I ever saw with them, the old man thought. The boy was sad too and we begged her pardon and butchered her promptly.

"I wish the boy was here," he said aloud and settled himself against the rounded planks of the bow and felt the strength of the great fish through the line he held across his shoulders moving steadily toward whatever he had chosen.

When once, through my treachery, it had been necessary to him to make a choice, the old man thought.

His choice had been to stay in the deep dark water far out beyond all snares and traps and treacheries. My choice was to go there to find him beyond all people. Beyond all people in the world. Now we are joined together and have been since noon. And no one to help either one of us.

Perhaps I should not have been a fisherman, he thought. But that was the thing that I was born for. I must surely remember to eat the tuna after it gets light.

Some time before daylight something took one of the baits that were behind him. He heard the stick break and the line begin to rush out over the gunwale of the skiff. In the darkness he loosened his sheath knife and taking all the strain of the fish on his left shoulder he leaned back and cut the line against the wood of the gunwale. Then he cut the other line closest to him and in the dark made the loose ends of the reserve coils fast. He worked skillfully with the one hand and put his foot on the coils to hold them as he drew his knots tight. Now he had six reserve coils of line. There were two from each bait he had severed and the two from the bait the fish had taken and they were all connected.

After it is light, he thought, I will work back to the forty-fathom bait and cut it away too and link up the reserve coils. I will have lost two hundred fathoms of good Catalan cordel and the hooks and leaders. That can be replaced. But who replaces this fish if I hook some fish and it cuts him off? I don't know what that fish was that took the bait just now. It could have been a marlin or a broadbill or a shark. I never felt him. I had to get rid of him too fast.

Aloud he said, "I wish I had the boy."

But you haven't got the boy, he thought. You have only yourself and you had better work back to the last line now, in the dark or not in the dark, and cut it away and hook up the two reserve coils.

So he did it. It was difficult in the dark and once the fish made a surge that pulled him down on his face and made a cut below his eye. The blood ran down his cheek a little way. But it coagulated and dried before it reached his chin and he worked his way back to the bow and rested against the wood. He adjusted the sack and carefully worked the line so that it came across a new part of his shoulders and, holding it anchored with his shoulders, he carefully felt the pull of the fish and then felt with his hand the progress of the skiff through the water.

I wonder what he made that lurch for, he thought. The wire must have slipped on the great hill of his back. Certainly his back cannot feel as badly as mine does. But he cannot pull this skiff forever, no matter how great he is. Now everything is cleared

헤밍웨이

away that might make trouble and I have a big reserve of line; all that a man can ask.

"Fish," he said softly, aloud, "I'll stay with you until I am dead."

He'll stay with me too, I suppose, the old man thought and he waited for it to be light. It was cold now in the time before daylight and he pushed against the wood to be warm. I can do it as long as he can, he thought. And in the first light the line extended out and down into the water. The boat moved steadily and when the first edge of the sun rose it was on the old man's right shoulder.

"He's headed north," the old man said. The current will have set us far to the eastward, he thought. I wish he would turn with the current. That would show that he was tiring.

When the sun had risen further the old man realized that the fish was not tiring. There was only one favorable sign. The slant of the line showed he was swimming at a lesser depth. That did not necessarily mean that he would jump. But he might.

"God let him jump," the old man said. "I have enough line to handle him."

Maybe if I can increase the tension just a little it will hurt him and he will jump, he thought. Now that it is daylight let him jump so that he'll fill the sacks along his backbone with air and then he cannot go deep to die.

He tried to increase the tension, but the line had been taut up to the very edge of the breaking point since he had hooked the fish and he felt the harshness as he leaned back to pull and knew he could put no more strain on it. I must not jerk it ever, he thought. Each jerk widens the cut the hook makes and then when he does jump he might throw it. Anyway I feel better with the sun and for once I do not have to look into it.

There was yellow weed on the line but the old man knew that only made an added drag and he was pleased. It was the yellow Gulf weed that had made so much phosphorescence in the night. "Fish," he said, "I love you and respect you very much. But I will kill you dead before this day ends."

Let us hope so, he thought.

A small bird came toward the skiff from the north. He was a warbler and flying very low over the water. The old man could see that he was very tired.

The bird made the stern of the boat and rested there. Then he flew around the old man's head and rested on the line where he was more comfortable.

"How old are you?" the old man asked the bird. "Is this your first trip?"

The bird looked at him when he spoke. He was too tired even to examine the line and he teetered on it as his delicate feet gripped it fast.

"It's steady," the old man told him. "It's too steady. You shouldn't be that tired after a windless night. What are birds coming to?"

The hawks, he thought, that come out to sea to meet them. But he said nothing of this to the bird who could not understand him anyway and who would learn about the hawks soon enough.

"Take a good rest, small bird," he said. "Then go in and take your chance like any man or bird or fish."

It encouraged him to talk because his back had stiffened in the night and it hurt truly now.

"Stay at my house if you like, bird," he said. "I am sorry I cannot hoist the sail and take you in with the small breeze that is rising. But I am with a friend."

Just then the fish gave a sudden lurch that pulled the old man down onto the bow and would have pulled him overboard if he had not braced himself and given some line.

The bird had flown up when the line jerked and the old man had not even seen him go. He felt the line carefully with his right hand and noticed his hand was bleeding.

"Something hurt him then," he said aloud and pulled back on the line to see if he could turn the fish. But when he was touching the breaking point he held steady and settled back against the strain of the line.

"You're feeling it now, fish," he said. "And so, God knows, am I." He looked around for the bird now because he would have liked him for company. The bird was gone.

You did not stay long, the man thought. But it is rougher where you are going until you make the shore. How did I let the fish cut me with that one quick pull he made? I must be getting very stupid. Or perhaps I was looking at the small bird and thinking of him. Now I will pay attention to my work and then I must eat the tuna so that I will not have a failure of strength.

"I wish the boy were here and that I had some salt," he said aloud.

Shifting the weight of the line to his left shoulder and kneeling carefully he washed his hand in the ocean and held it there, submerged, for more than a minute watching the blood trail away and the steady movement of the water against his hand as the boat moved.

"He has slowed much," he said.

The old man would have liked to keep his hand in the salt water longer but he was afraid of another sudden lurch by the fish and he stood up and braced himself and held his hand up against the sun. It was only a line burn that had cut his flesh. But it was in the working part of his hand. He knew he would need his hands before this was over and he did not like to be cut before it started.

"Now," he said, when his hand had dried, "I must eat the small tuna. I can reach him with the gaff and eat him here in comfort." He knelt down and found the tuna under the stern with the gaff and drew it toward him keeping it clear of the coiled lines. Holding the line with his left shoulder again, and bracing on his left hand and arm, he took the tuna off the gaff hook and put the gaff back in place. He put one knee on the fish and cut strips of dark red meat longitudinally from the back of the head to the tail. They were wedge-shaped strips and he cut them from next to the back bone down to the edge of the belly. When he had cut six strips he spread them out on the wood of the bow, wiped his knife on his trousers, and lifted the carcass of the bonito by the tail and dropped it overboard.

"I don't think I can eat an entire one," he said and drew his knife across one of the strips. He could feel the steady hard pull of the line and his left hand was cramped. It drew up tight on the heavy cord and he looked at it in disgust.

"What kind of a hand is that," he said. "Cramp then if you want. Make yourself into a claw. It will do you no good."

Come on, he thought and looked down into the dark water at the slant of the line. Eat it now and it will strengthen the hand. It is not the hand's fault and you have been many hours with the fish. But you can stay with him forever. Eat the bonito now.

He picked up a piece and put it in his mouth and chewed it slowly. It was not unpleasant.

Chew it well, he thought, and get all the juices. It would not be bad to eat with a little lime or with lemon or with salt.

"How do you feel, hand?" he asked the cramped hand that was almost as stiff as rigor mortis. "I'll eat some more for you."

He ate the other part of the piece that he had cut in two. He chewed it carefully and then spat out the skin.

"How does it go, hand? Or is it too early to know?"

He took another full piece and chewed it.

"It is a strong full-blooded fish," he thought. "I was lucky to get him instead of dolphin. Dolphin is too sweet. This is hardly sweet at all and all the strength is still in it."

There is no sense in being anything but practical though, he thought. I wish I had some salt. And I do not know whether the sun will rot or dry what is left, so I had better eat it all although I am not hungry. The fish is calm and steady. I will eat it all and then I will be ready.

"Be patient, hand," he said. "I do this for you."

I wish I could feed the fish, he thought. He is my brother. But I must kill him and keep strong to do it. Slowly and conscientiously he ate all of the wedge-shaped strips of fish.

He straightened up, wiping his hand on his trousers.

"Now," he said. "You can let the cord go, hand, and I will handle him with the right arm alone until you stop that nonsense." He put his left foot on the heavy line that the left hand had held and lay back against the pull against his back.

"God help me to have the cramp go," he said. "Because I do not know what the fish is going to do."

But he seems calm, he thought, and following his plan. But what is his plan, he thought. And what is mine? Mine I must improvise to his because of his great size. If he will jump I can kill him. But he stays down forever. Then I will stay down with him forever.

He rubbed the cramped hand against his trousers and tried to gentle the fingers. But it would not open. Maybe it will open with the sun, he thought. Maybe it will open when the strong raw tuna is digested. If I have to have it, I will open it, cost whatever it costs. But I do not want to open it now by force. Let it open by itself and come back of its own accord. After all I abused it much in the night when it was necessary to free and unite the various lines.

He looked across the sea and knew how alone he was now. But he could see the prisms in the deep dark water and the line stretching ahead and the strange undulation of the calm. The clouds were building up now for the trade wind and he looked ahead and saw a flight of wild ducks etching themselves against the sky over the water, then blurring, then etching again and he knew no man was ever alone on the sea.

He thought of how some men feared being out of sight of land in a small boat and knew they were right in the months of sudden bad weather. But now they were in hurricane months and, when there are no hurricanes, the weather of hurricane months is the best of all the year.

If there is a hurricane you always see the signs of it in the sky for days ahead, if you are at sea. They do not see it ashore because they do not know what to look for, he thought. The land must make a difference too, in the shape of the clouds. But we have no hurricane coming now.

He looked at the sky and saw the white cumulus built like friendly piles of ice cream and high above were the thin feathers of the cirrus against the high September sky.

"Light brisa," he said. "Better weather for me than for you, fish." His left hand was still cramped, but he was unknotting it slowly.

I hate a cramp, he thought. It is a treachery of one's own body. It is humiliating before others to have a diarrhoea from ptomaine poisoning or to vomit from it. But a cramp, he thought of it as a calambre, humiliates oneself especially when one is alone.

If the boy were here he could rub it for me and loosen it down from the forearm, he thought. But it will loosen up.

Then, with his right hand he felt the difference in the pull of the line before he saw the slant change in the water. Then, as he leaned against the line and slapped his left hand hard and fast against his thigh he saw the line slanting slowly upward.

"He's coming up," he said. "Come on hand. Please come on."

The line rose slowly and steadily and then the surface of the ocean bulged ahead of the boat and the fish came out. He came out unendingly and water poured from his sides. He was bright in the sun and his head and back were dark purple and in the sun the stripes on his sides showed wide and a light lavender. His sword was as long as a baseball bat and tapered like a rapier and he rose his full length from the water and then re-entered it, smoothly, like a diver and the old man saw the great scythe-blade of his tail go under and the line commenced to race out.

헤밍웨이

"He is two feet longer than the skiff," the old man said. The line was going out fast but steadily and the fish was not panicked. The old man was trying with both hands to keep the line just inside of breaking strength. He knew that if he could not slow the fish with a steady pressure the fish could take out all the line and break it.

He is a great fish and I must convince him, he thought. I must never let him learn his strength nor what he could do if he made his run. If I were him I would put in everything now and go until something broke. But, thank God, they are not as intelligent as we who kill them; although they are more noble and more able.

The old man had seen many great fish. He had seen many that weighed more than a thousand pounds and he had caught two of that size in his life, but never alone. Now alone, and out of sight of land, he was fast to the biggest fish that he had ever seen and bigger than he had ever heard of, and his left hand was still as tight as the gripped claws of an eagle.

It will uncramp though, he thought. Surely it will uncramp to help my right hand. There are three things that are brothers: the fish and my two hands. It must uncramp. It is unworthy of it to be cramped. The fish had slowed again and was going at his usual pace.

I wonder why he jumped, the old man thought. He jumped almost as though to show me how big he was. I know now, anyway, he thought. I wish I could show him what sort of man I am. But then he would see the cramped hand. Let him think I am more man than I am and I will be so. I wish I was the fish, he thought, with everything he has against only my will and my intelligence.

He settled comfortably against the wood and took his suffering as it came and the fish swam steadily and the boat moved slowly through the dark water. There was a small sea rising with the wind coming up from the east and at noon the old man's left hand was uncramped.

"Bad news for you, fish," he said and shifted the line over the sacks that covered his shoulders.

He was comfortable but suffering, although he did not admit the suffering at all.

"I am not religious," he said. "But I will say ten Our Fathers and ten Hail Marys that I should catch this fish, and I promise to make a pilgrimage to the Virgen de Cobre if I catch him. That is a promise."

He commenced to say his prayers mechanically. Sometimes he would be so tired that he could not remember the prayer and then he would say them fast so that they would come automatically. Hail Marys are easier to say than Our Fathers, he thought.

"Hail Mary full of Grace the Lord is with thee. Blessed art thou among women and blessed is the fruit of thy womb, Jesus. Holy Mary, Mother of God, pray for us sinners now and at the hour of our death. Amen." Then he added, "Blessed Virgin, pray for the death of this fish. Wonderful though he is."

With his prayers said, and feeling much better, but suffering exactly as much, and perhaps a little more, he leaned against the wood of the bow and began, mechanically, to work the fingers of his left hand.

The sun was hot now although the breeze was rising gently.

"I had better re-bait that little line out over the stern," he said. "If the fish decides to stay another night I will need to eat again and the water is low in the bottle. I don't think I can get anything but a dolphin here. But if I eat him fresh enough he won't be bad. I wish a flying fish would come on board tonight. But I have no light to attract them. A flying fish is excellent to eat raw and I would not have to cut him up. I must save all my strength now. Christ, I did not know he was so big."

"I'll kill him though," he said. "In all his greatness and his glory."

Although it is unjust, he thought. But I will show him what a man can do and what a man endures.

"I told the boy I was a strange old man," he said. "Now is when I must prove it."

The thousand times that he had proved it meant nothing. Now he was proving it again. Each time was a new time and he never thought about the past when he was doing it.

I wish he'd sleep and I could sleep and dream about the lions, he thought. Why are the lions the main thing that is left? Don't think, old man, he said to himself. Rest gently now against the wood and think of nothing. He is working. Work as little as you can.

It was getting into the afternoon and the boat still moved slowly and steadily. But there was an added drag now from the easterly breeze and the old man rode gently with the small sea and the hurt of the cord across his back came to him easily and smoothly.

Once in the afternoon the line started to rise again. But the fish only continued to swim at a slightly higher level. The sun was on the old man's left arm and shoulder and on his back. So he knew the fish had turned east of north.

Now that he had seen him once, he could picture the fish swimming in the water with his purple pectoral fins set wide as wings and the great erect tail slicing through the dark. I wonder how much he sees at that depth, the old man thought. His eye is huge and a horse, with much less eye, can see in the dark. Once I could see quite well in the dark. Not in the absolute dark. But almost as a cat sees.

The sun and his steady movement of his fingers had uncramped his left hand now completely and he began to shift more of the strain to it and he shrugged the muscles of his back to shift the hurt of the cord a little.

"If you're not tired, fish," he said aloud, "you must be very strange."

He felt very tired now and he knew the night would come soon and he tried to think of other things. He thought of the Big Leagues, to him they were the Gran Ligas, and he knew that the Yankees of New York were playing the Tigres of Detroit.

This is the second day now that I do not know the result of the juegos, he thought. But I must have confidence and I must be worthy of the great DiMaggio who does all things perfectly even with the pain of the bone spur in his heel. What is a bone spur? he asked himself. Un espuela de hueso. We do not have them. Can it be as painful as the spur of a fighting cock in one's heel? I do not think I could endure that or the loss of the eye and of both eyes and continue to fight as the fighting cocks do. Man is not much beside the great birds and beasts. Still I would rather be that beast down there in the darkness of the sea.

"Unless sharks come," he said aloud. "If sharks come, God pity him and me."

Do you believe the great DiMaggio would stay with a fish as long as I will stay with this one? he thought. I am sure he would and more since he is young and strong. Also his father was a fisherman. But would the bone spur hurt him too much?

"I do not know," he said aloud. "I never had a bone spur."

As the sun set he remembered, to give himself more confidence, the time in the tavern at Casablanca when he had played the hand game with the great negro from Cienfuegos who was the strongest man on the docks. They had gone one day and one night with their elbows on a chalk line on the table and their forearms straight up and their hands gripped tight. Each one was trying to force the other's hand down onto the table. There was much betting and people went in and out of the room under the kerosene lights and he had looked at the arm and hand of the negro and at the negro's face. They changed the referees every four hours after the first eight so that the referees could sleep. Blood came out from under the fingernails of both his and the negro's hands and they looked each other in the eye and at their hands and forearms and the bettors went in and out of the room and sat on high chairs against the wall and watched. The walls were painted bright blue and were of wood and the lamps threw their shadows against them. The negro's shadow was huge and it moved on the wall as the breeze moved the lamps.

The odds would change back and forth all night and they fed the negro rum and lighted cigarettes for him. Then the negro, after the rum, would try for a tremendous effort and once he had the old man, who was not an old man then but was Santiago El Campeon, nearly three inches off balance. But the old man had raised his hand up to dead even again. He was sure then that he had the negro, who was a fine man and a great athlete, beaten. And at daylight when the bettors were asking that it be called a draw and the referee was shaking his head, he had unleashed his effort and forced the hand of the negro down and down until it rested on the wood. The match had started on a Sunday morning and ended on a Monday morning. Many of the bettors had asked for a draw because they had to go to work on the docks loading sacks of sugar or at the Havana Coal Company. Otherwise everyone would have wanted it to go to a finish. But he had finished it anyway and before anyone had to go to work.

For a long time after that everyone had called him The Champion and there had been a return match in the spring. But not much money was bet and he had won it quite easily since he had broken the confidence of the negro from Cienfuegos in the first match. After that he had a few matches and then no more. He decided that he could beat anyone if he wanted to badly enough and he decided that it was bad for his right hand for fishing. He had tried a few practice matches with his left hand. But his left hand had always been a traitor and would not do what he called on it to do and he did not trust it.

The sun will bake it out well now, he thought. It should not cramp on me again unless it gets too cold in the night. I wonder what this night will bring.

An airplane passed over head on its course to Miami and he watched its shadow scaring up the schools of flying fish.

"With so much flying fish there should be dolphin," he said, and leaned back on the line to see if it was possible to gain any on his fish. But he could not and it stayed at the hardness and water-drop shivering that preceded breaking. The boat moved ahead slowly and he watched the airplane until he could no longer see it.

It must be very strange in an airplane, he thought. I wonder what the sea looks like from that height? They should be able to see the fish well if they do not fly too high. I would like to fly very slowly at two hundred fathoms high and see the fish from above. In the turtle boats I was in the cross-trees of the mast-head and even at that height I saw much. The dolphin look greener from there and you can see their stripes and their purple spots and you can see all of the school as they swim. Why is it that all the fast-moving fish of the dark current have purple backs and usually purple stripes or spots? The dolphin looks green of course because he is really golden. But when he comes to feed, truly hungry, purple stripes show on his sides as on a marlin. Can it be anger, or the greater speed he makes that brings them out?

Just before it was dark, as they passed a great island of Sargasso weed that heaved and swung in the light sea as though the ocean were making love with something under a yellow blanket, his small line was taken by a dolphin. He saw it first when it jumped in the air, true gold in the last of the sun and bending and flapping wildly in the air. It jumped again and again in the acrobatics of its fear and he worked his way back to the stern and crouching and holding the big line with his right hand and arm, he pulled the dolphin in with his left hand, stepping on the gained line each time with his bare left foot. When the fish was at the stern, plunging and cutting from side to side in desperation, the old man leaned over the stern and lifted the burnished gold fish with its purple spots over the stern. Its jaws were working convulsively in quick bites against the hook and it pounded the bottom of the skiff with its long flat body, its tail and its head until he clubbed it across the shining golden head until it shivered and was still.

The old man unhooked the fish, rebaited the line with another sardine and tossed it over. Then he worked his way slowly back to the bow. He washed his left hand and wiped it on his trousers. Then he shifted the heavy line from his right hand to his left and washed his right hand in the sea while he watched the sun go into the ocean and the slant of the big cord.

"He hasn't changed at all," he said. But watching the movement of the water against his hand he noted that it was perceptibly slower.

"I'll lash the two oars together across the stern and that will slow him in the night," he said. "He's good for the night and so am I."

It would be better to gut the dolphin a little later to save the blood in the meat, he thought. I can do that a little later and lash the oars to make a drag at the same time. I had better keep the fish quiet now and not disturb him too much at sunset. The setting of the sun is a difficult time for all fish.

He let his hand dry in the air then grasped the line with it and eased himself as much as he could and allowed himself to be pulled forward against the wood so that the boat took the strain as much, or more, than he did.

I'm learning how to do it, he thought. This part of it anyway. Then too, remember he hasn't eaten since he took the bait and he is huge and needs much food. I have eaten the whole bonito. Tomorrow I will eat the dolphin. He called it dorado. Perhaps I should eat some of it when I clean it. It will be harder to eat than the bonito. But, then, nothing is easy.

"How do you feel, fish?" he asked aloud. "I feel good and my left hand is better and I have food for a night and a day. Pull the boat, fish."

He did not truly feel good because the pain from the cord across his back had almost passed pain and gone into a dullness that he mistrusted. But I have had worse things than that, he thought. My hand is only cut a little and the cramp is gone from the other. My legs are all right. Also now I have gained on him in the question of sustenance.

It was dark now as it becomes dark quickly after the sun sets in September. He lay against the worn wood of the bow and rested all that he could. The first stars were out. He did not know the name of Rigel but he saw it and knew soon they would all be out and he would have all his distant friends.

"The fish is my friend too," he said aloud. "I have never seen or heard of such a fish. But I must kill him. I am glad we do not have to try to kill the stars."

Imagine if each day a man must try to kill the moon, he thought. The moon runs away. But imagine if a man each day should have to try to kill the sun? We were born lucky, he thought.

Then he was sorry for the great fish that had nothing to eat and his determination to kill him never relaxed in his sorrow for him. How many people will he feed, he thought. But are they worthy to eat him? No, of course not. There is no one worthy of eating him from the manner of his behaviour and his great dignity.

I do not understand these things, he thought. But it is good that we do not have to try to kill the sun or the moon or the stars. It is enough to live on the sea and kill our true brothers.

Now, he thought, I must think about the drag. It has its perils and its merits. I may lose so much line that I will lose him, if he makes his effort and the drag made by the oars is in place and the boat loses all her lightness. Her lightness prolongs both our suffering but it is my safety since he has great speed that he has never yet employed. No matter what passes I must gut the dolphin so he does not spoil and eat some of him to be strong.

Now I will rest an hour more and feel that he is solid and steady before I move back to the stern to do the work and make the decision. In the meantime I can see how he acts and if he shows any changes. The oars are a good trick; but it has reached the time to play for safety. He is much fish still and I saw that the hook was in the corner of his mouth and he has kept his mouth tight shut. The punishment of the hook is nothing. The punishment of hunger, and that he is against something that he does not comprehend, is everything. Rest now, old man, and let him work until your next duty comes.

He rested for what he believed to be two hours. The moon did not rise now until late and he had no way of judging the time. Nor was he really resting except comparatively. He was still bearing the pull of the fish across his shoulders but he placed his left hand on the gunwale of the bow and confided more and more of the resistance to the fish to the skiff itself.

How simple it would be if I could make the line fast, he thought. But with one small lurch he could break it. I must cushion the pull of the line with my body and at all times be ready to give line with both hands.

"But you have not slept yet, old man," he said aloud. "It is half a day and a night and now another day and you have not slept. You must devise a way so that you sleep a little if he is quiet and steady. If you do not sleep you might become unclear in the head."

I'm clear enough in the head, he thought. Too clear. I am as clear as the stars that are my brothers. Still I must sleep. They sleep and the moon and the sun sleep and even the ocean sleeps sometimes on certain days when there is no current and a flat calm.

But remember to sleep, he thought. Make yourself do it and devise some simple and sure way about the lines. Now go back and prepare the dolphin. It is too dangerous to rig the oars as a drag if you must sleep.

I could go without sleeping, he told himself. But it would be too dangerous.

He started to work his way back to the stern on his hands and knees, being careful not to jerk against the fish. He may be half asleep himself, he thought. But I do not want him to rest. He must pull until he dies.

Back in the stern he turned so that his left hand held the strain of the line across his shoulders and drew his knife from its sheath with his right hand. The stars were bright now and he saw the dolphin clearly and he pushed the blade of his knife into his head and drew him out from under the stern. He put one of his feet on the fish and slit him quickly from the vent up to the tip of his lower jaw. Then he put his knife down and gutted him with his right hand, scooping him clean and pulling the gills clear. He felt the maw heavy and slippery in his hands and he slit it open. There were two flying fish inside. They were fresh and hard and he laid them side by side and dropped the guts and the gills over the stern. They sank leaving a trail of phosphorescence in the water. The dolphin was cold and a leprous gray-white now in the starlight and the old man skinned one side of him while he held his right foot on the fish's head. Then he turned him over and skinned the other side and cut each side off from the head down to the tail.

He slid the carcass overboard and looked to see if there was any swirl in the water. But there was only the light of its slow descent. He turned then and placed the two flying fish inside the two fillets of fish and putting his knife back in its sheath, he worked his way slowly back to the bow. His back was bent with the weight of the line across it and he carried the fish in his right hand.

Back in the bow he laid the two fillets of fish out on the wood with the flying fish beside them. After that he settled the line across his shoulders in a new place and held it again with his left hand resting on the gunwale. Then he leaned over the side and washed the flying fish in the water, noting the speed of the water against his hand. His hand was phosphorescent from skinning the fish and he watched the flow of the water against it. The flow was less strong and as he rubbed the side of his hand against the planking of the skiff, particles of phosphorus floated off and drifted slowly astern.

"He is tiring or he is resting," the old man said. "Now let me get through the eating of this dolphin and get some rest and a little sleep."

Under the stars and with the night colder all the time he ate half of one of the dolphin fillets and one of the flying fish, gutted and with its head cut off.

"What an excellent fish dolphin is to eat cooked," he said. "And what a miserable fish raw. I will never go in a boat again without salt or limes."

If I had brains I would have splashed water on the bow all day and drying, it would have made salt, he thought. But then I did not hook the dolphin until almost sunset. Still it was a lack of preparation. But I have chewed it all well and I am not nauseated.

The sky was clouding over to the east and one after another the stars he knew were gone. It looked now as though he were moving into a great canyon of clouds and the wind had dropped.

"There will be bad weather in three or four days," he said. "But not tonight and not tomorrow. Rig now to get some sleep, old man, while the fish is calm and steady."

He held the line tight in his right hand and then pushed his thigh against his right hand as he leaned all his weight against the wood of the bow. Then he passed the line a little lower on his shoulders and braced his left hand on it.

My right hand can hold it as long as it is braced, he thought. If it relaxes in sleep my left hand will wake me as the line goes out. It is hard on the right hand. But he is used to punishment. Even if I sleep twenty minutes or a half an hour it is good. He lay forward cramping himself against the line with all of his body, putting all his weight onto his right hand, and he was asleep.

He did not dream of the lions but instead of a vast school of porpoises that stretched for eight or ten miles and it was in the time of their mating and they would leap high into the air and return into the same hole they had made in the water when they leaped.

헤밍웨이

Then he dreamed that he was in the village on his bed and there was a norther and he was very cold and his right arm was asleep because his head had rested on it instead of a pillow.

After that he began to dream of the long yellow beach and he saw the first of the lions come down onto it in the early dark and then the other lions came and he rested his chin on the wood of the bows where the ship lay anchored with the evening off-shore breeze and he waited to see if there would be more lions and he was happy.

The moon had been up for a long time but he slept on and the fish pulled on steadily and the boat moved into the tunnel of clouds.

He woke with the jerk of his right fist coming up against his face and the line burning out through his right hand. He had no feeling of his left hand but he braked all he could with his right and the line rushed out. Finally his left hand found the line and he leaned back against the line and now it burned his back and his left hand, and his left hand was taking all the strain and cutting badly. He looked back at the coils of line and they were feeding smoothly. Just then the fish jumped making a great bursting of the ocean and then a heavy fall. Then he jumped again and again and the boat was going fast although line was still racing out and the old man was raising the strain to breaking point and raising it to breaking point again and again. He had been pulled down tight onto the bow and his face was in the cut slice of dolphin and he could not move.

This is what we waited for, he thought. So now let us take it.

Make him pay for the line, he thought. Make him pay for it.

He could not see the fish's jumps but only heard the breaking of the ocean and the heavy splash as he fell. The speed of the line was cutting his hands badly but he had always known this would happen and he tried to keep the cutting across the calloused parts and not let the line slip into the palm nor cut the fingers.

If the boy was here he would wet the coils of line, he thought. Yes. If the boy were here. If the boy were here.

The line went out and out and out but it was slowing now and he was making the fish earn each inch of it. Now he got his head up from the wood and out of the slice of fish that his cheek had crushed. Then he was on his knees and then he rose slowly to his feet. He was ceding line but more slowly all the time. He worked back to where he could feel with his foot the coils of line that he could not see. There was plenty of line still and now the fish had to pull the friction of all that new line through the water.

Yes, he thought. And now he has jumped more than a dozen times and filled the sacks along his back with air and he cannot go down deep to die where I cannot bring him up. He will start circling soon and then I must work on him. I wonder what started him so suddenly? Could it have been hunger that made him desperate, or was he frightened by something in the night? Maybe he suddenly felt fear. But he was such a calm, strong fish and he seemed so fearless and so confident. It is strange.

"You better be fearless and confident yourself, old man," he said. "You're holding him again but you cannot get line. But soon he has to circle."

The old man held him with his left hand and his shoulders now and stooped down and scooped up water in his right hand to get the crushed dolphin flesh off of his face. He was afraid that it might nauseate him and he would vomit and lose his strength. When his face was cleaned he washed his right hand in the water over the side and then let it stay in the salt water while he watched the first light come before the sunrise. He's headed almost east, he thought. That means he is tired and going with the current. Soon he will have to circle. Then our true work begins.

After he judged that his right hand had been in the water long enough he took it out and looked at it. "It is not bad," he said. "And pain does not matter to a man."

He took hold of the line carefully so that it did not fit into any of the fresh line cuts and shifted his weight so that he could put his left hand into the sea on the other side of the skiff.

"You did not do so badly for something worthless," he said to his left hand. "But there was a moment when I could not find you."

Why was I not born with two good hands? he thought. Perhaps it was my fault in not training that one properly. But God knows he has had enough chances to learn. He did not do so badly in the night, though, and he has only cramped once. If he cramps again let the line cut him off.

When he thought that he knew that he was not being clear-headed and he thought he should chew some more of the dolphin. But I can't, he told himself. It is better to be light-headed than to lose your strength from nausea. And I know I cannot keep it if I eat it since my face was in it. I will keep it for an emergency until it goes bad. But it is too late to try for strength now through nourishment. You're stupid, he told himself. Eat the other flying fish.

It was there, cleaned and ready, and he picked it up with his left hand and ate it chewing the bones carefully and eating all of it down to the tail.

It has more nourishment than almost any fish, he thought. At least the kind of strength that I need. Now I have done what I can, he thought. Let him begin to circle and let the fight come.

The sun was rising for the third time since he had put to sea when the fish started to circle.

He could not see by the slant of the line that the fish was circling. It was too early for that. He just felt a faint slackening of the pressure of the line and he commenced to pull on it gently with his right hand. It tightened, as always, but just when he reached the point where it would break, line began to come in. He slipped his shoulders and head from under the line and began to pull in line steadily and gently. He used both of his hands in a swinging motion and tried to do the pulling as much as he could with his body and his legs. His old legs and shoulders pivoted with the swinging of the pulling.

"It is a very big circle," he said. "But he is circling."

Then the line would not come in any more and he held it until he saw the drops jumping from it in the sun. Then it started out and the old man knelt down and let it go grudgingly back into the dark water.

"He is making the far part of his circle now," he said. I must hold all I can, he thought. The strain will shorten his circle each time. Perhaps in an hour I will see him. Now I must convince him and then I must kill him.

But the fish kept on circling slowly and the old man was wet with sweat and tired deep into his bones two hours later. But the circles were much shorter now and from the way the line slanted he could tell the fish had risen steadily while he swam.

For an hour the old man had been seeing black spots before his eyes and the sweat salted his eyes and salted the cut over his eye and on his forehead. He was not afraid of the black spots. They were normal at the tension that he was pulling on the line. Twice, though, he had felt faint and dizzy and that had worried him.

"I could not fail myself and die on a fish like this," he said. "Now that I have him coming so beautifully, God help me endure. I'll say a hundred Our Fathers and a hundred Hail Marys. But I cannot say them now."

Consider them said, he thought. I'll say them later.

Just then he felt a sudden banging and jerking on the line he held with his two hands. It was sharp and hard-feeling and heavy.

He is hitting the wire leader with his spear, he thought. That was bound to come. He had to do that. It may make him jump though and I would rather he stayed circling now. The jumps were necessary for him to take air. But after that each one can widen the opening of the hook wound and he can throw the hook.

"Don't jump, fish," he said. "Don't jump."

The fish hit the wire several times more and each time he shook his head the old man gave up a little line.

I must hold his pain where it is, he thought. Mine does not matter. I can control mine. But his pain could drive him mad.

After a while the fish stopped beating at the wire and started circling slowly again. The old man was gaining line steadily now. But he felt faint again. He lifted some sea water with his left hand and put it on his head. Then he put more on and rubbed the back of his neck.

"I have no cramps," said. "He'll be up soon and I can last. You have to last. Don't even speak of it."

He kneeled against the bow and, for a moment, slipped the line over his back again. I'll rest now while he goes out on the circle and then stand up and work on him when he comes in, he decided.

It was a great temptation to rest in the bow and let the fish make one circle by himself without recovering any line. But when the strain showed the fish had turned to come toward the boat, the old man rose to his feet and started the pivoting and the weaving pulling that brought in all the line he gained.

I'm tireder than I have ever been, he thought, and now the trade wind is rising. But that will be good to take him in with. I need that badly.

"I'll rest on the next turn as he goes out," he said. "I feel much better. Then in two or three turns more I will have him."

His straw hat was far on the back of his head and he sank down into the bow with the pull of the line as he felt the fish turn.

You work now, fish, he thought. I'll take you at the turn.

The sea had risen considerably. But it was a fair-weather breeze and he had to have it to get home.

"I'll just steer south and west," he said. "A man is never lost at sea and it is a long island."

It was on the third turn that he saw the fish first.

He saw him first as a dark shadow that took so long to pass under the boat that he could not believe its length.

"No," he said. "He can't be that big."

But he was that big and at the end of this circle he came to the surface only thirty yards away and the man saw his tail out of water. It was higher than a big scythe blade and a very pale lavender above the dark blue water. It raked back and as the fish swam just below the surface the old man could see his huge bulk and the purple stripes that banded him. His dorsal fin was down and his huge pectorals were spread wide.

On this circle the old man could see the fish's eye and the two gray sucking fish that swam around him. Sometimes they attached themselves to him. Sometimes they darted off. Sometimes they would swim easily in his shadow. They were each over three feet long and when they swam fast they lashed their whole bodies like eels.

The old man was sweating now but from something else besides the sun. On each calm placid turn the fish made he was gaining line and he was sure that in two turns more he would have a chance to get the harpoon in.

But I must get him close, close, close, he thought. I mustn't try for the head. I must get the heart.

"Be calm and strong, old man," he said.

On the next circle the fish's back was out but he was a little too far from the boat. On the next circle he was still too far away but he was higher out of water and the old man was sure that by gaining some more line he could have him alongside.

He had rigged his harpoon long before and its coil of light rope was in a round basket and the end was made fast to the bitt in the bow.

The fish was coming in on his circle now calm and beautiful looking and only his great tail moving. The old man pulled on him all that he could to bring him closer. For just a moment the fish turned a little on his side. Then he straightened himself and began another circle.

"I moved him," the old man said. "I moved him then."

He felt faint again now but he held on the great fish all the strain that he could. I moved him, he thought. Maybe this time I can get him over. Pull, hands, he thought. Hold up, legs. Last for me, head. Last for me. You never went. This time I'll pull him over.

But when he put all of his effort on, starting it well out before the fish came alongside and pulling with all his strength, the fish pulled part way over and then righted himself and swam away.

"Fish," the old man said. "Fish, you are going to have to die anyway. Do you have to kill me too?"

That way nothing is accomplished, he thought. His mouth was too dry to speak but he could not reach for the water now. I must get him alongside this time, he thought. I am not good for many more turns. Yes you are, he told himself. You're good for ever.

On the next turn, he nearly had him. But again the fish righted himself and swam slowly away.

You are killing me, fish, the old man thought. But you have a right to. Never have I seen a greater, or more beautiful, or a calmer or more noble thing than you, brother. Come on and kill me. I do not care who kills who.

Now you are getting confused in the head, he thought. You must keep your head clear. Keep your head clear and know how to suffer like a man. Or a fish, he thought.

"Clear up, head," he said in a voice he could hardly hear. "Clear up."

Twice more it was the same on the turns.

I do not know, the old man thought. He had been on the point of feeling himself go each time. I do not know. But I will try it once more.

He tried it once more and he felt himself going when he turned the fish. The fish righted himself and swam off again slowly with the great tail weaving in the air.

I'll try it again, the old man promised, although his hands were mushy now and he could only see well in flashes.

He tried it again and it was the same. So, he thought, and he felt himself going before he started; I will try it once again.

He took all his pain and what was left of his strength and his long gone pride and he put it against the fish's agony and the fish came over onto his side and swam gently on his side, his bill almost touching the planking of the skiff and started to pass the boat, long, deep, wide, silver and barred with purple and interminable in the water.

The old man dropped the line and put his foot on it and lifted the harpoon as high as he could and drove it down with all his strength, and more strength he had just summoned, into the fish's side just behind the great chest fin that rose high in the air to the altitude of the man's chest. He felt the iron go in and he leaned on it and drove it further and then pushed all his weight after it.

Then the fish came alive, with his death in him, and rose high out of the water showing all his great length and width and all his power and his beauty. He seemed to hang in the air above the old man in the skiff. Then he fell into the water with a crash that sent spray over the old man and over all of the skiff.

The old man felt faint and sick and he could not see well. But he cleared the harpoon line and let it run slowly through his raw hands and, when he could see, he saw the fish was on his back with his silver belly up. The shaft of the harpoon was projecting at an angle from the fish's shoulder and the sea was discolouring with the red of the blood from his heart. First it was dark as a shoal in the blue water that was more than a mile deep. Then it spread like a cloud. The fish was silvery and still and floated with the waves.

The old man looked carefully in the glimpse of vision that he had. Then he took two turns of the harpoon line around the bitt in the bow and laid his head on his hands.

"Keep my head clear," he said against the wood of the bow. "I am a tired old man. But I have killed this fish which is my brother and now I must do the slave work."

Now I must prepare the nooses and the rope to lash him alongside, he thought. Even if we were two and swamped her to load him and bailed her out, this skiff would never hold him. I must prepare everything, then bring him in and lash him well and step the mast and set sail for home.

He started to pull the fish in to have him alongside so that he could pass a line through his gills and out his mouth and make his head fast alongside the bow. I want to see him, he thought, and to touch and to feel him. He is my fortune, he thought. But that is not why I wish to feel him. I think I felt his heart, he thought. When I pushed on the harpoon shaft the second time. Bring him in now and make him fast and get the noose around his tail and another around his middle to bind him to the skiff.

"Get to work, old man," he said. He took a very small drink of the water. "There is very much slave work to be done now that the fight is over."

He looked up at the sky and then out to his fish. He looked at the sun carefully. It is not much more than noon, he thought. And the trade wind is rising. The lines all mean nothing now. The boy and I will

370
헤밍웨이

splice them when we are home.

"Come on, fish," he said. But the fish did not come. Instead he lay there wallowing now in the seas and the old man pulled the skiff up onto him.

When he was even with him and had the fish's head against the bow he could not believe his size. But he untied the harpoon rope from the bitt, passed it through the fish's gills and out his jaws, made a turn around his sword then passed the rope through the other gill, made another turn around the bill and knotted the double rope and made it fast to the bitt in the bow. He cut the rope then and went astern to noose the tail. The fish had turned silver from his original purple and silver, and the stripes showed the same pale violet colour as his tail. They were wider than a man's hand with his fingers spread and the fish's eye looked as detached as the mirrors in a periscope or as a saint in a procession.

"It was the only way to kill him," the old man said. He was feeling better since the water and he knew he would not go away and his head was clear. He's over fifteen hundred pounds the way he is, he thought. Maybe much more. If he dresses out two-thirds of that at thirty cents a pound?

"I need a pencil for that," he said. "My head is not that clear. But I think the great DiMaggio would be proud of me today. I had no bone spurs. But the hands and the back hurt truly." I wonder what a bone spur is, he thought. Maybe we have them without knowing of it.

He made the fish fast to bow and stern and to the middle thwart. He was so big it was like lashing a much bigger skiff alongside. He cut a piece of line and tied the fish's lower jaw against his bill so his mouth would not open and they would sail as cleanly as possible. Then he stepped the mast and, with the stick that was his gaff and with his boom rigged, the patched sail drew, the boat began to move, and half lying in the stern he sailed south-west.

He did not need a compass to tell him where south-west was. He only needed the feel of the trade wind and the drawing of the sail. I better put a small line out with a spoon on it and try and get something to eat and drink for the moisture. But he could not find a spoon and his sardines were rotten. So he hooked a patch of yellow gulf weed with the gaff as they passed and shook it so that the small shrimps that were in it fell onto the planking of the skiff. There were more than a dozen of them and they jumped and kicked like sand fleas. The old man pinched their heads off with his thumb and forefinger and ate them chewing up the shells and the tails. They were very tiny but he knew they were nourishing and they tasted good.

The old man still had two drinks of water in the bottle and he used half of one after he had eaten the shrimps. The skiff was sailing well considering the handicaps and he steered with the tiller under his arm. He could see the fish and he had only to look at his hands and feel his back against the stern to know that this had truly happened and was not a dream. At one time when he was feeling so badly toward the end, he had thought perhaps it was a dream. Then when he had seen the fish come out of the water and hang motionless in the sky before he fell, he was sure there was some great strangeness and he could not believe it. Then he could not see well, although now he saw as well as ever.

Now he knew there was the fish and his hands and back were no dream. The hands cure quickly, he thought. I bled them clean and the salt water will heal them. The dark water of the true gulf is the greatest healer that there is. All I must do is keep the head clear. The hands have done their work and we sail well. With his mouth shut and his tail straight up and down we sail like brothers. Then his head started to become a little unclear and he thought, is he bringing me in or am I bringing him in? If I were towing him behind there would be no question. Nor if the fish were in the skiff, with all dignity gone, there would be no question either. But they were sailing together lashed side by side and the old man thought, let him bring me in if it pleases him. I am only better than him through trickery and he meant me no harm.

They sailed well and the old man soaked his hands in the salt water and tried to keep his head clear. There were high cumulus clouds and enough cirrus above them so that the old man knew the breeze would last all night. The old man looked at the fish constantly to make sure it was true. It was an hour before the first shark hit him.

The shark was not an accident. He had come up from deep down in the water as the dark cloud of blood had settled and dispersed in the mile deep sea. He had come up so fast and absolutely without caution that he broke the surface of the blue water and was in the sun. Then he fell back into the sea and picked up the scent and started swimming on the course the skiff and the fish had taken. Sometimes he lost the scent. But he would pick it up again, or have just a trace of it, and he swam fast and hard on the course. He was a very big Mako shark built to swim as fast as the fastest fish in the sea and everything about him was beautiful except his jaws.

His back was as blue as a sword fish's and his belly was silver and his hide was smooth and handsome. He was built as a sword fish except for his huge jaws which were tight shut now as he swam fast, just under the surface with his high dorsal fin knifing through the water without wavering. Inside the closed double lip of his jaws all of his eight rows of teeth were slanted inwards. They were not the ordinary pyramid-shaped teeth of most sharks. They were shaped like a man's fingers when they are crisped like claws. They were nearly as long as the fingers of the old man and they had razor-sharp cutting edges on both sides. This was a fish built to feed on all the fishes in the sea, that were so fast and strong and well armed that they had no other enemy. Now he speeded up as he smelled the fresher scent and his blue dorsal fin cut the water.

When the old man saw him coming he knew that this was a shark that had no fear at all and would do exactly what he wished. He prepared the harpoon and made the rope fast while he watched the shark come on. The rope was short as it lacked what he had cut away to lash the fish.

The old man's head was clear and good now and he was full of resolution but he had little hope. It was too good to last, he thought. He took one look at the great fish as he watched the shark close in. It might as well have been a dream, he thought. I cannot keep him from hitting me but maybe I can get him. Dentuso, he thought. Bad luck to your mother.

The shark closed fast astern and when he hit the fish the old man saw his mouth open and his strange eyes and the clicking chop of the teeth as he drove forward in the meat just above the tail. The shark's head was out of water and his back was coming out and the old man could hear the noise of skin and flesh ripping on the big fish when he rammed the harpoon down onto the shark's head at a spot where the line between his eyes intersected with the line that ran straight back from his nose. There were no such lines. There was only the heavy sharp blue head and the big eyes and the clicking, thrusting all-swallowing jaws. But that was the location of the brain and the old man hit it. He hit it with his blood mushed hands driving a good harpoon with all his strength. He hit it without hope but with resolution and complete malignancy.

The shark swung over and the old man saw his eye was not alive and then he swung over once again, wrapping himself in two loops of the rope. The old man knew that he was dead but the shark would not accept it. Then, on his back, with his tail lashing and his jaws clicking, the shark plowed over the water as a speed-boat does. The water was white where his tail beat it and three-quarters of his body was clear above the water when the rope came taut, shivered, and then snapped. The shark lay quietly for a little while on the surface and the old man watched him. Then he went down very slowly.

"He took about forty pounds," the old man said aloud. He took my harpoon too and all the rope, he thought, and now my fish bleeds again and there will be others.

He did not like to look at the fish anymore since he had been mutilated. When the fish had been hit it was as though he himself were hit.

But I killed the shark that hit my fish, he thought. And he was the biggest dentuso that I have ever seen. And God knows that I have seen big ones.

It was too good to last, he thought. I wish it had been a dream now and that I had never hooked the fish and was alone in bed on the newspapers.

"But man is not made for defeat," he said. "A man can be destroyed but not defeated." I am sorry that I killed the fish though, he thought. Now the bad time is coming and I do not even have the harpoon. The dentuso is cruel and able and strong and intelligent. But I was more intelligent that he was. Perhaps not, he thought. Perhaps I was only better armed.

"Don't think, old man," he said aloud. "Sail on this course and take it when it comes."

But I must think, he thought. Because it is all I have left. That and baseball. I wonder how the great DiMaggio would have liked the way I hit him in the brain? It was no great thing, he thought. Any man could do it. But do you think my hands were as great a handicap as the bone spurs? I cannot know. I never had anything wrong with my heel except the time the sting ray stung it when I stepped on him when swimming and paralyzed the lower leg and made the unbearable pain.

"Think about something cheerful, old man," he said. "Every minute now you are closer to home. You sail lighter for the loss of forty pounds."

헤밍웨이

He knew quite well the pattern of what could happen when he reached the inner part of the current. But there was nothing to be done now.

"Yes there is," he said aloud. "I can lash my knife to the butt of one of the oars."

So he did that with the tiller under his arm and the sheet of the sail under his foot.

"Now," he said. "I am still an old man. But I am not unarmed."

The breeze was fresh now and he sailed on well. He watched only the forward part of the fish and some of his hope returned.

It is silly not to hope, he thought. Besides I believe it is a sin. Do not think about sin, he thought. There are enough problems now without sin. Also I have no understanding of it.

I have no understanding of it and I am not sure that I believe in it. Perhaps it was a sin to kill the fish. I suppose it was even though I did it to keep me alive and feed many people. But then everything is a sin. Do not think about sin. It is much too late for that and there are people who are paid to do it. Let them think about it. You were born to be a fisherman as the fish was born to be a fish. San Pedro was a fisherman as was the father of the great DiMaggio.

But he liked to think about all things that he was involved in and since there was nothing to read and he did not have a radio, he thought much and he kept on thinking about sin. You did not kill the fish only to keep alive and to sell for food, he thought. You killed him for pride and because you are a fisherman. You loved him when he was alive and you loved him after. It you love him, it is not a sin to kill him. Or is it more?

"You think too much, old man," he said aloud.

But you enjoyed killing the dentuso, he thought. He lives on the live fish as you do. He is not a scavenger nor just a moving appetite as some sharks are. He is beautiful and noble and knows no fear of anything.

"I killed him in self-defense," the old man said aloud. "And I killed him well."

Besides, he thought, everything kills everything else in some way. Fishing kills me exactly as it keeps me alive. The boy keeps me alive, he thought. I must not deceive myself too much.

He leaned over the side and pulled loose a piece of the meat of the fish where the shark had cut him. He chewed it and noted its quality and its good taste. It was firm and juicy, like meat, but it was not red. There was no stringiness in it and he knew that it would bring the highest price in the market. But there was no way to keep its scent out of the water and the old man knew that a very bad time was coming.

The breeze was steady. It had backed a little further into the northeast and he knew that meant that it would not fall off. The old man looked ahead of him but he could see no sails nor could he see the hull nor the smoke of any ship. There were only the flying fish that went up from his bow sailing away to either side and the yellow patches of gulf-weed. He could not even see a bird.

He had sailed for two hours, resting in the stern and sometimes chewing a bit of the meat from the marlin, trying to rest and to be strong, when he saw the first of the two sharks.

"Ay," he said aloud. There is no translation for this word and perhaps it is just a noise such as a man might make, involuntarily, feeling the nail go through his hands and into the wood.

"Galanos," he said aloud. He had seen the second fin now coming up behind the first and had identified them as shovel-nosed sharks by the brown, triangular fin and the sweeping movements of the tail. They had the scent and were excited and in the stupidity of their great hunger they were losing and finding the scent in their excitement. But they were closing all the time.

The old man made the sheet fast and jammed the tiller. Then he took up the oar with the knife lashed to it. He lifted it as lightly as he could because his hands rebelled at the pain. Then he opened and closed them on it lightly to loosen them. He closed them firmly so they would take the pain now and would not flinch and watched the sharks come. He could see their wide, flattened, shovel-pointed heads now and their white-tipped wide pectoral fins. They were hateful sharks, bad smelling, scavengers as well as killers, and when they were hungry they would bite at an oar or the rudder of a boat. It was these sharks that would cut the turtles' legs and flippers off when the turtles were asleep on the surface, and they would hit a man in the water, if they were hungry, even if the man had no smell of fish blood nor of fish slime on him.

"Ay," the old man said. "Galanos. Come on, Galanos."

They came. But they did not come as the Mako had come. One turned and went out of sight under the skiff and the old man could feel the skiff shake as he jerked and pulled on the fish. The other watched the old man with his slitted yellow eyes and then came in

382

헤밍웨이

fast with his half circle of jaws wide to hit the fish where he had already been bitten. The line showed clearly on the top of his brown head and back where the brain joined the spinal cord and the old man drove the knife on the oar into the juncture, withdrew it, and drove it in again into the shark's yellow cat-like eyes. The shark let go of the fish and slid down, swallowing what he had taken as he died.

The skiff was still shaking with the destruction the other shark was doing to the fish and the old man let go the sheet so that the skiff would swing broadside and bring the shark out from under. When he saw the shark he leaned over the side and punched at him. He hit only meat and the hide was set hard and he barely got the knife in. The blow hurt not only his hands but his shoulder too. But the shark came up fast with his head out and the old man hit him squarely in the center of his flat-topped head as his nose came out of water and lay against the fish. The old man withdrew the blade and punched the shark exactly in the same spot again. He still hung to the fish with his jaws hooked and the old man stabbed him in his left eye. The shark still hung there.

"No?" the old man said and he drove the blade between the

vertebrae and the brain. It was an easy shot now and he felt the cartilage sever. The old man reversed the oar and put the blade between the shark's jaws to open them. He twisted the blade and as the shark slid loose he said, "Go on, galano. Slide down a mile deep. Go see your friend, or maybe it's your mother."

The old man wiped the blade of his knife and laid down the oar. Then he found the sheet and the sail filled and he brought the skiff onto her course.

"They must have taken a quarter of him and of the best meat," he said aloud. "I wish it were a dream and that I had never hooked him. I'm sorry about it, fish. It makes everything wrong." He stopped and he did not want to look at the fish now. Drained of blood and awash he looked the colour of the silver backing of a mirror and his stripes still showed.

"I shouldn't have gone out so far, fish," he said. "Neither for you nor for me. I'm sorry, fish."

Now, he said to himself. Look to the lashing on the knife and see if it has been cut. Then get your hand in order because there still is more to come.

"I wish I had a stone for the knife," the old man said after he had

헤밍웨이

checked the lashing on the oar butt. "I should have brought a stone."

You should have brought many things, he thought. But you did not bring them, old man. Now is no time to think of what you do not have. Think of what you can do with what there is.

"You give me much good counsel," he said aloud. "I'm tired of it."

He held the tiller under his arm and soaked both his hands in the water as the skiff drove forward.

"God knows how much that last one took," he said. "But she's much lighter now." He did not want to think of the mutilated under-side of the fish. He knew that each of the jerking bumps of the shark had been meat torn away and that the fish now made a trail for all sharks as wide as a highway through the sea.

He was a fish to keep a man all winter, he thought. Don't think of that. Just rest and try to get your hands in shape to defend what is left of him. The blood smell from my hands means nothing now with all that scent in the water. Besides they do not bleed much. There is nothing cut that means anything. The bleeding may keep the left from cramping.

What can I think of now? he thought. Nothing. I must think of nothing and wait for the next ones. I wish it had really been a dream, he thought. But who knows? It might have turned out well.

The next shark that came was a single shovel-nose. He came like a pig to the trough if a pig had a mouth so wide that you could put your head in it. The old man let him hit the fish and then drove the knife on the oar down into his brain. But the shark jerked backwards as he rolled and the knife blade snapped.

The old man settled himself to steer. He did not even watch the big shark sinking slowly in the water, showing first life-size, then small, then tiny. That always fascinated the old man. But he did not even watch it now.

"I have the gaff now," he said. "But it will do no good. I have the two oars and the tiller and the short club."

Now they have beaten me, he thought. I am too old to club sharks to death. But I will try it as long as I have the oars and the short club and the tiller.

He put his hands in the water again to soak them. It was getting late in the afternoon and he saw nothing but the sea and the sky. There was more wind in the sky than there had been, and soon he hoped that he would see land.

"You're tired, old man," he said. "You're tired inside."

헤밍웨이

The sharks did not hit him again until just before sunset.

The old man saw the brown fins coming along the wide trail the fish must make in the water. They were not even quartering on the scent. They were headed straight for the skiff swimming side by side.

He jammed the tiller, made the sheet fast and reached under the stern for the club. It was an oar handle from a broken oar sawed off to about two and a half feet in length. He could only use it effectively with one hand because of the grip of the handle and he took good hold of it with his right hand, flexing his hand on it, as he watched the sharks come. They were both galanos.

I must let the first one get a good hold and hit him on the point of the nose or straight across the top of the head, he thought.

The two sharks closed together and as he saw the one nearest him open his jaws and sink them into the silver side of the fish, he raised the club high and brought it down heavy and slamming onto the top of the shark's broad head. He felt the rubbery solidity as the club came down. But he felt the rigidity of bone too and he struck the shark once more hard across the point of the nose as he slid down from the fish.

The other shark had been in and out and now came in again with his jaws wide. The old man could see pieces of the meat of the fish spilling white from the corner of his jaws as he bumped the fish and closed his jaws. He swung at him and hit only the head and the shark looked at him and wrenched the meat loose. The old man swung the club down on him again as he slipped away to swallow and hit only the heavy solid rubberiness.

"Come on, galano," the old man said. "Come in again."

The shark came in a rush and the old man hit him as he shut his jaws. He hit him solidly and from as high up as he could raise the club. This time he felt the bone at the base of the brain and he hit him again in the same place while the shark tore the meat loose sluggishly and slid down from the fish.

The old man watched for him to come again but neither shark showed. Then he saw one on the surface swimming in circles. He did not see the fin of the other.

I could not expect to kill them, he thought. I could have in my time. But I have hurt them both badly and neither one can feel very good. If I could have used a bat with two hands I could have killed the first one surely. Even now, he thought.

헤밍웨이

He did not want to look at the fish. He knew that half of him had been destroyed. The sun had gone down while he had been in the fight with the sharks.

"It will be dark soon," he said. "Then I should see the glow of Havana. If I am too far to the eastward I will see the lights of one of the new beaches."

I cannot be too far out now, he thought. I hope no one has been too worried. There is only the boy to worry, of course. But I am sure he would have confidence. Many of the older fishermen will worry. Many others too, he thought. I live in a good town.

He could not talk to the fish anymore because the fish had been ruined too badly. Then something came into his head.

"Half fish," he said. "Fish that you were. I am sorry that I went too far out. I ruined us both. But we have killed many sharks, you and I, and ruined many others. How many did you ever kill, old fish? You do not have that spear on your head for nothing."

He liked to think of the fish and what he could do to a shark if he were swimming free. I should have chopped the bill off to fight them with, he thought. But there was no hatchet and then there was no knife.

But if I had, and could have lashed it to an oar butt, what a weapon. Then we might have fought them together. What will you do now if they come in the night? What can you do?

"Fight them," he said. "I'll fight them until I die."

But in the dark now and no glow showing and no lights and only the wind and the steady pull of the sail he felt that perhaps he was already dead. He put his two hands together and felt the palms. They were not dead and he could bring the pain of life by simply opening and closing them. He leaned his back against the stern and knew he was not dead. His shoulders told him.

I have all those prayers I promised if I caught the fish, he thought. But I am too tired to say them now. I better get the sack and put it over my shoulders.

He lay in the stern and steered and watched for the glow to come in the sky. I have half of him, he thought. Maybe I'll have the luck to bring the forward half in. I should have some luck. No, he said. You violated your luck when you went too far outside.

"Don't be silly," he said aloud. "And keep awake and steer. You may have much luck yet."

"I'd like to buy some if there's any place they sell it," he said.

헤밍웨이

What could I buy it with? he asked himself. Could I buy it with a lost harpoon and a broken knife and two bad hands?

"You might," he said. "You tried to buy it with eighty-four days at sea. They nearly sold it to you too."

I must not think nonsense, he thought. Luck is a thing that comes in many forms and who can recognize her? I would take some though in any form and pay what they asked. I wish I could see the glow from the lights, he thought. I wish too many things. But that is the thing I wish for now. He tried to settle more comfortably to steer and from his pain he knew he was not dead.

He saw the reflected glare of the lights of the city at what must have been around ten o'clock at night. They were only perceptible at first as the light is in the sky before the moon rises. Then they were steady to see across the ocean which was rough now with the increasing breeze. He steered inside of the glow and he thought that now, soon, he must hit the edge of the stream.

Now it is over, he thought. They will probably hit me again. But what can a man do against them in the dark without a weapon?

He was stiff and sore now and his wounds and all of the strained parts of his body hurt with the cold of the night. I hope I do not have to fight again, he thought. I hope so much I do not have to fight again.

But by midnight he fought and this time he knew the fight was useless. They came in a pack and he could only see the lines in the water that their fins made and their phosphorescence as they threw themselves on the fish. He clubbed at heads and heard the jaws chop and the shaking of the skiff as they took hold below. He clubbed desperately at what he could only feel and hear and he felt something seize the club and it was gone.

He jerked the tiller free from the rudder and beat and chopped with it, holding it in both hands and driving it down again and again. But they were up to the bow now and driving in one after the other and together, tearing off the pieces of meat that showed glowing below the sea as they turned to come once more.

One came, finally, against the head itself and he knew that it was over. He swung the tiller across the shark's head where the jaws were caught in the heaviness of the fish's head which would not tear. He swung it once and twice and again. He heard the tiller break and he lunged at the shark with the splintered butt. He felt it go in and knowing it was sharp he drove it in again. The shark let go and rolled away. That was the last shark of the pack that came. There was nothing more for them to eat.

The old man could hardly breathe now and he felt a strange taste in his mouth. It was coppery and sweet and he was afraid of it for a moment. But there was not much of it.

He spat into the ocean and said, "Eat that, Galanos. And make a dream you've killed a man."

He knew he was beaten now finally and without remedy and he went back to the stern and found the jagged end of the tiller would fit in the slot of the rudder well enough for him to steer. He settled the sack around his shoulders and put the skiff on her course. He sailed lightly now and he had no thoughts nor any feelings of any kind. He was past everything now and he sailed the skiff to make his home port as well and as intelligently as he could. In the night sharks hit the carcass as someone might pick up crumbs from the table. The old man paid no attention to them and did not pay any attention to anything except steering. He only noticed how lightly and how well the skiff sailed now there was no great weight beside her.

She's good, he thought. She is sound and not harmed in any way except for the tiller. That is easily replaced.

He could feel he was inside the current now and he could see the lights of the beach colonies along the shore. He knew where he was now and it was nothing to get home.

The wind is our friend, anyway, he thought. Then he added, sometimes. And the great sea with our friends and our enemies. And bed, he thought. Bed is my friend. Just bed, he thought. Bed will be a great thing. It is easy when you are beaten, he thought. I never knew how easy it was. And what beat you, he thought.

"Nothing," he said aloud. "I went out too far."

When he sailed into the little harbour the lights of the Terrace were out and he knew everyone was in bed. The breeze had risen steadily and was blowing strongly now. It was quiet in the harbour though and he sailed up onto the little patch of shingle below the rocks. There was no one to help him so he pulled the boat up as far as he could. Then he stepped out and made her fast to a rock.

He unstepped the mast and furled the sail and tied it. Then he shouldered the mast and started to climb. It was then he knew the depth of his tiredness. He stopped for a moment and looked back and saw in the reflection from the street light the great tail of the fish standing up well behind the skiff's stern. He saw the white naked line of his backbone and the dark mass of the head with the projecting bill and all the nakedness between.

He started to climb again and at the top he fell and lay for some time with the mast across his shoulder. He tried to get up. But it was too difficult and he sat there with the mast on his shoulder and looked at the road. A cat passed on the far side going about its business and the old man watched it. Then he just watched the road.

Finally he put the mast down and stood up. He picked the mast up and put it on his shoulder and started up the road. He had to sit down five times before he reached his shack.

Inside the shack he leaned the mast against the wall. In the dark he found a water bottle and took a drink. Then he lay down on the bed. He pulled the blanket over his shoulders and then over his back and legs and he slept face down on the newspapers with his arms out straight and the palms of his hands up.

He was asleep when the boy looked in the door in the morning. It was blowing so hard that the drifting-boats would not be going out and the boy had slept late and then come to the old man's shack as he had come each morning. The boy saw that the old man was

breathing and then he saw the old man's hands and he started to cry.
He went out very quietly to go to bring some coffee and all the way
down the road he was crying.

Many fishermen were around the skiff looking at what was lashed
beside it and one was in the water, his trousers rolled up, measuring
the skeleton with a length of line.

The boy did not go down. He had been there before and one of the
fishermen was looking after the skiff for him.

"How is he?" one of the fishermen shouted.

"Sleeping," the boy called. He did not care that they saw him crying.
"Let no one disturb him."

"He was eighteen feet from nose to tail," the fisherman who was
measuring him called.

"I believe it," the boy said.

He went into the Terrace and asked for a can of coffee.

"Hot and with plenty of milk and sugar in it."

"Anything more?"

"No. Afterwards I will see what he can eat."

"What a fish it was," the proprietor said. "There has never been such
a fish. Those were two fine fish you took yesterday too."

헤밍웨이

"Damn my fish," the boy said and he started to cry again.

"Do you want a drink of any kind?" the proprietor asked.

"No," the boy said. "Tell them not to bother Santiago. I'll be back."

"Tell him how sorry I am."

"Thanks," the boy said.

The boy carried the hot can of coffee up to the old man's shack and sat by him until he woke. Once it looked as though he were waking. But he had gone back into heavy sleep and the boy had gone across the road to borrow some wood to heat the coffee.

Finally the old man woke.

"Don't sit up," the boy said. "Drink this." He poured some of the coffee in a glass.

The old man took it and drank it.

"They beat me, Manolin," he said. "They truly beat me."

"He didn't beat you. Not the fish."

"No. Truly. It was afterwards."

"Pedrico is looking after the skiff and the gear. What do you want done with the head?"

"Let Pedrico chop it up to use in fish traps."

"And the spear?"

"You keep it if you want it."

"I want it," the boy said. "Now we must make our plans about the other things."

"Did they search for me?"

"Of course. With coast guard and with planes."

"The ocean is very big and a skiff is small and hard to see," the old man said. He noticed how pleasant it was to have someone to talk to instead of speaking only to himself and to the sea. "I missed you," he said. "What did you catch?"

"One the first day. One the second and two the third."

"Very good."

"Now we fish together again."

"No. I am not lucky. I am not lucky anymore."

"The hell with luck," the boy said. "I'll bring the luck with me."

"What will your family say?"

"I do not care. I caught two yesterday. But we will fish together now for I still have much to learn."

"We must get a good killing lance and always have it on board. You can make the blade from a spring leaf from an old Ford. We can grind it in Guanabacoa. It should be sharp and not tempered so it will break. My knife broke."

"I'll get another knife and have the spring ground. How many days of heavy brisa have we?"

"Maybe three. Maybe more."

"I will have everything in order," the boy said. "You get your hands well old man."

"I know how to care for them. In the night I spat something strange and felt something in my chest was broken."

"Get that well too," the boy said. "Lie down, old man, and I will bring you your clean shirt. And something to eat."

"Bring any of the papers of the time that I was gone," the old man said.

"You must get well fast for there is much that I can learn and you can teach me everything. How much did you suffer?"

"Plenty," the old man said.

"I'll bring the food and the papers," the boy said. "Rest well, old man. I will bring stuff from the drug-store for your hands."

"Don't forget to tell Pedrico the head is his."

"No. I will remember."

As the boy went out the door and down the worn coral rock road he was crying again.

That afternoon there was a party of tourists at the Terrace and looking down in the water among the empty beer cans and dead barracudas a woman saw a great long white spine with a huge tail at the end that lifted and swung with the tide while the east wind blew a heavy steady sea outside the entrance to the harbour.

"What's that?" she asked a waiter and pointed to the long backbone of the great fish that was now just garbage waiting to go out with the tide.

"Tiburon," the waiter said, "Eshark." He was meaning to explain what had happened.

"I didn't know sharks had such handsome, beautifully formed tails."

"I didn't either," her male companion said.

Up the road, in his shack, the old man was sleeping again. He was still sleeping on his face and the boy was sitting by him watching him. The old man was dreaming about the lions.